O HOMEM QUE ENTERROU HITLER

Marcelo NETTO Aldo GAMA

O HOMEM QUE ENTERROU HITLER

SÃO PAULO
2021

CONTRACORRENTE

Alameda Itu, 852 | 1º andar | CEP 01421 002
www.loja-editoracontracorrente.com.br
contato@editoracontracorrente.com.br

EDITORES
Camila Almeida Janela Valim
Gustavo Marinho de Carvalho
Rafael Valim
Silvio Almeida
Walfrido Warde

EQUIPE EDITORIAL
Coordenação de projeto: Juliana Daglio
Revisão: Graziela Reis
Revisão técnica: João Machado
Projeto gráfico: Maikon Nery
Ilustração dos mapas: Marcelo Araujo

EQUIPE DE APOIO
Fabiana Celli
Carla Vasconcelos
Fernando Pereira
Lais do Vale
Regina Gomes
Valéria Pucci

Créditos das imagens: © 1. Hitler com um ano de idade. Crédito: Domínio público/Bundesarchiv Bild 183-1989-0322-506; © 2. Seu Fernando. Crédito: Jorge Tung; © 3. Hilter com os primeiros membros de sua unidade pessoal de guarda-costas. Crédito: Shawshots/Alamy Stock Photo.

Dados Internacionais de Catalogação na Publicação (CIP)
(Câmara Brasileira do Livro, SP, Brasil)

Marcelo Netto
O homem que enterrou Hitler / Marcelo Netto, Aldo Gama. – São Paulo : Editora Contracorrente, 2021.

ISBN 978 65 88470 89 3

1. Ficção brasileira 2. Nazismo – Ficção
3. Segunda Guerra Mundial I. Gama, Aldo. II. Título.

21–78339 CDD–B869.3

Índices para catálogo sistemático:
1. Ficção : Literatura brasileira B869.3
Aline Graziele Benitez – Bibliotecária – CRB–1/3129

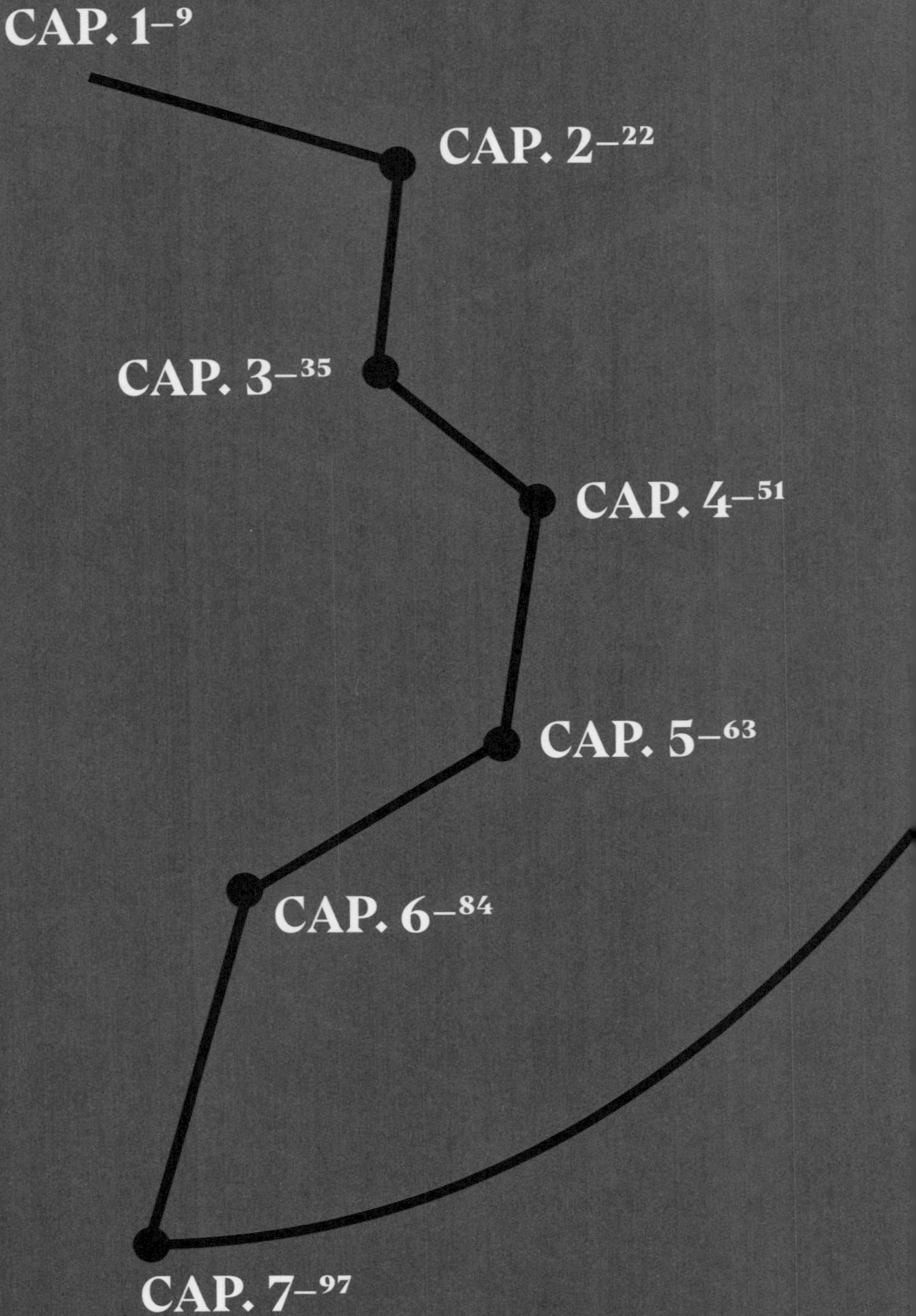
CAP. 1–9
CAP. 2–22
CAP. 3–35
CAP. 4–51
CAP. 5–63
CAP. 6–84
CAP. 7–97

Muita coisa aconteceu no mês de maio de 2007, mas não comigo. Sarkozy tomou posse na França. O papa Bento XVI veio ao Brasil. O Google Street View foi lançado e a garotinha inglesa Madeleine McCann sumiu em Portugal. Tudo isso pode ser encontrado em bibliotecas, em arquivos de jornais e revistas ou, se confundirmos preguiça com praticidade, na Wikipedia. Mas o fato que interessa na história que vem a seguir não pode ser encontrado em nenhum desses lugares. Não por completo, pelo menos.

Podemos começar dizendo que fazia um calor absurdo na tarde do dia 23 de maio de 2007. Estávamos nos recuperando do almoço olhando as folhas de anotações voando pela redação, enquanto o ventilador cansado ia de um lado para outro da sala, deixando os presentes tristes e felizes. Um ar-condicionado era um sonho impossível diante do orçamento diminuto daquele jornal improvisado, o que encontrava expressão nos salários e nas condições de trabalho.

Um velho amigo havia conseguido esse trabalho para mim após saber da situação de penúria em que me encontrava. "Um emprego ruim é melhor que emprego nenhum, pouco dinheiro é melhor que dinheiro nenhum", pensei. Ou devo ter pensado. Fato é que eu estava ali quando "Mané" — apelido carinhoso pelo qual o chamo, por sua impetuosidade de sempre nos meter em problemas e também por coincidência ser a junção das iniciais do seu nome — foi chamado pela recepcionista para receber um senhor que dizia ter uma importante denúncia a fazer.

Visitas como essa eram frequentes. Durante o pouco tempo que passei ali, ouvi relatos de abduções que envolviam extraterrestres e o Espírito Santo, do Clube da Alegria onde o prefeito de São Paulo e seus secretários recebiam michês musculosos e, claro, fui apresentado ao trabalho de incontáveis artistas independentes — de todas as formas e escolas — em busca de espaço para divulgação de seus projetos. Todas as patentes do Exército de Brancaleone. Ninguém queria perder tempo com essas fontes genuínas de grandes furos de reportagem. A não ser o Mané.

Dono de uma paciência sem limites, provada por nossa velha amizade, recebia a todos com educação, servindo um café e ouvindo as histórias por alguns instantes, dando a atenção que a pessoa buscava mas, de forma elegante, dispensando a "ajuda". Então, como de hábito, lá foi ele escutar a tal denúncia. Para ser honesto, não sei por quanto tempo ele sumiu, mas quando retornou parecia ter experimentado algum estimulante químico ilícito que faria muito sucesso no mercado. Os olhos estavam abertos, mais para arregalados do que para curiosos. Tinha um sorriso estranho também, meio debochado. Como se soubesse de algo que mais ninguém no mundo sabia. Para quem não o conhecia, estava drogado ou tendo um surto psicótico. Ou os **dois**.

Convém relatar agora um fato ocorrido em janeiro de 2000 que, além de mudar o curso da minha vida, vai ser fundamental para compreender o desenvolvimento dos eventos que serão apresentados a seguir. Assim, dividir alguns aspectos pessoais desse narrador não é uma questão de vaidade, mas uma ferramenta que irá permitir a compreensão de algumas escolhas improváveis, ou simplesmente estúpidas, tomadas durante o curso dessa história. Com esse ponto esclarecido, seguimos.

Como muitos de minha geração, me envolvi com o álcool ainda adolescente. Nunca me afeiçoei ao uísque, mas cerveja e cachaça sempre estiveram em meu coração e estômago — entrando ou saindo. Esse relacionamento se manteve descompromissado, embora apaixonado, por muito tempo. Mas pelos meus trinta, já tinha virado um casamento tradicional, desses que reúne a família à mesa para as refeições.

Uma noite dessas, rezando para o mundo parar de girar enquanto caía na cama, adormeci ainda vestido, sujo e babado. Acordei durante a madrugada com uma reunião de pessoas nervosas caminhando e discutindo ao meu lado. Ouvia vozes masculinas e femininas, todas aborrecidas, mas não compreendia o que diziam. A prudência e a paúra me mandaram ficar de olhos fechados, fingindo dormir durante todo o episódio que durou alguns minutos. Ainda bêbado, caí no sono, atingindo o objetivo de permanecer alheio àquela confusão. Me incomodou, no entanto, o fato de morar sozinho e de todas as portas e janelas estarem fechadas quando as verifiquei na manhã seguinte. Muitos interpretariam esse incidente como uma dica para cuidar da saúde, ir com calma no copo. Eu já achei que se continuasse a beber naquele ritmo esqueceria do episódio. E estava certo, pelo menos por ora.

Alguns anos se passaram, dormi embriagado debaixo de um tanque de lavar roupa em uma casa no litoral sul de São Paulo, desmaiei numa praça ao lado de um campo de futebol em algum lugar no interior entre Avaré e Iaras (onde fui rudemente acordado por crianças que achavam estar jogando pedras em um cadáver), apaguei bebendo sozinho em casa antes de sair para beber... Adicionar cocaína à festa pode não ter sido uma das ideias mais sensatas, mas precisava de energia para trabalhar e isso não se encontra no fundo de um copo de rabo de galo. Assim, fui parar no hospital com uma crise aguda de isso e aquilo.

Quase morrer foi uma bênção disfarçada. Eu sabia que ainda tinha muito pra ver e fazer nesse mundo — ainda que em causa própria. Larguei a bebida e o cigarro. Não seria mais escravo da indústria capitalista que nos aprisiona em vícios legalizados, nos faz capachos da indústria do álcool e do tabaco. Restavam as drogas, mas confesso que o ambiente do tráfico não é muito estimulante para um sujeito honesto e meio covarde. Fármacos, por outro lado, são facilmente obtidos pela internet ou por contatinhos refinados com boas conexões sociais, o que é útil para evitar abordagens policiais e tiroteios entre facções rivais. Mas a busca pela maravilha "em cápsulas" pode ser difícil. A metanfetamina, que te dá energia pra correr uma maratona, te deixa brocha. O MDMA, que é bom pra sair e pular, te deixa com aquele sorriso idiota por horas. Minhas pílulas preferidas, por eliminação, a branquinha e a amarelinha. Uma me acorda e coloca um outro tipo de sorriso que vou manchar com dois litros de café durante o dia e a outra me põe pra dormir até o despertador tocar. Sem sonhos, sem pesadelos. Efeitos colaterais? Uma alteração no humor, que pode ser súbita e inesperada, talvez. Nada que seja violento do ponto de vista físico, de socos e pontapés. Não frequentemente, digo. No entanto, essa combinação se mostrou incompatível com a atividade de assessor de comunicação de uma empresa multinacional de telefonia, ainda que de baixo escalão. Daí estar na penúria quando do convite salvador do

Mané que suspeitava que eu tinha gasto minhas economias com drogas, o que era mentira. Boa parte tinha ido para as drogas, sim, mas outra tinha financiado a contratação de músicos e de horas de estúdio para lançar minha carreira de cantor. Parecia uma boa ideia sob a influência da Maria Joana. Não era.

Antes de prosseguirmos, cabe ainda relatar algo que aconteceu por essa época, em um bar perto de casa que não era famoso nem digno de nota. Só era perto mesmo. Coberto de maionese ao fim de um sanduíche igualmente indigno de recomendação, fui até o banheiro lavar as mãos e o rosto. Brigando para abrir a torneira com as mãos escorregadias, ouvi uma voz, entre o sinistro e o asmático, às minhas costas:

— Essa gordura ainda vai te matar.

Desde a mais tenra idade, aprendemos a temer predadores sexuais em banheiros públicos, medo que permanece ainda que estejamos muito acima da idade e do peso do alvo habitual desses monstros. Por isso, foi com muito cuidado que busquei identificar, no reflexo do espelho, a figura que espreitava na penumbra.

— Pois é... — respondi sem conseguir ver seu rosto.

Ele acendeu um cigarro com um fósforo e, mesmo agora, acho meio estúpido o que consegui guardar na memória daquele primeiro encontro: o cabelo curto, dividido do lado e com algum gel fixador, uma camiseta vermelha com uma estampa preta com a cara do Belchior e um relógio de ponteiros retrô, estilo anos sessenta — mas posso estar inventando esse detalhe porque, afinal, estávamos em um banheiro mal iluminado.

— Fique calmo. Não há nada com que se preocupar. Fui mandado aqui para te avisar que você está sob observação e tem muitas chances de ser recrutado.

— Recrutado pra quê? — respondi temendo a resposta.

— Tudo a seu tempo. Apenas aguarde que entraremos em contato. Você já passou pelo exame físico. Tive que argumentar a seu favor, prometendo que controlaria seu gosto pela bebida. Se você tivesse aberto os olhos naquela noite, teríamos pulado uma etapa e evitado esse encontro.

A memória daquele pesadelo vívido que tive anos atrás voltou como um fluxo elétrico que consertou uma dúzia de clusters quebrados do HD.

Dei uma tremida quando ele passou por mim e abriu a porta. Mesmo assustado, pude notar que era bem alto, 1,90 m, pelo menos, e o gel não conseguia prender uns fios no topo da cabeça, que ficavam espetados e lhe davam um ar adolescente que não combinava com a voz cavernosa.

— Olha, eu sei que você está confuso, mas, nesse momento, só precisa saber que muitos recursos foram disponibilizados para nossas missões. Você está sendo recrutado pelo que já fez, mas também pelo que irá fazer.

Mesmo me esforçando, não consegui segurar um olhar incrédulo e debochado que foi imediatamente percebido.

— Agora, nesse banheiro, falar de viagem no tempo é meio ridículo, entendo — disse ele, enquanto se virava para sair. — Ah, e fique com as brancas e as amarelas. O MDMA e a metanfetamina te deixam mais idiota que o normal — falou, deixando a porta bater antes de desaparecer.

Fiquei ali parado por alguns instantes tentando decifrar se tinha sido vítima de uma pegadinha ou alvo da pior cantada já executada em um banheiro. Não me perguntei como ele poderia saber das pílulas, nomes e cores, ou das pessoas discutindo em um pesadelo de anos atrás. Estava chapado naquela hora. Acontece.

Já de volta à redação, Mané chamou a atenção de todos, como em uma reunião de pauta informal no meio da tarde da qual ninguém queria participar, mas que ia comparecer de qualquer jeito. Na melhor das hipóteses, fingir interesse e fugir do trabalho de verdade.

— Eu acabo de entrevistar esse senhor lá embaixo por umas três horas — disse, mal disfarçando a excitação. — Se o que ele diz for verdade... os livros de história vão ter que ser reescritos!

Fez uma pausa dramática e olhou todos ao redor.

— Ele jura que participou do sepultamento de Hitler... em 1973! Em Assunção, no Paraguai!

o

Estava suando em bicas. O ventilador não ajudava em nada. Era um tipo de calor que penetrava a carne, engrossava o sangue que fluía nas veias com dificuldade. A respiração sofria e todo o conjunto parecia atrapalhar a oxigenação do organismo, principalmente do cérebro. Este vagava em outras pradarias, em lembranças de pernas e biquínis, em sonhos de piscinas e geladeiras. Fiz o que mandava o bom senso: lavei o rosto e busquei o frasco das branquinhas. Na tentativa desastrada de derrubar apenas um comprimido na palma da mão, quase deixei cair todo o conteúdo. E qual não foi minha surpresa ao encontrar duas pílulas roxas perdidas entre as brancas. Meu primeiro pensamento foi de reclamar com o fornecedor, mas para tanto era necessário apresentar uma queixa formal, detalhando o equívoco para que ele não voltasse a acontecer. Assim, provar a roxinha era o caminho óbvio para estabelecer se era uma mudança estética ou de essência. Lógica.

o

— "'Meu jovem, por favor, anote aí esse endereço que eu vou lhe dizer: rua ███████, número ███, Assunção. Pronto! A bola tá contigo, já posso morrer tranquilo', ele começou dizendo... um imenso descampado, por uma espécie de elevador de cargas, com a diferença de que descia para o subsolo do terreno, ... ele tinha 29 anos... idosos em cadeiras de roda gritando com as enfermeiras por conta de um chucrute estragado... só se falava alemão, mas um deles, que havia morado no Brasil, falava em português com ele... aparentemente era um sepultamento... caralho, esse passarinho não para de cantar... em fevereiro vão fazer dois anos... era o próprio Hitler debaixo dos pés dele... esse café tá frio... sendo sepultado pela segunda vez... esse papa nazista que esteve aqui... não queria levar isso para o caixão com ele... seu neto perguntou por que ele era branco e não tinha os olhos claros..."

o

A roxinha era de fato poderosa. Uma paz percorria meu corpo e escorria através dos poros, mas também podia ser suor. Achei melhor ir até o bar da esquina tomar um guaraná antes que fizesse algo que pudesse acusar meu estado para os colegas de trabalho. Além disso, não conseguia entender chungas do que o Mané falava.

No balcão vazio, enquanto observava as bolhas de gás que subiam pelo copo cheio de açúcar — e outra dúzia de produtos tóxicos que formavam minha bebida —, recuperei fragmentos do discurso ouvido na redação, mas o que consegui agrupar não fazia sentido. Algo sobre Hitler no Paraguai. Resolvi que iria consultá-lo mais tarde, quando o mar não estivesse tão agitado. Nesse momento, a voz grave do incidente no banheiro, agora nem tão cavernosa, voltou a soar às minhas costas.

— Se importa se eu sentar? — perguntou, sentando sem aguardar a resposta.

Dessa vez, procurei olhar com atenção para seu rosto. Queria ser capaz de reconhecê-lo caso o visse novamente. Tinha o rosto alongado, com um queixo marcante graças a um furo peculiar, bem ao estilo Kirk Douglas. O sorriso debochado criava covinhas sutis na bochecha. O cabelo era escuro, de uma cor mal definida, assim como o topete, uma vez que a linha do cabelo próxima à testa não tinha definição. Podia ser uma peruca.

Percebendo meu interesse em sua fisionomia, movimentou-se de forma a oferecer-me visão de frente e perfil. Naquele momento, tinha à minha frente John Travolta, que aliás falava um português perfeito com um leve sotaque carioca.

— Não se preocupe com minha aparência. Estou disfarçado — disse enquanto bebericava um cafezinho.

— E não te ocorreu que o John Travolta podia chamar a atenção? Só faltou você estar de terno preto virando de um lado pro outro com o olhar confuso, como o Vincent Vega no meme.

Ele voltou a sorrir mostrando as covinhas irritantes. Fiquei com vontade de socá-lo.

— Você vai ser importante para nós. Suas missões serão vitais para nossos planos.

Pensei, com os botões imaginários de minha camiseta, que estava diante de mais um maluco conservador a serviço de alguma multinacional ou país imperialista tentando desestabilizar algum país da América do Sul. O Travolta de Nova Iguaçu parecia mais um maluco de extrema-direita.

— Acho que não vai rolar... — ele me interrompeu demonstrando alguma irritação. — Sempre temos essa mesma conversa. Pela enésima vez: não sou reacionário, não sou um fascista de merda e não sou um agente da CIA. A Agência está acima de tudo isso. Nosso trabalho é garantir que as coisas que acontecem, aconteçam. A estrutura temporal é frágil.

Até para quem experimentava pílulas de origem duvidosa aquilo tava esquisito.

— Cara, esse trabalho todo, se vestir de Travolta, esse lance maluco de viagem no tempo... Você tá me cantando?

Ele suspirou como se estivesse cansado daquela conversa.

— Não foi engraçado nem da primeira vez que você falou isso. Agora presta atenção no que vou te explicar. Vou usar termos e exemplos que você vai ser capaz de compreender, como esses argumentos já utilizados à exaustão por filmes de ficção científica. As histórias do Phillip K. Dick, *Time Cop* do Van Dame, H.G.Wells, *Planeta dos Macacos*, *Em algum lugar do Passado*...

— ... *Exterminador do Futuro*, *Os Doze Macacos*... — lembrei.

— ... *Donnie Darko*, *Feitiço do Tempo*, *De Volta Para o Futuro*...

— Aquele do Tom Cruise, como é mesmo?

— *No Limite do Amanhã*? — arriscou.

— Esse! Mas a melhor lição sobre viagem no tempo aprendi com aquele espanhol, *Crimes Temporais*.

— Esse é bom mesmo — concordou.

Espantei uma mosca da boca do copo e dei uma rodada antes de beber, como se isso fizesse alguma diferença.

— Olha só, isso parece uma trama ruim de um desses filmes B, sabe? Desses com o Ethan Hawke. Orçamento pequeno, mas com uma trama aceitável e tal. Acaba dando lucro. Mas não posso fazer parte de nenhum plano sinistro que não seja original — argumentei sorrindo, genuinamente entretido, ainda que sem nenhuma covinha para concorrer. — Além disso, não tenho as qualificações necessárias para ser um James Bond: falta sex appeal, dinheiro, sofisticação... Meu inglês é da escola Tarzan e o espanhol da escola Chaves.

— Isso não tem importância. Não precisa se preocupar.

Ele então puxou do bolso interno do casaco um saquinho de veludo cor de abóbora e passou para mim. Curioso, abri o zíper e verifiquei que se tratava de uma filmadora digital de alta definição, tecnologia relativamente nova para a época.

— Guarde isso em casa — disse o parceiro de Samuel L. Jackson. — Vai ser fundamental para o sucesso da sua missão. Além disso, vai ser útil na sua caçada aos nazistas. Aliás, vamos querer relatórios sobre essa investigação também. A partir de agora, tudo está sendo monitorado. Tente não julgar a importância das informações que recolher. Ainda que pareça banal, informe tudo o que descobrir.

Apesar de todo o absurdo daquela situação, confesso que fiquei assustado com o tanto que ele parecia saber da minha vida. Coisas que não tinha contado a ninguém, como o evento no quarto. O Mané tinha falado sobre nazismo havia poucos minutos. Será que ele estava mancomunado com a tal fonte? Estava monitorando a redação?

— Não devia, mas vou te dizer que você podia trabalhar um pouquinho no seu espanhol. É sofrível — disse, sem esconder o sorriso cafajeste de *Olha Quem Está Falando.*

— E por que eu iria querer melhorar meu espanhol?

— Você vai fazer uma entrevista importante no Paraguai. E preste atenção que é muito importante: não esqueça de levar essa câmera quando for lá.

Concordei com a cabeça, mas sabia que a chance de me mandarem fazer uma entrevista no Paraguai era algo entre zero e nenhuma. Podia citar pelo menos outros três editores e **cinco** repórteres mais qualificados.

— Vou manter constante o suprimento das roxinhas, mas evite usá-las no trabalho. Dá muita bandeira — concluiu.

Depois se levantou e foi embora sem olhar para trás.

Fiquei alguns minutos olhando para meu copo sem ânimo de espantar a mosca que parecia disposta a se afogar no guaraná. Por fim, me levantei e fui para o caixa, esticando a mão com uma nota que cobria o valor do refrigerante.

— Faltou o café do seu amigo...

"Que filho da puta...", pensei enquanto raspava as moedas da carteira e finalmente lembrava que o filme que essa situação plagiava era *Uma Mente Brilhante*, com o Russell Crowe, mas que colocaram a coisa de viagem no tempo pra evitar processos.

○

Não lembro da conversa que tive com o Mané naquela noite, mas tenho uma cópia do que imagino ser o primeiro documento que produzi para A Agência. Relendo hoje em dia, dá pra ver que estou sendo cuidadoso. O texto é truncado, as frases se atropelam de uma maneira insegura, formal. Chato como leitura, mas apresenta dados que, embora não exatamente confidenciais, estavam voando abaixo do radar, longe do olhar do público. Ou do interesse, porque algumas coisas costumam ser varridas conscientemente para debaixo do tapete. Por motivos óbvios, algumas passagens, datas e nomes foram suprimidos aqui.

○

São Paulo, ██ de ███ de ███████

R.: 0001 – Sec.: 077-B – Confidencial

A fonte que nos procurou no jornal, ██████ ████████████ ██ █████, revelou enfrentar, ainda em dias atuais, problemas com células neonazistas em atividade no Brasil. O desejo de revelar a situação, algo que lhe traria problemas pessoais, superou o medo ao descobrir o mal que a ideologia ariana estava causando aos membros de sua comunidade, tendo seu próprio neto questionando a pureza racial do avô que não tem olhos azuis.

Em seu relato, a fonte afirma que Adolf Hitler não se suicidou no dia 30 de abril de 1945 como registrado na historiografia oficial. Embora tais alegações costumem vir de fanáticos e admiradores do líder nazista, que reproduzem incontáveis teorias conspiratórias, o entrevistado não parece ter nenhuma agenda que não contar tudo o que sabe.

Hitler teria fugido do bunker na noite do dia 28 de abril de 1945 – dois dias antes do seu suposto suicídio e cinco da chegada dos soviéticos ao bunker. Os Aliados têm conhecimento que Hitler escapou. Com o suicídio, Hitler também escapou do Tribunal de Nuremberg. De modo que não há um processo, nem mandado de busca e captura contra ele.

Estima-se que pelo menos 8 submarinos fizeram a travessia do Atlântico até a América do Sul entre maio e agosto. O comandante do U-977, que viria a se render para os argentinos no dia 17 de agosto daquele mesmo ano, afirma que a viagem até Mar del Plata durou 99 dias, a partir de Bergen, na Noruega, em um trajeto de 7.644 milhas náuticas (14.157 km). Heinz Schäffer diz ainda que, o U-977 iniciou uma viagem de submersão no modo "Schnorchel" contínua, de 66 dias, de 10 de maio a 14 de julho de 1945, e que o submarino só parou em Cabo Verde para uma pequena pausa, completando o restante da viagem alternando passagens na superfície com imersas. O cruzador brasileiro Bahia, segundo versão oficial, naufragou no dia 4 de julho por conta de um acidente, mas há a suspeita de que foi afundado justamente pelo o U-977 em fuga.

Um mês antes, outro submarino alemão, o U-530, já havia chegado também a Mar del Plata, na Argentina, e rendido-se às autoridades locais – ou recebido por elas, de acordo com quem conta a história. Muito se especula sobre os motivos daqueles submarinos estarem no mar meses depois de a guerra ter acabado. Duas embarcações brasileiras que estavam de patrulha como o Bahia, captaram em seus instrumentos a passagem de embarcações nazistas, soltando sobre elas bombas de profundidade. O evento foi confirmado, à época, pelo próprio comandante da Força Naval do Nordeste, o almirante Soares Dutra.

É documentada a existência de colônias nazistas nesse período em várias regiões do Brasil, sendo as maiores e mais ativas localizadas na região Sul do país. Após desembarcar na Patagônia argentina, e passar alguns dias em Bariloche, a segurança do líder alemão concluiu por conta da vasta extensão territorial, que proporcionava locais remotos e de difícil acesso, e da simpatia pela causa demonstrada pelo governo de Getúlio Vargas, que o Brasil seria um ótimo local para ficarem enquanto planejavam estratégias de ação. Assim, em agosto de 1945, Hitler chegou em Cambé, em uma colônia rural alemã uma vez chamada Nova Dantzig, situada no estado do Paraná, perto de Londrina. Lá, teria vivido, entre idas e vindas, cerca de 10 anos – fugindo no final de 1955 para o Paraguai. Em 5 de fevereiro de 1971, morreria aos 81 anos, muito provavelmente na Patagônia argentina a poucos quilômetros da fronteira com o Chile. Cerca de dois anos depois, seus restos mortais foram trasladados para Assunção, no Paraguai, onde ocorreu uma cerimônia de sepultamento no dia 1 de janeiro de 1973. Enquanto muitos perderam a vida em um combate insano, o ditador viveu para ver o homem caminhar na lua e o Brasil de Pelé tricampeão de futebol no México.

Sobre a colônia no Brasil, sabemos que muitos nazistas e alemães simpatizantes se mudaram para o local, seja preparando terreno para a expansão do Reich durante a guerra ou como refúgio após a derrota. Não existem relatos de terem enfrentado grandes problemas até 1955, quando o general Lott, do Exército brasileiro, visitou a região a mando de Juscelino Kubitschek e deu um ultimato a Hitler e aos membros da colônia para que saíssem dali até o Natal daquele ano – sob a ameaça de Juscelino denunciá-los à ONU quando tomasse posse como presidente. "O Lott pôs um pé na bunda do Führer", disse nossa fonte.

Membros do Partido Comunista que operavam clandestinamente no Paraná achavam que o Lott estava à procura do militante Gregório Bezerra.

Assim, cerca de 600 pessoas deixaram a colônia em dezembro daquele ano, antes da posse de Juscelino,

```
que se deu no dia 31 de janeiro de 1956. Cerca de
400 seguiram o líder para o Paraguai e outros 200
vieram para o bairro Cidade Dutra, em São Paulo.
  Muitos desses dados necessitam de averiguação,
assim como explicações sobre roteiros de viagens e
datas. Uma entrevista mais formal com o investigado
está sendo providenciada. O próximo relatório pode
demorar algum tempo.
  O fornecimento de fármacos segue de maneira
adequada, mas ainda aguardo uma resposta oficial
sobre uma ajuda de custo regular.
  001/17-12/KXP
```

o

É um pouco embaraçoso, mas confesso que mantive meu envolvimento com A Agência em total sigilo. Era o tipo de segredo que se espalharia facilmente, ainda mais se acompanhado da descrição física do meu contato, o rei dos embalos de sábado à noite. Também existia um certo receio de que ninguém acreditasse na minha história. O que me leva ao motivo de não reunir nenhuma evidência da existência dessa missão. Só havia minha história e as pílulas — e essas estavam melhor escondidas. A voz sinistra e os dentes incrivelmente brancos de meu superior também me assustavam. O fato de que ele parecia materializar-se do nada também era um fator para manter o silêncio. O máximo que fiz foi guardar cópias dos relatórios, os quais sempre mantive a salvo da curiosidade alheia.

Sobre o absurdo da situação, a já citada cópia ruim de filme B de ficção científica, lembro que o inusitado já não me abalava. Existe o improvável e existe o impossível, coisas bem distintas — embora muita gente as confunda.

Por exemplo: é improvável que um sósia de John Travolta seja membro de uma organização secreta que recruta gente sem qualquer qualificação para executar planos mirabolantes com membros importantes de governos pelo mundo. Impossível, por outro lado, é ficar uma hora sem respirar, cruzar o Atlântico nadando sem descansar, um governo neoliberal acabar com a desigualdade social, encontrar empadinhas sem azeitona... Assim, ser cooptado para se tornar um agente de uma organização misteriosa é improvável, mas não impossível.

O que é importante saber é que minhas investigações seguiram algum padrão profissional, afinal tive algum treinamento como jornalista — o que ajuda na hora de separar informação de alucinação. Mesmo coisas tomadas como fato histórico podem carecer de provas concretas. O senso comum é algo muito perigoso. Não estou falando de obviedades. Se você acha que a terra é plana, que nazismo é de esquerda ou que os reptilianos estão por trás de uma conspiração mundial, você é um idiota.

Falo tudo isso porque iremos navegar águas turvas e perigosas adiante, derrubando muitos mitos e versões estabelecidas. Como salva-vidas, prometo muito mais que aquele pedaço de madeira do final do filme *Titanic* (e mesmo ele dava para os dois). Cada testemunho virá acompanhado de checagens, de confirmações, caso contrário será descrito apenas como uma possibilidade — desde que não seja refutada pela investigação. Ainda assim, é preciso manter a mente aberta antes de mergulhar. Por muitos anos, acreditou-se que a Terra era o centro do Universo. Mas uma crença é muito diferente de um fato. Por isso, peço que se atenham às provas colhidas num trabalho que durou mais de uma década e percorreu países e continentes.

CAPÍTULO 2

Manter o leitor atento em tempos de internet é um desafio que o narrador deve vencer lançando mão do artifício que estiver ao seu alcance. Questões éticas são discutíveis apenas em relatos pretensamente verídicos, como a reportagem que é "a melhor versão da verdade possível de se obter" — já dizia Carl Bernstein, repórter que expôs o escândalo de Watergate, responsável pela queda do presidente estadunidense Richard Nixon.

Em biografias deve-se buscar fontes confiáveis e realizar uma ampla pesquisa histórica. No romance já vale tudo, do sapo virar príncipe ao bom ditador. O que todos esses gêneros têm em comum é a necessidade de um certo ritmo que arraste o incauto até o último parágrafo querendo saber como termina a história. Mentir desvairadamente em um relato jornalístico é um pecado muitas vezes cometido em nome do capital. O bebê diabo de Cubatão é um dos casos mais célebres deste tipo de crime. Outra forma perigosa de apresentar a informação, creio, é o floreio, a desmedida importância dada a detalhes irrelevantes, o espaço exagerado aos testemunhos contraditórios, a redundância irrelevante escancarada em uma crise fabricada que acaba ocultando ou camuflando o evento fundamental, conhecido por alguns como realidade.

Tomemos como exemplo um caso que frequentou as páginas dos mais diversos veículos de comunicação em meados do ano de 2007.

A história pode ser contada assim:

"Em uma região no interior do estado de São Paulo, um homem com poderes paranormais comandava uma ordem mística que tinha por missão impedir o nascimento do anticristo. Wlad Hacamia, ou Bhansho Bhakhamyah, o anjo-vampiro, comandava a Legião dos Salvadores do Mundo de seu trono, esculpido na campa de um cemitério. Seus olhos vermelhos hipnotizavam os seguidores que o alimentavam com seu sangue. Suas roupas escuras não conseguiam disfarçar o par de asas que tornavam sua silhueta ainda mais assustadora. O objetivo da irmandade ocultista era evitar o fim da humanidade por meio do assassinato do filho-demônio ainda não nascido da Rainha Atenas. Entre os seguidores, uma jovem fiel foi escolhida pelas forças da escuridão como o instrumento que impediria o Apocalipse."

Ou assim:

"Acompanhado de sua mãe, o ajudante geral Vandeir, de 27 anos, apresentou-se à Polícia Civil de Presidente Prudente para prestar depoimento sobre seu envolvimento em uma seita que aliciava adolescentes. A denúncia partiu de familiares dos menores, que perceberam mudanças de comportamento dos jovens entre 13 e 16 anos, que se reuniam em uma praça da cidade. Vandeir convencia os adolescentes a participarem do grupo com promessas de transformá-los em anjos e vampiros poderosos, imortais e muito ricos. Entre os objetivos da seita estava a eliminação do anticristo, que era na verdade uma criança fruto do relacionamento extraconjugal de Vandeir com uma vizinha. O delegado responsável pela investigação contou ainda que o suspeito usava lentes de contato que deixavam seus olhos vermelhos, e que o mesmo possuía uma deformidade na coluna — que ele dizia ser um par de asas — visível quando ele abria os braços. A polícia investiga ainda se existe alguma ligação entre o suspeito e uma página do Orkut dedicada à bruxaria e satanismo."

Como jornalista, fui obrigado a conviver toda minha carreira com os dois tipos de relatos, mas quando comecei a escavar o buraco sem fundo que é o nazismo descobri o verdadeiro significado (e o cheiro, creio) da palavra chorume. As intenções mais abjetas se escondem em discursos refinados e pretensamente noticiosos. Todo preconceito imaginável encontra alguma justificativa falaciosa.

A internet é como o Paraíso loteado onde as pessoas passaram a plantar transgênicos, destruindo a mata nativa. Para o escritor Humberto Eco, "ela promoveu o idiota da aldeia a portador da verdade". Antes o idiota falava suas besteiras sem prejudicar a coletividade, mas na rede, as palavras do imbecil têm o mesmo peso que as de um Prêmio Nobel.

É sabido que muitas das "verdades" históricas caíram por terra com o avanço da ciência. Graças ao envolvimento de homens sérios e comprometidos com experiências controladas e não com tradições culturais e religiosas, sabemos, por exemplo, que leite com manga não mata.

Depois da visita do Sr. F. à redação, Mané entrou em um frenesi que eu ainda não tinha testemunhado. Todo momento livre era gasto com visitas aos mais obscuros buracos da internet. Quilos de páginas impressas se acumularam em pastas cuidadosamente desordenadas. Livros dos autores mais controversos chegaram pelo correio. As teorias mais absurdas se acumulavam sobre a mesa na sala do pequeno apartamento que dividíamos no Centro. Nem sua namorada o convencia a organizar a montanha de papéis que, desconfiava, tinha as mesmas chances de serem lidos quanto as incontáveis abas salvas no navegador do seu notebook.

Como todo bom Sancho, abracei a causa com toda a dedicação que o cinismo permite. Sendo sincero, não fosse o envolvimento d'A Agência logo no início eu jamais teria embarcado no expresso Hitler. Teorias conspiratórias sempre me pareceram a forma mais básica da insanidade se manifestar. Hitler vivo? Pô, que coisa mais sem pé nem cabeça. O pior é que os livros sobre o tema se acumulavam na mesa da sala. Hitler na Argentina. Hitler no Paraguai. Hitler na Colômbia... Hitler viajou mais depois de morto que o Cachorrinho Samba. Assim, sob a ameaça de despejo caso duvidasse, permaneci naquele ambiente tóxico de informações e poeira, já que faxinamos aquele apartamento duas vezes em três anos.

O que eu não sabia, entre branquinhas e amarelinhas do dia a dia, é que aquilo iria mudar diante de fatos descobertos e tomaria um rumo completamente inesperado. No dia em que finalmente aprendi que a história oficial estava errada, fiz o que toda pessoa sensata faz diante de um momento histórico como a chegada do homem à Lua: tomei uma roxinha. Assim, um pouco atrasado, coloquei o segundo pé no Bonde Sem Freio do Bigode Ridículo. Nessa altura, éramos um pequeno exército de lunáticos entusiasmados: eu, Sr. F. e a nova recruta Isabela, sob o comando entusiasmado de Mané, nosso general asmático.

o

Passear de chinelo e bermuda pelo bairro onde se mora durante a tarde de um dia de folga é um dos maiores luxos da existência do assalariado que vive em uma cidade grande. Ficar de preguiça, bundando, comprando bobagens na lojinha de 1,99 ou, no meu caso, fuçando as prateleiras das bancas de jornais é um dos poucos prazeres de baixo custo autorizados pelo orçamento. E foi discretamente avaliando mangás de conteúdo estranhamente eróticos que fui mais uma vez surpreendido pela voz grave e áspera do velho amigo Travolta. Ao me virar, porém, dei com o sorriso maníaco do Tom Cruise.

— Cara... — balbuciei. — Travolta, Tom Cruise... Essa Agência é da Cientologia? Vou ter que ler aqueles livros porcarias?

— Não — disse ele sorrindo com os dentes mais bem tratados que um serial killer já exibiu. — Mas, pela referência histórica correta, você me fez ganhar cinco pilas.

Ele dobrou o tamanho do sorriso ao perceber meu silêncio e olhar confuso.

— Foi uma aposta entre agentes. Eu sempre posso confiar nas tuas observações sem muita imaginação e supostamente engraçadas.

— Certo... — respondi lembrando que não enviava nenhum relatório havia meses. — A coisa tá corrida, sabe...

— Tem coisa grande se aproximando — interrompeu. — Contamos com você para lidar com a situação dos jogos Pan-Americanos.

— Como assim? O que é que eu vou ter que fazer.

— Você vai saber quando chegar o momento. Você vai ter 17 dias. Tempo mais do que suficiente pra você cumprir sua missão.

— Que é...?

— Você vai saber quando a hora chegar — falou me dando um tapinha no ombro enquanto se afastava. Então pude ver que, além dos óculos escuros, também vestia a jaqueta do "piloto" Cruise em *Top Gun*.

Fiquei esperando a música *Take my breath away* soar enquanto ele se afastava, mas escutei os versos de Mano Chao escaparem das caixas acústicas de um fusca vermelho com o paralama direito dianteiro branco que me distraiu por um segundo.

"Mano negra clandestina
Peruano clandestino
Africano clandestino
Marihuana ilegal..."

Quando olhei, Tom Cruise tinha sumido.

o

São Paulo, ██ de ███ de ██████

R.: 0005 - Sec.: 077-B - Confidencial

Como as Olimpíadas, o Pan é realizado a cada quatro anos, reunindo atletas da América Central, América do Norte e América do Sul para a disputa de diversas modalidades esportivas.

A sede, como na competição olímpica, muda toda nova edição sendo que em 2007 a honra coube ao Brasil, mais precisamente à cidade do Rio de Janeiro. Boa parte dos esportes se repetem nos Jogos Olímpicos, sendo que a classificação para muitos deles é obtida de maneira direta com os resultados do Pan.

```
A mascote era um sol ridículo chamado Cauê, nome
escolhido em votação popular, o que é quase uma
desculpa. Ao final das competições, o Brasil ficou
em terceiro lugar no quadro de medalhas, atrás dos
Estados Unidos e de Cuba.
  O próximo relatório deve sofrer um atraso por
conta do trabalho acumulado na redação. Gostaria de
saber se houve alguma novidade com relação ao pedido
de uma ajuda de custos para que eu siga prestando
serviços de qualidade para essa organização.
  As medicações continuam sendo entregues, mas um
reforço das roxas pode ajudar significativamente o
tratamento de minha sinusite crônica.
  008/17-13/KXP
```

o

Minha dedicação à missão relacionada ao Pan só foi comparável ao meu interesse sobre o assunto: muito pouco ou nenhum, dependendo do momento. Acompanhei a coisa toda pelos noticiários televisivos noturnos, receita pessoal pra chamar o sono. Isso pode ser observado, creio, pela profundidade com que tratei o tema em meu relatório. Algo de bom deve ter aparecido, porque no carregamento seguinte recebi duas vermelhinhas que deixaram o pacotinho com um colorido muito mais harmônico. Nunca descobri o método utilizado na entrega do material. As "amiguinhas" brotavam na despensa do banheiro e, após algum tempo, passou a ser algo com que contava sem questionar. Vamos dizer que elas se multiplicavam espontaneamente.

o

Enquanto acumulava desculpas para trabalhos não realizados para A Agência e para o jornal, comecei a ter que elaborar histórias fantásticas para justificar meu envolvimento limitado (leia-se nenhum) com as investigações relacionadas ao nazi maior, Hitler. Bigode, nome carinhoso para uma figura infame, tinha naquele momento aquele apelo nostálgico que os filmes da Segunda Guerra sempre despertam: a convicção de que combatemos o vilão. Não existe área cinza, nenhuma nuance desconhecida ou motivação justificável: nazistas são maus. Sem discussão. O que complicava é que para mim era óbvio que o cara estava morto. Todos os livros de história registravam o momento em que o sujeito virara presunto, na chegada dos soviéticos em seu bunker ao final da guerra. Tinha colocado uma bala na cabeça, incapaz de lutar como ordenou a seus compatriotas, inclusive crianças. Covardão, o safado.

Acontece que até a obviedade pode ser relativizada. Depende muito do observador, suas experiências, excentricidades ou bom senso. E o Mané, além de excêntrico, carece de bom senso. Tanto que seguia entregando-se furiosamente à pesquisa do tema. Entre suas descobertas, a confirmação do endereço fornecido pelo Sr. F. como ponto de partida. Daí foi um pulo para estabelecer contato com um jornalista argentino que seguia os passos do Adolf por essas bandas e já publicara dois livros sobre o assunto. Mas foi a descoberta de colônias alemãs no Paraná que conseguiu despertar minha atenção. No mesmo período, pouco antes de estourar a guerra, um fluxo de imigrantes do país do Führer veio para cá. Curiosamente, parte deles judeus, parte nazista. Imaginem escapar da Europa em busca de um novo começo para um país ainda em construção e encontrar como vizinhos não apenas compatriotas, mas aquelas mesmas pessoas responsáveis pela sua fuga? Parecia que eu tinha enfim encontrado um ângulo para acompanhar aquela loucura.

o

São Paulo, ██ de ███ de ███████

R.: 0012 – Sec.: 077-B – Confidencial

Para contextualizar as informações obtidas, esse relatório deve organizar historicamente a cadeia de acontecimentos e fatos que possibilitaram o encontro de judeus e nazistas em terras brasileiras ainda durante os anos da Segunda Grande Guerra.

Como é sabido, os ditadores e líderes populistas sul-americanos permitiram o livre trânsito de nazistas pelo continente, recebendo de braços abertos inclusive criminosos de guerra. Entre eles, o próprio Führer, que teria passado seus últimos anos entre Brasil, Argentina e Paraguai.

Nomeado chanceler em janeiro de 1933, Adolf Hitler estava a passos do controle da Alemanha. Nos meses seguintes, o Partido Nazista perseguiu qualquer oposição, desmantelando partidos e instituições e, via decreto em julho daquele ano, transformou o país em um Estado de partido único.

Começava a busca obsessiva pelo modelo de homem perfeito, ariano, e de um sistema que o acolhesse. Ao mesmo tempo, os meios de comunicação começaram uma cruzada anti-semita que transformou os judeus em responsáveis por quase todos os males da sociedade alemã.

Ainda em abril de 1933, teve início um boicote ao comércio de proprietários judeus. A hostilidade aumentou com as Leis de Nuremberg, de 1935, que legalizava a ideia de pureza racial, proibindo o relacionamento sexual entre alemães de origens distintas.

O terror se instala em 1938 com a *Kristallnacht*, ou Noite dos Cristais. A perseguição aos judeus se torna sistemática. Sinagogas, lojas e casas são destruídas e milhares são presos, feridos ou assassinados.

Mas, para entendermos como se deu o encontro de judeus e nazistas em terras brasileiras, temos de voltar um pouco no tempo.

Em 1925, a Companhia de Terras do Norte do Paraná, subsidiária da inglesa *Paraná Plantations*, adquiriu 515 mil alqueires de solo fértil, o equivalente a 14% da área total do estado. Em 1932, com essa terra disponível e vantagens oferecidas, imigrantes começaram a chegar vindos, inicialmente, de Danzig - que havia se tornado uma cidade livre, semiautônoma, em 1920, com o Tratado de Versalhes, mas que viria a cair sob controle nazista, em 1933. Hoje Gdansk, passou a pertencer à Polônia após a derrota da Alemanha.

A colônia, batizada de Nova Dantzig (com um "t" a mais em sua grafia) pela Companhia de Terras, contou inicialmente com 10 famílias que não esperavam encontrar tanta dificuldade nos trópicos. Diante dos desafios proporcionados pelo calor e pela mata nativa, muitos desistiram, o que abriu espaço para a chegada de libaneses, espanhóis, japoneses, italianos e brasileiros do Nordeste.

O alemão Oswald Nixdorf, estudioso da agricultura em países tropicais, também embarcou para o Brasil em 1932 e se acomodou em terras que iriam se transformar em uma outra colônia. No ano seguinte, foi seguido por Erich Koch-Wesser, ex-ministro da justiça e ex-deputado do Partido Democrático, e Johannes Schauff, deputado eleito pelo Partido Zentrum. Oriundos de Bremen, cidade distante 60 km de Berlim, escolheram Roland, nome de um herói da terra natal, para batizar a colônia.

O desenvolvimento da região acabou se transformando em uma ferramenta importante que permitiu aos interessados enviarem recursos para cá. A construção de uma ferrovia da *Paraná Plantation* ligando o Paraná a São Paulo tinha como principal fornecedor a Alemanha, o que permitiu ao deputado alemão Otto Proustel criar um jeito para que famílias judias enviassem dinheiro para o Brasil mesmo com a proibição de remessa de dinheiro para o exterior.

No esquema chamado de "operação triangular", os judeus alemães compravam trilhos, vagões, parafusos das fábricas alemãs, em nome da *Paraná Plantation*. Em troca, recebiam dos ingleses os títulos das terras que viriam a ocupar no Paraná. Com isso, cerca de 400 famílias vieram da Alemanha para

Rolândia entre os anos de 1934 e 1938, sendo que entre 80 e 120 delas eram de origem judaica.

O que muitos não imaginavam ao cruzar o Atlântico em busca de uma nova vida era encontrar bandeiras nazistas como a hasteada durante a inauguração da escola municipal em 1934. Com isso, muitas crianças foram educadas em casa por judeus que temiam sofrer as mesmas perseguições de sua terra natal. Até mesmo a exibição de símbolos religiosos era feita de forma discreta.

De acordo com o pesquisador Lucius de Mello, autor de *A Travessia da Terra Vermelha - Uma Saga dos Refugiados Judeus no Brasil*, a intenção de Hitler era transformar Rolândia numa colônia nazista modelo na América do Sul. Loucura ou não, fato é que entre os anos de 1928 e 1938, o Brasil foi sede do maior Partido Nazista fora da Alemanha.

Tudo começou em 1924 quando surge o *Landesgruppe Brasilien*, algo como "o grupo do país Brasil", considerado a gênese do Partido Nazista no país. De acordo com a historiadora e professora da USP Ana Maria Dietrich, tal organização já integrava uma espécie de rede mundial com outras filiais do partido espalhadas em 83 países. Oficializado em 1928 e colocado na ilegalidade em 1938, o Partido Nazista em terras tupiniquins chegou a contar com 2.900 membros e a atuar em 17 estados brasileiros, com destaque para Paraná, Santa Catarina, Rio Grande do Sul, São Paulo, Rio de Janeiro, Minas Gerais, Pernambuco, Bahia e Pará. Inclusive, em um determinado momento, Hitler chegou a declarar: "Não vamos desembarcar tropas e conquistar o Brasil com armas na mão. As armas que temos são as que não se veem".

Ainda de acordo com Ana Maria Dietrich, autora de *Caça às suásticas: o Partido Nazista em São Paulo sob a mira da polícia política*, no colégio Visconde de Porto Seguro, antigo colégio Brasileiro Alemão, em São Paulo, por exemplo, o pai de um aluno chegou a enviar uma carta a Goebbels, Ministro da Propaganda de Hitler, denunciando o seu diretor Gustaf Adolf Hoch por este não apoiar o nazismo.

Porém, em 1942, Getúlio, a contragosto, se vê obrigado a declarar guerra contra o Eixo. E, entre outras coisas, obriga a mudança de nome de todas as cidades e colônias batizadas com alguma ligação com os inimigos. Assim, em 1943, Nova Dantzig passou a se chamar Cambé e Rolândia virou Caviúna. Rolândia recuperou seu nome em 1947, já Cambé nunca retornou ao nome original.

Ainda quanto à Rolândia, a Delegacia de Ordem Política e Social (DOPS) se interessou pelas atividades dos imigrantes alemães e investigou a cidade entre 1942 a 1945. Mais do que perseguir nazistas, o Estado Novo de Getúlio Vargas promovia uma política nacionalista de vigilância e repressão para se manter no poder. Vale lembrar que Vargas tentou permanecer neutro durante a guerra, sendo obrigado a ficar ao lado dos Aliados contra os países do Eixo por pressão estadunidense e da opinião pública. Entre os agitadores do Reich identificados estava August Nixdorf (sem parentesco com Oswald Nixdorf) que criou uma célula do partido nazista em Rolândia. Com o cerco da polícia, voltou para a Alemanha.

Enfim, parece que a aproximação entre as colônias rurais de Cambé e Rolândia não se restringe apenas à Companhia de Terras do Norte do Paraná e à sua localização geográfica...

Existem livros a respeito. No entanto, a passagem de Hitler por Cambé e Rolândia a partir de agosto de 1945 é ignorada. Minto, nem tanto. Por incrível que pareça, o TCC (trabalho de conclusão de curso) do ex-jornalista da Globo Evaristo Costa, ex-âncora do Jornal Hoje entre 2004 e 2017 parece tocar no assunto. Estas informações serão melhor detalhadas em um documento posterior.

Aguardo novo contato para discutir nova missão.

Uma contribuição financeira regular poderia beneficiar o andamento das investigações. Considerem as circunstâncias de nosso relacionamento e como ele pode beneficiar-se de viagens constantes aos locais de interesse.

016/21-08/KXP

○

Em agosto de 2007, encontrei o Sr. F. pela primeira vez. Fiquei impressionado com seu bom humor e com a maneira segura e eloquente com que se comunicava. O dia que vivera até aquele momento virou uma epopeia digna de Homero, muito embora Ulisses não tenha encontrado em sua aventura metade dos tipos extravagantes que nossa fonte esbarrava no centro de São Paulo, onde completava a renda de aposentado vendendo mapas.

No meio da conversa, quando começou a explicar o motivo de um militar brasileiro da reserva participar da cerimônia de sepultamento secreta do sujeito responsável pela morte de milhões durante a guerra, a vermelhinha quicou com força dentro da minha caixa craniana. Era a primeira vez que tomava uma daquelas, mas a ocasião pareceu adequada. Ingerida logo após o café da manhã, antecedeu uma passeada pela feirinha de antiguidades da Praça Benedito Calixto e da visita às lojas de música da Teodoro Sampaio. Coroando o momento, uma feijoada caprichada. Comida e caminhada deviam sepultar qualquer barato que a amiguinha colorida tivesse proporcionado, mas nada aconteceu. Passei a manhã inteira careta, sendo que o único efeito percebido foi o aumento do apetite — que pode muito bem ser fruto da gula cultivada. A danada resolveu seduzir os neurônios justamente quando a entrevista entrava em temas mais delicados.

Na sala desse apartamento em Perdizes, emprestado por um amigo que viajara, eu via o depoimento do Sr. F. como uma tela de cinema que exibia uma cópia bem avariada de um filme B. As cores mortas, os fotogramas riscados e incompletos, causando pulos e interrompendo sequências... Nada disso ajudava a compreender o que ele falava, embora o entusiasmo do momento fosse palpável.

Como de hábito, fiz a cara mais séria possível e concordava com a cabeça como se soubesse o que estava acontecendo.

Quem está chapado não quer que as pessoas percebam. A dica é usar de empatia, ler a cara do interlocutor. Nesse caso, Mané virava para mim com cara de espanto e eu retribuía a expressão, concordando. Se ele pedia minha participação nas perguntas eu negava com um movimento de cabeça e com as mãos demonstrava que ele estava no caminho certo. Funcionou. Sempre funciona.

O que guardei desse primeiro encontro foi uma memória vívida da camisa com a propaganda de uma rede de supermercados do Sul do país que ele usava. O logotipo era tão feio e as cores tão improváveis que era impossível desviar o olhar. Do papo, guardei citações ao capitão Carlos Lamarca, à atriz Eliane Lage, Mao Tsé-Tung, e que ele sonhava com os números sorteados na loteria. Tinha ganhado algumas vezes, tendo comprado casas para os filhos e um sítio para a esposa. Só conseguia pensar que eu estava completamente fora da realidade e que as vermelhinhas deveriam ser guardadas para ocasiões especiais. Ainda assim, mantive as aparências até o final. O senhor F. foi embora caminhando "para esticar as pernas", e eu peguei uma carona com o Mané para o metrô.

— Então? O que achou? — perguntou claramente excitado.

— Rapaz... Nem sei! — disse fingindo normalidade, mesmo com o carro mergulhado feito um submarino, debaixo d'água e produzindo sons de sonar e apitos como daqueles filmes de ficção dos anos 1960. Se olhasse para o banco de trás poderia até ter visto o Kowalski.

— Amanhã mesmo vou insistir com essa história na reunião de pauta — falou com um sorriso de satisfação.

— Boa. Acho que eles vão topar — respondi sorrindo por imitação, enquanto um peixe colorido circundava o carro que avançava pela Marginal Pinheiros submersa.

Mas não toparam.

o

No mês seguinte, Isabela, completamente integrada à trupe mambembe, trouxe informações importantes para nossa empreitada. Jornalista por formação e maldição, já havia nos ajudado com o levantamento de dados sobre as colônias alemãs no Paraná. Agora, no entanto, sua operação era muito mais delicada: conduzir nossa testemunha, Sr. F., por Londrina.

Muito de nossa história estava relacionada com aquela cidade e a ação não era livre de perigo, uma vez que a atividade neonazista continua a todo vapor em vários pontos do país. Mas confiávamos na sua experiência profissional como repórter, que muitas vezes se resume a voltar para casa em um único pedaço, e na capacidade do Sr. F. de entreter e conquistar até o interlocutor mais irritado.

Assim eles rodaram pelos cenários da infância do Sr. F. que, a essa altura, estavam irreconhecíveis. A casa onde morou com os pais, o cinema que frequentava, as ruas que percorria com os amigos etc. Até a escola, onde encontraram seus registros, mas os de outro personagem importante haviam extraviado para outro prédio ou sumido mesmo.

o

"Chorume", segundo o Dicionário Priberam da Língua Portuguesa
cho·ru·me (latim *florumen, de flos, floris flor)
substantivo masculino

1. Gordura da carne de um animal. = BANHA, UNTO
2. Grande abundância de bens materiais. = FARTURA, RIQUEZA, OPULÊNCIA ≠ CARESTIA, ESCASSEZ
3. [Figurado] Substância ou importância.
4. Líquido que escorre da estrumeira.
5. Líquido que resulta da decomposição do lixo (ex.: chorume orgânico; o chorume do aterro é altamente poluente).

CAPÍTULO 3

Tentar compreender nossos atos passados é, invariavelmente, tarefa hercúlea e ingrata — além de infrutífera, na maior parte das vezes. Gostamos de pensar que coisas guardam memórias precisas, como se uma foto descrevesse algo além do que aparece na composição quando nem mesmo podemos confiar nas cores que seguem parâmetros da máquina utilizada, do filme analógico ou do aplicativo digital, do laboratório de revelação ou da marca da impressora. Uma carta contém palavras que tanto revelam quanto escondem. Sabemos pouco da intenção do remetente, mesmo porque sabemos pouco das circunstâncias que o levaram a realizar o ato de comunicação ou mesmo o tipo de linguagem e vocabulário escolhido. No final, mesmo nossa própria miseravelmente desinteressante história deve ser analisada sob um prisma de circunstâncias. Não penso em nada disso quando leio meus velhos relatórios, mesmo porque não tenho quase nenhuma lembrança deles. Quando muito dos fatos que descrevem. Culpem o estresse da vida moderna pela perda de memória. Culpem a juventude alcóolatra. Culpem até os pesticidas ingeridos involuntariamente por cortesia de Cargill, Monsanto e cia limitada. Eu culpo certo embaraço pessoal ao perceber as estranhas escolhas temáticas dos documentos. O consumo constante de estimulantes artificiais pode ter contribuído um pouco, claro.

Falo isso porque sem muita pesquisa, descobrimos que muita coisa interessante aconteceu no ano de 2008. Os primeiros Jogos Olímpicos realizados na China, por exemplo. O Brasil ganhou 17 medalhas: 3 de ouro, 4 de prata e 10 de bronze. Destaques para o time de voleibol feminino, que venceu a competição pela primeira vez, para Maurren Maggi e César Cielo, ouro no salto em distância e na natação.

Podia falar que Fidel Castro, principal líder da Revolução Cubana, renunciou à presidência do país após 49 anos, deixando também a liderança do Partido Comunista local. Problemas de saúde já impediam que exercesse suas funções havia algum tempo, mas agora, oficialmente, era substituído pelo irmão, Raúl Castro. A mudança, diga-se, não causou danos à estrutura do sistema, mas marcou o início de reformas políticas do país.

Barack Obama foi eleito no dia 4 de novembro o primeiro presidente negro estadunidense. Advogado, filho de pai queniano e de uma americana branca do Kansas, Obama vendia o sonho americano renovado por trás do slogan, *Yes We Can*. Carismático e de discurso conciliador, bateu o senador republicano John McCain, ultrapassado conservador ex-combatente no Vietnã. As muitas promessas de justiça social e de paz foram decisivas para o sucesso da campanha. O resultado: "Yes we can, but we won't". Teve o melhor do que nada Obama Care, mas as bombas continuaram a cair dos aviões estadunidenses por sobre o resto do mundo.

Podia ter falado do tremor de 5,2 graus na escala Richter que atingiu SP e outros estados um pouco antes, em abril, e fez com que eu e o Mané achássemos que o prédio onde morávamos em Santa Cecília ia cair.

Diante das opções, escolhi falar disso:

São Paulo, ██ de ███ de ████████

R.: 0009 – Sec.: 085-F – Confidencial

A Polícia Civil do Rio de Janeiro confirmou que os os restos mortais encontrados no dia 4 de julho pela tripulação do rebocador Anna Gabriela, flutuando em alto mar cerca de 100 km do município de Macaé, no litoral fluminense, eram mesmo do padre Adelir de Carli, que estava desaparecido há três meses.

A confirmação foi obtida com o exame de DNA feito no Instituto de Pesquisa Genética Forense, comparando uma amostra de material genético recolhido com o de Moacir de Carli, irmão do religioso.

Padre Adelir ganhou notoriedade ao desaparecer após decolar de Paranaguá, no Paraná, no dia 20 de abril, suspenso por mil balões de festa. Pretendia voar por cerca de 20 horas e descer na cidade de Dourados, no Mato Grosso do Sul, mas algo deu errado. Após atingir 6 mil metros de altitude, condições climáticas desfavoráveis o afastaram da rota. A falta de recursos técnicos e de um planejamento adequado impediram que contornasse os problemas.

Carli já havia realizado um voo anterior em janeiro quando, suspenso por 600 balões, foi da cidade de Ampére, no Paraná, até San Antônio, na província argentina de Misiones. Nesse teste, percorreu 25 km em 4 horas a uma altitude de 5300 metros.

Consciente disso ou não, Carli seguiu os passos do jesuíta Bartolomeu de Gusmão, o padre voador. Nascido em Santos, Bartolomeu acabou em Portugal, onde conquistou um espaço na corte de Lisboa. Lá, requereu a patente de um “instrumento para se andar pelo ar" que foi concedida em abril de 1709. Seu invento ficou conhecido na Europa como Passarola. José Saramago cita o evento no espetacular *Memorial do Convento.*

Alguma novidade com relação àquela situação da ajuda de custo?

015/29-11/KXP

o

Lendo esse documento percebo que tomei emprestado e continuo tomando, como um bom preguiçoso do nosso tempo, muita coisa da Wikipedia. Também fica aparente que não estava muito criterioso com os temas escolhidos para os relatórios. A suspeita de ter executado o trabalho sob influência de alucinógenos é forte, principalmente a inclusão do padre voador Bartolomeu de Gusmão. Tem uma estátua em sua homenagem numa praça perto da Rodoviária de Santos.

o

O que pensei ser uma meia-bomba acabou por mostrar-se uma catastrófica broxada. Não que minha masculinidade tenha sofrido, mas a auto-estima, confesso, ficou abalada. Já andava confuso por questionamentos políticos, flertando ainda que muito pudicamente com o anarquismo enquanto o comunista interior nem havia se transformado em borboleta. As minhas amigas coloridas, mais do que uma experiência vazia hedonista, eram uma maneira de segurar a onda, não deixar que o desespero consumisse a carcaça já meio cansada. Eram tempos difíceis, segundo mandato do Lula. Muitas decepções com os rumos tomados.

A pressão para ser profissional e seguir as ordens da chefia começava a ser sentida mais intensamente. Seguir com os relatórios, ainda que de forma aleatória, também era penoso. Nada comparado à obrigação de aparecer com resultados nas investigações sobre o compadre Führer. O Bigode era aquela meleca que já tinha saído do nariz mas mudava de dedo para dedo recusando-se a ser lançada pelo ar. Tanto que resolvi me especializar superficialmente no assunto.

Adolf Hitler, ou simplesmente Adolfo, para minha surpresa não era alemão. Ele nasceu na Áustria, na cidade de Braunau am Inn, mais precisamente, no dia 20 de abril de 1889. Quarto filho do casal Alois Hitler e Klara Pölzl, foi o único que sobreviveu à infância. Ele tinha ainda dois meio-irmãos do casamento anterior do pai: Alois Hitler Jr. e Angela Hitler.

Sabe-se que o pai de Hitler era filho ilegítimo de Maria Anna Schicklgruber. Como sua certidão de nascimento não trazia o nome de seu pai, Alois adotou o sobrenome da mãe. Em 1842, Maria Anna, a avó de Hitler, casou-se com Johann Georg Hiedler. Passariam-se ainda 34 anos até que o pai de Hitler, Alois Schicklgruber, fosse legitimado pelo padrasto, vindo então a mudar o seu sobrenome para Hitler, que também pode ser grafado como Hiedler, Hüttler ou Huettler.

Hitler pode ser uma forma de escrever o nome *Hiedler*, que significa "aquele que mora junto a um *Hiedl*" — em dialeto austríaco-bávaro é um termo para um rio ou fonte subterrânea. Em outra hipótese, o sobrenome Hitler pode ter origem em "aquele que vive numa cabana" (em alemão, *Hütte* quer dizer "cabana").

Ou seja, se o pai de Hitler tivesse continuado a usar o sobrenome da mãe, os nazistas hoje estariam gritando "Heil, Schicklgruber!" — ou não, vai saber; talvez, já desistissem na segunda sílaba.

Fato é que muitos observam um efeito psicológico em Hitler durante a sua infância e vida adulta por causa da incerteza biológica do seu avô paterno e de relações interfamiliares.

Há ainda um depoimento de um oficial nazista chamado Hans Frank que levanta a lebre de que a avó de Hitler teria engravidado de um rapaz de 19 anos, filho de uma família judia de Granz chamada Frankenberger, para quem havia trabalhado como empregada. A tese é considerada dúbia por historiadores, embora a ideia de que Hitler era neto de um judeu deixaria sua biografia ainda mais interessante. De qualquer modo, "Heil, Frankenberger!" não soaria muito melhor aos ouvidos.

A família de classe média vivia confortavelmente graças ao pai que era funcionário público e queria que o filho seguisse o mesmo caminho, mas não viveu tempo o suficiente para ver isso acontecer, já que morreu em 1903, seguido pela esposa poucos anos depois, em 1907. Assim, ainda dolescente e sem bigode, Adolfo estava órfão.

O relato é breve porque os historiadores pouco conseguiram confirmar sobre esse período além do que o próprio objeto de estudo dizia a seu respeito. Como era chegado numa cascata, deixaram pra lá.

Contrariando a vontade do pai, que queria o filho em um trabalho estável e respeitável, Hitler queria ser um artista. Tanto que quando se viu sozinho, se mandou pra capital austríaca, Viena, tentando arrumar uma vaga na Academia de Belas Artes. Mas parece que vontade e talento não se encontravam, deixando o menino Adolfo triste e contrariado, vivendo da herança dos pais e da ajuda de uma tia enquanto vagabundeava por ali, macambúzio.

Em Viena, Hitler dividiu um quarto e a sua paixão pelas óperas de Richard Wagner com August "Gustl" Kubizek. No livro *O Segredo de Hitler: a Vida Dupla de um Ditador*, o historiador Lothar Machtan especula que ambos, à época, viveram um relacionamento homossexual.

Em 1913, o pequeno Führer em gestação se mandou para Munique para escapar do alistamento militar austríaco, mas no ano seguinte, com o início da Primeira Guerra Mundial acabou se alistando no Exército da Baviera onde serviu como mensageiro na Frente Ocidental na França e na Bélgica. Adolfo foi condecorado com a Cruz de Ferro de Primeira e Segunda Classe, mas suspeita-se que o fato se deu mais por sua proximidade com os oficiais do que por algum feito extraordinário. Quanto à patente militar, nunca passou de cabo, posto mais alto que um estrangeiro podia ascender naquele momento.

Ferido por estilhaços enquanto estava junto a outros mensageiros na trincheira, ficou cerca de dois meses hospitalizado, retornando ao regimento em março de 1917. Azarado, em outubro de 1918, ficou temporariamente cego após um ataque de gás mostarda e foi mandado para o hospital onde soube da derrota alemã. Como vaso ruim não quebra, ele acabou se recuperando. Pelo menos fisicamente.

A guerra é uma coisa horrível, uma experiência traumática que nenhum ser humano deveria experimentar. O Bigode, no entanto, não detestava a guerra em si, mas o fato de ter perdido. Amargurado com mais esse fracasso em sua vida, começou a buscar teorias da conspiração que justificassem os fatos, principalmente quando retornou para uma Alemanha destruída economicamente e enfrentando turbulências políticas.

Comunistas, monarquistas e toda sorte de vertentes políticas e filosóficas se digladiavam apontando o futuro do país. A 12 de setembro de 1919, o pequeno Führer resolveu abraçar o nacionalismo, filiando-se inicialmente ao Partido Alemão dos Trabalhadores (DAP), tornando-se o seu membro de número 555 — já fazendo escola na arte do marketing e da manipulação, já que, por sua sugestão, o partido havia começado a contagem de membros no número 500 para dar a impressão de ser maior do que realmente era. Hitler, depois, confirmaria ter sido apenas o seu sétimo membro.

No DAP, Hitler conheceu Dietrich Eckart, um dos fundadores do partido e membro da ocultista Sociedade Thule — que não por acaso tinha uma suástica estilizada como símbolo que Hitler chupinhou. Para aumentar seu apelo popular, em 24 de fevereiro de 1920, o DAP mudou seu nome para *Nationalsozialistische Deutsche Arbeiterpartei* (Partido Nacional Socialista dos Trabalhadores Alemães; NSDAP, ou Partido Nazista). O termo *Nazi* é alemão e decorre de *Nationalsozialist*.

A chamada "teoria da facada", que defendia que a Alemanha havia perdido a guerra por conta de uma traição de líderes civis, judeus e marxistas que eram tratados como os "criminosos de novembro", passou a povoar seu imaginário já destrambelhado. As sanções impostas pelo Tratado de Versalhes, que responsabilizava a Alemanha pela guerra e as humilhações vividas pelo povo empobrecido, foram como combustível em uma fogueira.

Se tem um terreno que faz florescer um populista canalha conservador é o da pobreza (o termo "Terceiro Reich" não foi cunhado pelos nazistas, mas por Arthur Moeller van den Bruck, do Movimento Revolucionário Conservador). Ainda assim é preciso criar um inimigo palpável, alguém que a população conheça. O crescimento do Bigode se dá em uma circunstância bem parecida. Derrotada e humilhada, a Alemanha sai da guerra enfrentando problemas em casa, onde a monarquia "deu lugar", com alguma resistência, àquela que ficou conhecida como a República de Weimar, comandada pela centro-esquerda. A sociedade ficou com a sensação de que essa democracia de araque havia provocado a derrota na guerra quando, na realidade, os militares entregaram o poder aos civis para facilitar os acordos de paz.

Esse período turbulento, que vai de 1919 até o início do nazismo, em 1933, é caótico política e economicamente, mas é um momento fértil culturalmente. Os cineastas Fritz Lang, de *Metrópolis* (1927), e J. Von Sternberg, de *O Anjo Azul* (1930) com Marlene Dietrich; os escritores Hermann Hesse, Thomas Mann e Alfred Döblin, para ficarmos com os mais famosos, a arquitetura da Bauhaus, o dramaturgo Bertolt Brecht e o pensador Walter Benjamin são nomes importantes até os dias atuais. Como foi possível tanto desenvolvimento cultural resultar na implantação de um dos regimes mais desumanos de todos os tempos ainda é matéria de discussão.

O sofrimento com a crise econômica provocada pelo Tratado de Versalhes, o abandono social dos necessitados e o sentimento de que o governo recém-constituído traíra o povo e o orgulho alemão, pode ter sido a palha seca à espera do fósforo acesso pelo discurso nacionalista.

Em novembro de 1923, meio chateado com o andamento das coisas, o jovem Führer resolveu organizar um golpe de Estado que, pro seu azar, fracassou e o levou à prisão. Acusado de alta traição, foi julgado e condenado a cinco anos vendo o sol nascer quadrado em abril de 1924, mas ficou preso por poucos meses. Seu discurso de defesa conquistou ainda mais simpatia para sua causa e ele voltou para casa, perdoado, em dezembro do mesmo ano.

Foi no xilindró que ele começou a escrever uma das obras mais odiosas que já passou por uma gráfica: *Mein Kampf* (ou Minha Luta, em português). Esse compêndio de ódio e ignorância disfarçado de biografia fala da pureza da raça alemã e outras ideologias delirantes. Não é preciso dizer que foi um best-seller, ultrapassando a marca do milhão de exemplares vendidos naqueles anos.

Em fevereiro de 1933, o Reichstag, prédio do parlamento alemão, pegou fogo e a culpa foi imputada aos comunistas. Abre parênteses, nos julgamentos de Nuremberg, o general Franz Halder testemunhou que Hermann Göring, que viria a ser o segundo homem na hierarquia nazista, admitiu a responsabilidade por ter iniciado o incêndio. Ele disse que, uma vez, no almoço de aniversário na casa de Hitler em 1942, Göring afirmou: "O único que sabe sobre o Reichstag sou eu, pois fui eu quem lhe ateou fogo!". No seu testemunho no julgamento, Göring negou esta história. Fecha parênteses.

Aí vieram leis marciais, perseguições políticas etc. Nesse mesmo ano, o Partido Nazista já era uma força política impossível de ser ignorada e o presidente alemão Paul von Hindenburg já vinha tentando conter os avanços de Hitler nomeando-o chanceler. Mas não adiantou muito.

Depois de idas e vindas, disputas políticas com um Parlamento rachado e com o aparato miliciano impedindo a participação de congressistas da oposição, Bigode aprovou leis que o tornaram um ditador de fato.

Em uma entrevista de 1934, ele já previa que "o Nacional Socialismo durará mais de mil anos" e que não deveriam esquecer que "o povo riu de mim quinze anos atrás quando eu declarei que um dia governaria a Alemanha. Eles riem agora, de forma igualmente tola, quando eu digo que vou manter o poder!".

Neste mesmo ano, um dia após a Noite das Facas Longas, Ernst Röhm, o chefe das SA (tropa de choque nazista), homossexual declarado e a quem também atribuem ter vivido um relacionamento com Hitler, é assassinado a mando do próprio.

Em março de 1938, a Alemanha anexa a Áustria a seu território. Em março de 1939, toma de assalto a Tchecoslováquia. No dia 1º de setembro daquele ano, desfere um ataque em grande escala sobre a Polônia — ironicamente, invadindo a Cidade Livre de Danzig, a original. Dois dias depois, Inglaterra e França declararam aquele que seria o início da Segunda Guerra Mundial, que iria durar de 1939 a 1945.

Resumindo: um sujeito rancoroso por ter não ter tido seu talento como artista reconhecido resolveu dominar o mundo de pirraça.

o

Abrigando cerca de 680 mil pessoas, a Capela do Socorro é a mais populosa das 32 subprefeituras do município de São Paulo. Essa gente toda se distribui de maneira desordenada e imprecisa por uma área de 134,2 km² dividida entre os distritos de Socorro, Grajaú e Cidade Dutra.

Em algum momento da história, membros do povo Tupi viviam na região, mas num processo migratório "espontâneo" acabaram se fixando mais ao sul, em Parelheiros, onde cerca de 600 indígenas ainda habitam as aldeias de Curucutu e do Morro da Saudade.

No ano de 1827, cerca de 120 imigrantes alemães desembarcaram no Porto de Santos e, ao contrário da grande maioria que rumou para o Sul do país, acabaram ocupando a Capela do Socorro.

A região se desenvolve à medida que a especulação imobiliária se interessa pelo local, principalmente após a construção das barragens da Light como a do rio Guarapiranga, em 1907, que criou a represa de mesmo nome.

Loteamentos de chácaras, clubes náuticos e de campo vieram na esteira valorizando os loteamentos. O Ibirapuera ligou-se à Interlagos, via Santo Amaro e Socorro, com a construção da estrada Washington Luís em 1928, depois completada pela avenida Interlagos.

Os residenciais mais conhecidos eram a Vila Friburgo e o Interlagos — balneário Satélite de São Paulo. Todos se beneficiando da criação de infraestrutura.

A industrialização crescente de Santo Amaro gerou a necessidade de moradias para os trabalhadores que, em parte, acabaram mudando para a Capela do Socorro, sendo Cidade Dutra, planejada e construída pela Auto Estradas S.A. e oficialmente inaugurada em 1º de julho de 1950, resultado desse movimento. Lá é onde é inaugurada também uma unidade da Bayer em 1958. Lá é onde, segundo nossa fonte, muitos dos nazistas escondidos no Brasil encontraram emprego. Depois, São Paulo que amanhece trabalhando construiu a Marginal Pinheiros e não pôde mais adormecer.

Resumindo, Cidade Dutra, nome dado em homenagem ao então presidente Eurico Gaspar Dutra, um personagem da nossa história que nunca escondeu suas simpatias por Hitler e pelo nazismo, é um distrito que pertence à Prefeitura Regional da Capela do Socorro e fica na região Sul da cidade de São Paulo.

Na Wikipedia, muleta de um mundo desinciclopetizado, aprendemos que ainda estão pela região as famílias Shunk, Reeberg, Rochel, Hessel, Guilger da Silva, entre outras. E essa presença alemã motivaria uma das primeiras incursões em campo de nossa pesquisa, descrita em detalhes no relatório (este para uso pessoal) que escrevi na ocasião.

o

O ar-condicionado não estava funcionando, e o vento que entrava pelas janelas escancaradas era como a lambida seca de algum animal do inferno. Quando ficamos na dúvida se uma axila está mais úmida que a virilha, entramos em um novo território de odores desagradáveis a serem explorados. E éramos três no carro sauna embalados por um sucesso do Kid Abelha dos anos 1980, único CD disponível no carro sem rádio.

Destemido, Mané dirigia mais interessado nas declarações de sua fonte, nosso garganta profunda rouco, do que no trânsito. Era domingo e eu não havia pregado o olho durante a noite inteira maratonando *Battlestar Galactica*. Estávamos nos aventurando com as verdes por conta da ausência de roxas (fica aqui uma reclamação). Estava incrivelmente relaxado e alheio ao mundo que me cercava. Um sorriso eventual para fingir que estava prestando atenção na conversa foi infrutífero, ainda mais porque estava com os olhos fechados. Acho que dormi.

O Sr. F. nos assegurou que encontraríamos nazistas na feira — mesmo ele nunca tendo estado lá. Estávamos em Cidade Dutra e todos sabiam que aquela turma cuidava do Führer e da saúde, logo produtos orgânicos estão na ordem do dia. Afinal, reza a lenda que o Bigode era vegetariano.

Ficar de campana na feira é uma arte. Desaparecer entre os legumes e frutas sem chamar a atenção requer treinamento, estudo e dedicação. Por isso, parti em busca da barraca de pastel, onde, camuflado, acompanharia a ação como um recurso tático em uma eventual altercação com o alvo da investigação. Amadores podem imaginar que fiquei comendo enquanto o Mané estava no front, mas a verdade é que acompanhei cada movimento com os olhos, pronto para saltar em missão de resgate. Vinagrete nos olhos é melhor que qualquer safanão.

Reproduzo o ocorrido a seguir:

Munido de um mapa em cada mão e com uma sacola a tiracolo com mais um punhado de mapas, Sr. F. gritava “Olha o mapa! Olha o mapa! Tem do Paraná, Santa Catarina, Rio Grande Sul. Tem do Brasil também. De São Paulo...”. Mané o seguia de uma distância segura. Nem tão perto que chamasse atenção, nem tão longe que demorasse a aproximar-se assim que Sr. F. fisgasse alguém.

Quando já haviam subido e descido a feira umas três ou quatro vezes e eu já estava no quinto pastel, percebi, de longe, que os dois haviam parado ao lado de uma banca de legumes e conversavam com um senhor bem alto já com idade avançada, com um chapéu de feltro estilo *Fedora hut*, uma mulher relativamente mais nova e uma criança de uns **sete** anos. Preferi acompanhar a movimentação de longe. E, para manter o disfarce, pedi mais um pastel.

A conversa já durava uns 10 minutos quando, abruptamente, a mulher pegou o menino pela mão e puxando o velho pelo braço saíram em disparada, olhando com medo para trás a cada três passos dados. Vindo em meu encontro na barraca de pastel, Sr. F. estava pálido, em choque, e só conseguia repetir: "Você apertou a mão de um deles! Você apertou a mão de um deles!", dirigindo-se ao Mané, que, genuinamente preocupado, queria nos tirar dali o mais rápido possível.

— O que foi? — balbuciei enquanto limpava o vinagrete que escorria do canto da boca com um guardanapo.

— Eles vêm de Cambé! Na verdade, vêm da Alemanha. Mas, eles vêm de Cambé, tá entendendo? — respondeu Mané empolgado.

— Mas vocês perguntaram isso pra eles assim na bucha?

— Meu jovem — respondeu Sr. F., ainda branco — Eu sei que entre os nazistas a esposa cumpre a função de guarda-costa do marido. Então, quando eu vi o alemãozão se afastar da mulher e do netinho, eu fui primeiro em direção a ela gritando com o mapa nas mãos: "Olha o mapa do Paraná, de Rolândia, de Cambéééééé, bem no ouvido dela". Daí, ela fisgou a isca e começou a dizer que ela e o marido, que estava numa barraca de legumes mais à frente, conheciam Cambé. Eu enrolei ela mais um pouco e disse que eu tinha um sobrinho que adorava a Alemanha e que inclusive eu estava pagando um curso de alemão para ele. E que eu queria me certificar que ele já estava conseguindo falar alemão e não estava me passando a perna, não aprendendo nada. E foi aí que eu chamei o meu sobrinho...

— Que sobrinho, Sr. F.? — sugeri, olhando com cara de preocupação para o Mané. — Melhor o senhor tomar um caldo de cana. Uma injeção de açúcar vai lhe fazer bem.

— Mano, você tá falando aqui com o “sobrinho”, entendeu?! — respondeu Mané com cara do tipo “parece que você ainda não conhece o Sr. F.”.

— Eu apresentei o meu “sobrinho” para ela — continuou Sr. F. — E sugeri que ele pudesse trocar algumas palavras em alemão com o seu marido. Foi quando ela nos levou até ele, que, já de guarda baixa, concordou em falar conosco.

— Eu comecei soltando um *Hallo, wie geht's Ihnen, Herr...?* — disse o Mané. — E o diálogo continuou todo em alemão.

— Hermann. O meu nome é Hermann — respondeu o homem com um certo orgulho do seu nome, pronunciando-o pausadamente, sílaba por sílaba.

— Muito prazer, senhor Hermann.

— Minha esposa disse que você gosta da Alemanha. Isso é muito bom! Mas eu nunca vi você por aqui. Você é novo no bairro?

— Sim, sim. Acabamos de nos mudar para cá, não é mesmo, tio? — Mudo, o Sr. F. consentiu com a cabeça. — A propósito, o senhor é de onde na Alemanha?

— Eu venho da região de Ulm. Aliás, estamos indo de férias para lá daqui algumas semanas... De qualquer maneira, é bom ver que jovens brasileiros como você queiram aprender o alemão e se interessem pela Alemanha. Quem sabe em alguma próxima vez podemos marcar um almoço na minha casa? — disse, enquanto colocava a mão em meu ombro, apertando-o como se quisesse dar a entender que estava me convidando para uma espécie de rito de iniciação.

— Nossa, gostaria bastante. E o senhor não fala nada de português?

— Sim, falo um pouco, *aber nur mit dem* em-pre-ga-da! — disse estressando sílaba por sílaba, outra vez, com um certo orgulho.

Foi nesse momento que, sem nenhum motivo aparente, a mulher pareceu desconfiar das reais intenções de tio e sobrinho. Assim, sem muita explicação, agarrou o braço do marido e partiram, sem comprar nada, praticamente em fuga.

O interessante, como Mané apurou posteriormente, é que a elite alemã costumava se comunicar em francês, deixando o idioma alemão para a ralé. Era uma maneira clara de distinguir classes sociais e uma das coisas derrubadas por Hitler, que transformou o idioma alemão em uma língua superior digna de orgulho. Em um abuso de Google, também veio com a curiosa informação de que o nome Hermann significa "soldado, homem do Exército, guerreiro".

Mas de volta à Cidade Dutra... lá também foi a última morada do piloto nazi letão Herberts Cukurs, que comandara massacres em Riga, e que acabou sendo morto pelo Mossad, com marteladas na cabeça, em 1965, em uma emboscada em Montevidéu. Chamado de o "Charles Lindbergh" da Letônia, Cukurs, que gerenciava passeios em hidroaviões e pedalinhos na represa de Guarapiranga, vivia no Brasil desde 1946 sob a proteção dos militares do governo de Eurico Gaspar Dutra — a despeito de ter tido o seu pedido de nacionalidade indeferido por Juscelino Kubitschek em setembro de 1960.

o

São Paulo, ██ de ███ de ███████

R.: 0006 – Sec.: 046-H – Confidencial

Nada de errado com as verdes, mas as roxas podem retornar. O prato colorido é o mais saudável, já diziam os maias. Quando tratarem da questão da ajuda de custo poderiam avaliar um acréscimo por atividades perigosas?

022/37-08/KXP

o

O Sol estava transformando milho em pipoca e fazendo a alegria dos pombos. Eu caminhava pelo Centro de São Paulo voltando de mais uma entrevista frustrada com um entrevistado frustrado para escrever uma matéria frustrante quando percebi que precisava desesperadamente encontrar instalações sanitárias em condições humanas de uso. O bom senso mandou escolher um estabelecimento de boa aparência e a prudência mandou pedir um refrigerante no balcão antes de perguntar pelo sanitário, informação que veio acompanhada de uma chave pendurada por um fio de cobre com um pedaço de pau preso à outra extremidade — detalhe importante para quem já viu algo parecido. Acontece que a lanchonete de fachada bonita escondia um dos banheiros mais podres já visto, destes onde a cerâmica manchada está além da recuperação. Onde o ar pestilento afasta as moscas. Onde a fé na humanidade termina.

A necessidade é, desde a antiga Grécia, conhecida como a deusa da criatividade. Os romanos a acolheram em seu panteão. Os bárbaros bretões a assimilaram, invocando seu nome em rituais pagãos realizados nas profundezas de densas florestas iniciados com as palavras sagradas "when you gotta go, you gotta go". Eu que não sou versado nem no idioma de Camões, aprendi que o chamado da natureza não deve ser ignorado. Daí, enfrentar um dos círculos do inferno é um preço pequeno a se pagar no lugar da alternativa, que seria aliviar-se no meio da rua.

É vital que o balé desenvolva movimentos que evitem ao máximo o contato com qualquer superfície. Impedir que as roupas toquem o chão é tão imperativo quanto segurar com um dos pés a porta com o trinco quebrado. Outros detalhes seguem passos menos precisos pois dependem de particularidades do local, como existência de tábua, lixeira e papel.

Mas por que relembrar momentos íntimos tão desagradáveis? Porque a porta do banheiro rangeu e alguém entrou assobiando uma melodia conhecida, deixando escapar alguns versos quase reconhecíveis.

"...Come with me and you'll be in a world of pure imagination..."

A coceira que antecede a frieira não é tão irritante quanto a melodia que fica rolando na cabeça enquanto tentamos lembrar o nome de uma maldita música. Aquela sensação de reconhecimento quase inexplicável...

Por fim, tão limpo quanto possível diante das circunstâncias, cruzei de volta o Aqueronte de carona com o compadre Caronte. Ao retomar o refrigerante com a cautela de espantar as moscas ouvi mais uma vez a melodia assobiada ao meu lado. Bastou uma olhada para os neurônios adormecidos voltarem à vida.

— Willy Wonka! — gritei vendo Gene Wilder sentado a meu lado tomando um cafezinho.

Ele sorriu e apontou os dois dedos indicadores em minha direção na melhor versão "você é o cara".

A essa altura do campeonato já não me assustava com essas aparições d'A Agência. Para falar a verdade, achava até divertida essa coisa de disfarces estapafúrdios. Me incomodava o fato de ninguém mais notar a presença de um cara de terno de veludo roxo com uma cartola vermelha no balcão de uma lanchonete. Mas, por outro lado, São Paulo é um lugar estranho.

— Seu trabalho vem sendo elogiado... — disse entre bicadas no café.

— Legal... — respondi sem a menor ideia do que ele estava falando.

— Agora sobre a próxima missão... Você gosta de cinema brasileiro?

— Claro.

— Conhece o trabalho do Walter Salles?

— Sim. Gosto muito de *Terra Estrangeira*.

— Ele é sua próxima missão.

— Como assim?

— É importante que vocês estejam em contato, associados em um projeto.

— Certo...

— Não precisa se preocupar. Já está tudo arranjado.

Não posso dizer que fiquei preocupado. Não havia a menor possibilidade de encontrar o camarada pessoalmente, quanto mais estar envolvido com ele de alguma maneira. Mandei o melhor duplo joinha que meus dedões já produziram. Ele, no entanto, parecia incomodado com alguma coisa.

— Preciso te alertar sobre ██████. Eu não deveria te falar isso, mas acho que você tem o direito de saber, se preparar pro ███ ████ █████.

Era como se o que ele dizia aparecesse em balões de história em quadrinhos, mas censurada. Eu me esforço para compreender, mas Willy Wonka já é um Oompa Loompa. Quando pisco estou em casa, tomando banho. Não tenho ideia de como cheguei ali, mas fico aliviado.

Quando tento me lembrar daquele dia, vejo apenas o sorriso bizarro de Johnny Depp. Sei que ele não estava lá, mas não é o que aconteceu. Não me entendam mal, sou fã do Tim Burton, mas o original faz parte da minha infância.

Nunca mais tocamos no assunto, mas acho que ele falava das eleições de 2018.

○

No outro dia, na redação, Mané me encontrou na salinha do café. Sua empolgação era visível.

— Adivinha quem respondeu meu email?

— O Walter Salles?

Ele ficou bem surpreso.

— Como você sa...

— O Willy Wonka me contou — respondi sorrindo e puxando uma cadeira. — O que ele disse?

— Deixa eu te mostrar a resposta dele:

"Caro, em primeiro lugar, bom ouvi-lo. Será um prazer ler o material. [...] Imagino que o assunto deva ser fascinante... De minha parte, me sinto na obrigação de dizer que estou tomado por dois projetos de longa (um deles com a Fernanda Montenegro, baseado em um tema que tmb é bastante extraordinário, ligado ao Mengele e ao Holocausto). De qq forma, mesmo se eu não puder avançar pessoalmente, prometo ajudar ao máximo para que o projeto evolua em boas mãos. Abraços e até breve, Walter."

— Caracas, e o que você respondeu?

— Que o personagem da nossa história é o próprio chefe e não o Mengele...

CAPÍTULO 4

Nem sempre as coisas foram assim. Houve um tempo em que eu era a imagem da saúde, mas sempre existe uma esquina suspeita no bairro mais nobre. Aquela casa com um movimento fora do padrão, com muitas visitas distintas em horários distintos. Tudo muito silencioso, tudo muito suspeito. É um buraco no cartão postal por onde podemos enxergar a verdade da vizinhança que restringe sua violência ao seio siliconado familiar.

A possível carreira de atleta de quinta categoria encontrou concorrência com os distúrbios adolescentes frequentes: preguiça, tesão, curiosidade, estupidez e coragem, que estranhamente andam de mãos dadas em todas as ocasiões.

Tudo isso pra dizer que troquei os esportes pelos experimentos etílicos e químicos antes da maioridade. Gostaria de dizer que isso afetou meu desenvolvimento emocional e intelectual, mas a verdade é que busquei essas alternativas medicinais por necessidade. Sempre houve um enorme buraco, um vazio que nunca se preenchia. Mais tarde vim a descobrir que se tratava de uma questão de saúde mental, mas na adolescência achamos que podemos resolver tudo com cachaça e punheta.

Estranhamente, essa combinação de fatores jamais resultou em explosões violentas. Acho que até criou uma sensibilidade com relação ao tema. A ideia de infligir dor e sofrimento nunca pareceu excitante. Nem mesmo em pornografia barata. Mais que uma questão moral é uma incompreensão, uma incapacidade de encontrar qualquer sentido em atos hostis que não sejam de defesa. Podemos chamar isso de covardia? Talvez, já que ao ter uma arma apontada para a cara em um assalto tive um momento de pane onde não fui nem mesmo capaz de sentir medo.

Acho que espero apenas que as pessoas não julguem de maneira apressada os que buscam apoio, ajuda ou consolo em farmácias e traficantes. Futucando, todo mundo tem um esqueleto no armário, um instrumento de fuga. Um amante, uma dança, uma compra, uma bebida, um exercício, um filme, um algo que ajuda a suportar um dia de merda.

Eu não acho que minhas companheiras coloridas sejam uma fraqueza. Podem mesmo ser o contrário, a argamassa que mantém os tijolos da casa grudados e os impedem de cair ou de deixar a água entrar. É um jeito de conseguir suportar as coisas. É o meu segredinho e, comparado com o seu, não é tão ruim assim. Sejamos sinceros.

o

São Paulo, ■■ de ■■■ de ■■■■■■■■

R.: 0108 – Sec.: 005-F – Confidencial

Contato com Walter Salles encaminhado. Todos os encontros serão gravados e reproduzidos em relatórios regulares.

Para tanto, peço o encaminhamento de fundos para aquisição de material padrão de espionagem.

Microfones, gravadores, máquinas fotográficas etc.
022/03-07/KXP

o

Nunca tive a menor intenção de encontrar Walter Salles. A ideia de participar de qualquer atividade de espionagem, ainda que fuleira, me era inconcebível. Que direito esses porras tinham de vir do futuro fantasiados de artistas meia-boca hollywoodianos pra meter o bedelho na vida dos outros? Decidi fazer o que fiz na maior parte dos meus empregos: enrolar com graça e elegância.

O Mané ter de fato contatado que o sujeito quebrou minhas pernas. Qual a chance de um jornalista desconhecido de um veículo desconhecido entrar em contato direto com um diretor de cinema com carreira internacional premiada e, coincidência, herdeiro de uma das maiores fortunas do país.

Mas ele me encontrou no café da manhã dizendo que não apenas havia falado diretamente com o camarada ao telefone como o havia seduzido com nossa pesquisa a respeito do Bigode. Walter achou a história fascinante e quis colaborar com o projeto. Para ele, se era uma verdade histórica ou uma fantasia elaborada não vinha ao caso. Ele viu o potencial e o impacto que o tema teria sobre as pessoas. Como primeiro movimento, ele enviaria ████████, seu cameraman de confiança, para registrar uma nova entrevista com o Sr. F.. A partir daí, a estratégia de ação seria traçada.

Escutando a maneira entusiasmada como o Mané relembrava a conversa por telefone na véspera do Natal que, segundo ele, durara 50 minutos, caiu a ficha de que a coisa iria para frente com minha participação ou não. E contar o que se passava entre o Mané e o Walter para meu recrutador seria uma traição. Mas se eu nunca visse o Walter e se inventasse o teor das conversas entre eles não haveria porque contar o que estava fazendo.

Viu como rebolando a gente desvia balas de moralidade? Se o parquinho tá vazio, por que não tacar fogo?

Encontrei o Mané após a filmagem e também após discuti-la com o Walter. Em ambas ocasiões flutuava numa nuvem de pílulas roxas com pitadas de rosa engolidas por engano. Não entendia o que ele falava, não tinha como revelar nada.

o

São Paulo, ■■ de ■■■ de ■■■■■■■

R.: 0137 – Sec.: 041-F – Confidencial

Eu gosto muito de *Terra Estrangeira* – aquela cena final com a Fernanda Torres e o Fernando Alves Pinto fugindo em direção à Espanha, ao som de Vapor Barato na voz da Gal, é antológica –, mas *A Grande Arte* não me pegou. Guardei o Tonico Pereira como sempre dando um show e os Arcos da Lapa. Sou uma criança dos anos 80 então "zonas" tem um apelo nostálgico a despeito de revelar o fracasso de uma sociedade. Aliás, essa é uma das grandes contradições dessa geração educada durante uma ditadura. Tudo é proibido e no final sobra o quê? Um puta egoísmo. Azar o teu, se fudeu. Foi pra Portugal perdeu o lugar. Farinha pouca eu cheiro primeiro. Essas coisas.

No bailinho, fita "Lentas Internacionais", dançar coladinho deixava todo mundo de pau duro. A menina fingia que não sabia o que estava acontecendo, mas curtia. Naquele tempo não pegava bem essa coisa de mulher gostar de sexo. Isso era coisa de puta. Sociedade bem doente que criava um problema pro menino que era cobrado a sair por aí metendo. Mas meter como se elas não deveriam dar? Meter com outros meninos? Também não pode. Aí precisa inventar a zona.

Não sou sociólogo e acho que isso fica bem claro quando abro a boca. Mas estou curtindo essa coisa de seguir o Walter Salles. Ontem ele foi tomar um café com o Mané perto do Espaço Unibanco de cinema, lá na Augusta. Porra, leva logo pra uma agência do Itaú. Uhauhauhahuahuhua

Enfim é isso. Tô serião na missão. Contem comigo que sou firmeza.

Essa leva de abóboras é fantástica. Estou há dois dias sem dormir e parece que despertei de um sono desses de oficina mecânica, fazendo da lataria ao motor e colocando estofados novos. Nesse ritmo durmo só no final da semana.

O melhor é que não está afetando minha capacidade cognitiva.

Manda um dinheiro pra malandro que a vida tá osso.

Viva a união dos países sul-americanos!

Viva Belchior e os quadros de galo do Silva que todo mundo tinha na sala nos anos 80.

Foda-se a TFP e a pizza com requeijão!

029/08-07/KXP

o

Estava no balcão da padaria arrependido de ter pedido o café de coador no lugar de um expresso quando Pelé, AKA Edson Arantes do Nascimento, sentou-se na banqueta ao lado.

— Isso aí parece que foi coado em uma meia suja...

Por mais desagradável que tenha sido, o comentário era verdadeiro. E o gosto não superava a aparência. Bebi de ruindade.

— Tá gostoso. Quer um?

Ele fez cara de nojo como se estivesse abraçando o Luciano Huck e pediu um refrigerante.

— Olha, você está causando uma revolução no departamento. Teus relatórios estão deixando todos em polvorosa. Não sei como você consegue informações tão preciosas. Aguarde para breve uma promoção.

A expressão de sinceridade naquele rosto que anunciava pílulas contra a impotência na televisão me pareceu genuína. E mesmo agora, em retrospectiva, completamente absurda. Eu nunca escrevi nada relevante em nenhum relatório. Nada que não tenha embrulhado peixe na feira um dia antes ou depois. Eu simplesmente não entendia. Mas como também nunca entendi a tecnologia da televisão de tubo, plasma, led ou folha de loro, não liguei. Como um carro descendo a ladeira, se tá andando, deixa. Lá na frente a gente vê se o freio tá funcionando.

— Continua com o Salles, mas fica de olhos abertos. Tem coisa grande vindo por aí. Ninguém além da diretoria sabe o que é, mas é algo importante e você está envolvido.

Levantou-se como se pesasse duzentos quilos e colocou a mão sobre meu ombro com uma expressão bem séria, meio paternal até.

— Tenha cuidado. Você não vai querer estar do lado contrário de uma briga com A Agência. Eles não se importam com nada além do sucesso das missões.

— Fica tranquilo — respondi fingindo gostar do café. — Eu sei me cuidar.

○

Nosso grupo de campistas amadores seguia pela estrada de terra que levava à área das barracas no camping em Cabreúva, no interior de São Paulo. Em uma descida, logo diante do bar local, escorreguei impulsionado pelo cansaço e pelo peso da mochila que, pelo menos, impediu que me estatelasse completamente, tornando a queda em minha bunda ainda mais engraçada, suponho, diante das risadas vindas dos bebuns sentados nas mesinhas do lado de fora do estabelecimento.

Amparado pela mochila, cruzei as pernas e acendi um cigarro, fingindo que não estava aborrecido. Meus amigos riram muito e seguiram caminho, me deixando fazendo fumaça e curtindo a vergonha momentânea.

Um homem alto, de pele bem clara, se aproximou e esticou a mão para me ajudar a levantar. Seu rosto não tinha nada de familiar, mesmo porque estava desfocado. Achei que pudesse ser a lente dos óculos, mas o resto estava nítido e lindo, iluminado pelo sol generoso de maio ou junho ou julho. Antes de agosto com certeza.

— Pensei que você tinha parado de fumar... —, disse ele com um sotaque bem estranho.

— E parei sim, mas foi daqui há alguns anos — respondi ainda sem perceber como aquilo era estranho.

— Você sabe quem eu sou? — perguntou o homem de rosto borrado.

Começamos a caminhar. Eu tentava alcançar meus amigos que iam quase a perder de vista. Ele parecia me acompanhar por não ter nada melhor para fazer. Sem olhar em sua direção soube quem era, seu nome, alguns detalhes de sua vida e, principalmente, que devia temê-lo.

— Você é o Anjo da Morte de Auschwitz.

— Sem formalidades — respondeu claramente divertido embora sua face continuasse esfumaçada. — Pode me chamar de Wolfgang, Fritz, Helmut, Fausto... Até de Pedrão. Só não gosto mesmo de José. Meio óbvio, sem graça.

Meus amigos seguiram morro acima rumo à área destinada às barracas. Sem nenhum movimento brusco, como se eu mesmo não tivesse controle sobre minhas pernas, estava andando rumo ao lago, onde paramos numa espécie de praia caipira observando as crianças se divertindo no tobogã de cimento na margem oposta.

— Como você já sabe, meu nome é Josef Mengele. Qualquer livro de história vai conter informações básicas a meu respeito. Nasci em 1911 e era o filho mais velho de Karl e Walburga. Meu pai tinha uma fábrica de produtos agrícolas e vivíamos bem. Uma família normal alemã de Günzburg, na Baviera, no sul da Alemanha. Estudei medicina, antropologia... Obtive um PHD em antropologia. Depois arrumei trabalho no Instituto de Biologia Hereditária e Higiene Racial em Frankfurt. O nome já dá uma ideia do que a gente fazia por lá, né? — disse enquanto acertava uma cotovelada amistosa em minhas costelas e uma piscadela cúmplice enquanto prosseguia o monólogo. — Entrei para a SS de maneira voluntária e acabei em Auschwitz. Lá, acho que encontrei as condições ideais pra desenvolver meu potencial. Eu já tinha esse interesse em gêmeos e anões...

Ele me fez sentar apenas pressionando levemente meu ombro para baixo. Não sei porque estava imóvel daquele jeito, era como se tivesse mergulhado em algum processo hipnótico ou estivesse sedado. Fato é que não conseguia mais me mover, acompanhando sua movimentação apenas com meus olhos.

— Olha só esse pato aqui. — Não sei de onde apareceu um pato caminhando desajeitado na beira do lago. Ele o pegou pelo pescoço e o animal aceitou docilmente a dominação. — Você olha pra ele e pensa em várias coisas diferentes, em bichos de estimação, em migrações, em contos de fada e até em desenhos animados. Eu só quero saber o que tem aqui dentro. — Tirou uma faca do bolso e desferiu um golpe preciso no peito do bicho que aceitou o corte silenciosamente. Depois seguiu rasgando o peito plumado verticalmente, enfiando os dedos em uma rápida exploração onde encontrou um coraçãozinho ainda pulsando e o exibiu em seus dedos sangrentos. Depois soltou o pato que, sangrando, seguiu caminhando em sua deselegância.

— É isso que as pessoas não entendem. Eu não tenho prazer nessas coisas. Eu sou um homem da ciência. Me acusam de fazer experimentos com seres humanos, mas para mim, nos campos de concentração, estavam coisas. Judeus, ciganos... Eram cobaias. Hoje não fazem teste com macacos, coelhos e outros animaizinhos simpáticos? Eu fazia com quem a sociedade da época dizia que eu podia dispor como quisesse. Isso faz de mim um monstro? Faz, de todos os alemães que apoiavam o regime, monstros?

De canto de olho não conseguia perceber o que ele fazia, mas podia perceber a felicidade incontida em sua voz.

— Muita gente acha que essa sua busca por Hitler é ridícula e que ele morreu no bunker e blá-blá-blá. E acham impossível um criminoso de guerra fugir e se esconder por muito tempo. Ah, por favor! — disse no meio de uma gargalhada. — Você acha que todos os nazistas morreram na guerra ou desapareceram por encanto? Eles tocaram suas vidas, voltaram a ser delegados, professores, açougueiros... Outros encontraram simpatizantes além da fronteira e criaram uma rede de apoio ao nazista abandonado. — Gargalhou de maneira assustadora. — Eu fui pra América do Sul, paraíso dos bandidos lendários, terra prometida dos canalhas. Passei pela Argentina, pelo Paraguai e cheguei ao Brasil. Sempre recebido de braços abertos.

Sem conseguir me mexer, senti um bolo se formar em meu estômago, como se o medo e a raiva estivessem brigando para deixar o corpo inerte. A acidez queimava a garganta incapaz de produzir qualquer som. A figura do homem ajoelhou-se diante de mim exibindo uma seringa com algum produto azul luminoso em seu interior. Borrifou no ar algumas gotas como fazem os enfermeiros. A névoa que cobria seu rosto começou a se dissipar, mas as feições ainda permaneciam escondidas.

— Morri em 1979, em Bertioga, ao menos é o que dizem... Meus ossos ainda estão no IML de São Paulo e são usados por estudantes. Não é muito glamuroso, mas permanece o fato de que vivi por aqui sem grandes complicações desde 1949, 30 anos, diz muita coisa sobre esse pedacinho de terra latina, né? — disse dando de ombros.

— Muitos outros fizeram o mesmo, como disse. Quando falam que seria impossível uma fuga de Hitler eu só posso achar engraçado.

Seu rosto ia ficando cada vez mais nítido, e juro que em alguns segundo seria capaz de capturar aquela face como uma fotografia. Descrevia cada pelo encravado para o retrato falado mais fiel da história. Mas o foco do meu olho esquerdo acabou mudando para acompanhar a seringa que se aproximava ameaçadoramente azul.

— Agora fica quietinho que vamos ver se eu deixo esse menino mestiço um pouquinho mais perto de um ser humano decente...

Acordei antes de ser atingido pela agulha. Tinha um gosto azedo na garganta. Um cheiro de morte se espalhava pelo quarto. No chão, **três** cápsulas azuis intactas boiavam em meu suco gástrico misturadas a pedaços de pizza de calabresa. Acho que nunca fiquei tão feliz de acordar vomitado. Não sabia se devia culpar as pílulas ou a pizza pelo pesadelo e pela aula de história involuntária.

o

Em algum momento de 2009, achei importante colocar minha vida em ordem. Toda semana recebia um suprimento de pílulas de várias cores diferentes. Meu agente havia me avisado que um novo fornecedor havia ganhado a licitação para produção, mas que um novo protocolo havia criado uma tabela com novos valores e cores e tal. Era muita química. Aquilo podia destruir os poucos neurônios que ainda tinham alguma função em minha cabeça. Por isso, tomei uma decisão drástica: iria ficar uma semana ou o tempo que fosse necessário para me livrar desse problema. Ia testar uma por uma e catalogar seus efeitos e durações. E assim o fiz.

Brancas são leves e relaxantes. Ajudam a enfrentar os dias mais chatos e não atrapalham o sono.

Azuis dão um leve ar de felicidade, um aumento de 30% na energia e aumenta o apetite. Dá pra dormir algumas horas após o consumo.

Vermelhas estão num ponto intermediário, dando um gás extra, mas aguçando a percepção. Ótimas para trabalhar e enfrentar a exaustão, mas tiram o sono. Dá pra pegar no sono oito horas após o consumo se adicionarmos umas brancas na mistura.

Amarelas são para apagar e esquecer o mundo. Dá pra ficar dois dias na cama, levantando pra mijar sem ter consciência de que se está em movimento.

Roxas são divertidas, mas não dão o mesmo barato de antigamente. Todo mundo fica mais engraçado, algumas alucinações podem atrapalhar uma conversa mais séria, mas no geral é algo bom pra passar o dia quando as brancas não dão conta.

Abóboras permanecem um mistério. O único efeito registrado foi a destruição da memória das últimas oito horas. Nada. Niente.

De posse dessas informações, creio que podia agir com mais responsabilidade, como um adulto de verdade. O corpo é nosso templo e não deve ser maculado com estimulantes nas horas erradas.

o

São Paulo, ██ de ███ de ████████

R.: 0204 – Sec.: 044-D – Confidencial

Na busca por parentes vivos de Adolf Hitler, pesquisadores belgas buscaram decodificar o DNA do líder nazista em um trabalho que envolveu a análise de guardanapos, bitucas de cigarro e selos de cartas que poderiam ter recebido uma lambida – itens recolhidos em várias partes do mundo, alguns em circulação há mais de 30 anos.

Dessa maneira, Marc Vermeeren e Jean-Paul Mulders, os "#pesquisadores;#detetives; #cientistasdefilmesbdebaixoorçamento", acreditam terem descoberto 39 parentes vivos de Hitler, sendo que 36 deles ainda moram próximos do local de nascimento do Führer na Áustria.

A operação envolveu momentos de CSI Nova Iguaçu, como quando seguiram um camarada o dia inteiro, por uma semana, esperando que ele deixasse pra trás algum tesouro, no caso um guardanapo usado para limpar a gordura de frango frito dos beiços.

Segundo os pesquisadores, na verdade um oficial de alfândega e um jornalista, esse sujeito é um dos três bisnetos do pai de Hitler que vivem em Nova

York. A família teria adotado o nome Stuart-Houston desde que chegaram da Alemanha, como revelou a dupla belga em entrevista ao *Daily Mail*.

As afirmações não tiveram o impacto esperado na mídia por não seguirem nenhuma metodologia científica e por não terem os dados analisados por fontes independentes. Verídica ou não, a afirmação de que o ramo estadunidense teria optado por não ter filhos para dar fim à linhagem sanguínea e interromper o circo mórbido que os acompanha é puro Nelson Rodrigues.

33/88-71/HH

o

Estava lendo as manchetes dos jornais pendurados na banca quando Meryl Streep se aproximou, parou ao meu lado e fingiu interesse no noticiário pendurado por pregadores de plástico. Estava vestida como um editorial de moda dos anos 1970 e parecia bem jovem. Acho que estava na fase *Kramer vs. Kramer*.

— Devemos ser discretos... — sussurrou.

— Seria mais fácil se você não tivesse ganhado tantos prêmios.

Ela não pareceu muito impressionada. Tirou da bolsa um cigarro estranhamente longo e acendeu.

— Estão preocupados com você lá n'A Agência — disse entre baforadas. — Ainda assim acho que você pode ser de muita utilidade.

— Como assim? — perguntei tentando desviar da fumaça. — O que eu fiz de errado?

— Digamos que é algo que você ainda vai fazer.

— Não dá pra consertar ou me desculpar pelo futuro... — disse incapaz de esconder o tom irônico.

— Você sabe... Verdade, justiça, blá-blá-blá...

Uma súbita crise de consciência surgiu sabe lá de onde. Eu já tinha sido recrutado, estava trabalhando. Não seriamente, não frequentemente. Talvez até com displicência. Nada diferente do que sempre fiz em qualquer trabalho. Quem me conhece sabe do meu comprometimento com a falta de comprometimento. Uma Agência que se preza tinha que saber disso antes de me recrutar.

— Não existe nenhuma crise ética, se é o que você está experimentando nesse momento — disse parecendo ler meus pensamentos. — Na verdade, não queremos que você faça nada de especial. Em alguns momentos bem distanciados pelo tempo e espaço, vou aparecer e te entregar uma dessas aqui.

Ela me estendeu um pequeno vidro com uma tampa de rolha. Mesmo diminuto, parecia exagerado para seu conteúdo, uma bolinha negra.

— Tome uma dessas sempre que for pedido e...

— ...E o que eu ganho com isso?

— O fluxo regular de balinhas de cores sortidas — respondeu sorrindo. Então se aproximou e encostou o nariz em meu ouvido sem querer no processo. — E podemos enfim discutir uma generosa ajuda de custos.

Ela deu um beijo na minha bochecha e apagou o cigarro no chão com a sola da bota cafona, emporcalhando a cidade que nem precisava dessa ajuda pra ficar ainda mais suja.

— Tome essa amanhã antes da entrevista com o Sr. F. — falou colocando os óculos escuros. Depois me deixou sozinho suspeitando que a manchete otimista estampada em destaque não representava as reais chances de vitória do Corinthians no clássico do fim de semana.

E me custou algum tempo pra concluir que de John Travolta à Meryl Streep foi uma longa jornada.

o

Na manhã seguinte, como combinado, nos reunimos para gravar mais uma entrevista com o Sr. F.. Íamos aproveitar a oportunidade para confrontá-lo com algumas incongruências em sua história e para explorar novos aspectos que nossa investigação havia encontrado.

Estava calmo e descansado, cortesia das branquinhas. Por isso me perguntava se devia ou não seguir a orientação da agente Streep. Não sei se era exatamente uma crise de consciência ou receio de estar seguindo um caminho que não devia. O problema é que tinha dois argumentos irrefutáveis: uma bolinha negra linda em minha mão e um depósito generoso em minha conta. Prometendo a mim mesmo não revelar nada que julgasse comprometedor, engoli a "balinha". Tudo parecia normal até chegar à sala onde ocorreria a gravação. Aí o mundo ficou escuro e eu desapareci no esquecimento.

CAPÍTULO 5

Quando abro os olhos, estou com a agente Meryl em um elevador silencioso, mas sua movimentação parece veloz, ainda mais se acompanhar a mudança frenética dos números dos andares. Paramos. A porta escorrega gentilmente ,revelando um corredor extenso com iluminação fraca vinda do rodapé. Caminhamos na penumbra e, apesar de não saber onde estou e nem como cheguei ali, não estou nervoso. Em determinado ponto, viramos à esquerda, e percebo que estamos em uma enorme sala de cinema. O número de cadeiras é incalculável, perdendo em magnitude apenas para o tamanho opressor da tela que exibe uma contagem regressiva com relógios ao modo dos documentários antigos. Nós nos sentamos em tempo de ver surgir barras de ajuste de cores distorcidas como em uma fita VHS amassada. Após alguma estática vejo na tela pedaços de Mané e Isabela. O foco logo se fixa no senhor F.. Estou na sala de estar da casa dos amigos Roberta e Marcelo, onde vamos gravar a entrevista, mas também estou no cinema ao lado da agente.

— O que está...

— Shhhhhh... — respondeu Meryl colocando o dedo indicador direito sobre os lábios.

Isa começa a maquiar o Sr. F. que sofre um pouco com a luz e o calor. A câmera faz alguns ajustes e estamos preparados para a entrevista.

— Seu Fernando, como já falamos, nosso objetivo é falar da cerimônia, da solenidade que o senhor participou no Paraguai quando enterraram Hitler. Queremos contar essa história, mas vamos precisar contextualizar tudo pra que as pessoas saibam quem é o senhor e como tudo aconteceu.

— Sem problemas, minha jovem — respondeu seu Fernando com a simpatia habitual.

— Podemos começar com o senhor falando um pouco sobre sua vida — começa Isa.

— Nasci em 43 e não vou pedir desculpa por isso — responde seu Fernando claramente divertido.

— E qual o seu nome completo?

— Fernando Nogueira de Araújo. Aqui está meu RG para que não haja dúvida que estou prestando uma informação correta.

— Qual é a sua data de nascimento?

— 19 de maio de 1943. Uma quarta-feira. Eu nasci por volta das 10h da manhã. Minha mãe sempre observava: "Estragou meu almoço!".

— E onde o senhor nasceu?

— A cidade chama-se Caicó. É um nome indígena que significa peixe pequeno. Có é pequeno e Cai é peixe. Por isso que se fala caiaque... Uma região com pouco peixe no sertão do Rio Grande do Norte, nas quebradas do sertão.

— Seus pais já moravam lá?

— Meu pai foi preso político na região. Era comunista. E eu fui gerado numa prisão. Sou produto de um preso político e de uma camponesa. Minha mãe era da roça, era sertaneja.

— Quais são os nomes de seus pais?

— ██████ ██████ ████ e ██████ ████ Paz. Por que só ██████ ████ Paz? Porque eles se casaram só na igreja. Minha mãe nasceu em 1915. Meu avô, que era um homem politizado, fez uma promessa para que a Primeira Guerra acabasse logo, por isso a filha que nasceu no dia 23 de outubro de 1915 levou o nome de █████ █████ Paz. Minha mãe.

— E o que ela fazia?

— Sertaneja. Uma mulher que começava o dia dando comida para porcos, galinhas... Descia pra roça junto com o pai pra pegar algodão, milho... Sertaneja o tempo inteiro. Até os 18 anos de idade. O presente dela foi meu pai roubá-la às três da manhã, colocá-la na garupa do cavalo e ir pra cidade de Acari onde se casaram. Acordaram o padre pra sacramentar o casamento. Como meu pai sempre contava, ele disse para o padre que se não os casasse eles fariam besteira assim mesmo. Aí casaram eles e pronto. Ela com 18 e meu pai com 20.

— Quem foi o primeiro da família?

— ███ ██████ ██████ é meu irmão mais velho. Nasceu em 1933. Dez anos mais velho que eu. Depois veio uma irmã, ██████, em 1939.

Eu cheguei em 1943 e, quando meu pai foi posto em liberdade, em 1945, nasceu minha irmã █████. Somos em quatro.

— Por que seu pai foi preso?

— Ele era do Partido Comunista Brasileiro. E houve o que ficou conhecido como a "Intentona Comunista" no fim de 1935. O Estado do Rio Grande do Norte foi o único que teve um governo comunista. Durou quatro dias. E meu pai era do PCB. Ao ser levado a um tribunal, se recusou a dizer que não era comunista. E ficou preso de 1936 a 1945 por isso.

— E como era o ambiente? Ele tinha amigos do partido?

— Meu pai era barbeiro. Quando ele completou 18 anos saiu do sítio pra ir pra cidade e gostava muito de política, conhecimento, informação, cultura... E se relacionava muito bem. Falava muito. Não sei se herdei isso dele, mas ele abria a boca, batia com a língua nos dentes... Se comprometia muito. Sempre foi assim. Em 1955, quando eu tinha 12 anos, o Partido Comunista Brasileiro transferiu ele para Londrina, no Paraná. Ele montou lá um posto do partido onde era a barbearia dele. Rua Guaporé, 588, bairro Vila Nova. Ele trabalhava sob o comando de Gregório Bezerra que, quem leu sobre comunista, sabe de quem se trata. Ficamos ali de 1955 até meados de 1956. Meu pai esperava o fim do ano letivo pra pegar meu boletim e fazer outra transferência. Por isso, moramos em Oswaldo Cruz, em São Paulo, moramos em Jandaia do Sul, no Paraná, Arapongas... Sempre fazendo trabalho de conscientização pro PCB.

— Como era o ambiente na família com relação ao comunismo? Sua mãe participava?

— Meu irmão se desgrudou da família por não aceitar a vida que meu pai levava. Com 14 anos, se tornou independente. Veio lá do Rio Grande do Norte para ser cobrador de ônibus numa cidade chamada Tupã, no interior de São Paulo. Ele hoje vive em Bauru e é oficial aposentado da Polícia Militar. Foi sempre contra o fato de meu pai ser comunista. Mas não confrontava, não entrava em atrito. Simplesmente se mantinha distante. E na opinião da minha mãe, meu pai era comunista por causa da atração que tinha por mulher. Existia uma teoria de eugenia de que a raça tinha que ser melhorada e meu pai era branco, de olhos verdes... Galego, como se fala no Nordeste. E ele achava que o comunismo vencendo no Brasil ele ia ser uma espécie de reprodutor. Puseram isso na cabeça dele e ele se manteve comunista até 1999, quando morreu com 86 anos de idade.

— Como é que é?

— Não é piada. Eu estou falando sério. Minha mãe e ele tiveram quatro filhos e fora do casamento ele teve mais oito. Então eu tenho mais oito irmãos espalhados pelo Sul do país.

— Vamos tentar seguir uma ordem. O senhor se lembra desse período de sua infância?

— Eu me lembro de tudo que aconteceu comigo a partir de 1948. Eu me lembro de estarmos eu, minha mãe e minha irmã ████ em um ônibus. Na época, levava oito dias de Natal até São Paulo. Assim, viemos até Tupã em 1948. E meu pai agitador, uma pessoa energética, com a preocupação de toda a família fazer três refeições por dia. Ele tinha essa coisa de que se rico pode alimentar seus filhos pobre também tem esse direito. Ele nunca quis ter carro, bens materiais... A preocupação dele era café, almoço e janta. Farta. Lá em Tupã, por exemplo, apareceu um italiano vendendo linguiça calabresa e ele falava: "entrega na minha casa!" Havia essa coisa. Filho meu não dorme com fome. E ele levava isso a sério. Ele achava que todo pobre tinha que ter três refeições por dia. E eu me emociono porque lembro do pai... Mas no fundo ele queria ter um monte de filho com um monte de mulher. Puseram isso na cabeça dele.

— E depois?

— De Tupã nós fomos para Oswaldo Cruz... Lembro que teve uma grande convenção comunista em São Paulo em 1954. Depois transferiram ele para Londrina, no Paraná.

— Quando foi isso?

— Janeiro de 1955.

— E como era lá?

— Sabe, Londrina tinha muito nordestino... A nossa mistura acontecia só na escola. No ginásio, eu repartia meu espaço lá com descendentes de alemão e italiano. Mas, de uma maneira geral, tinha muito nordestino morando em Londrina. E não era uma cidade gigante. Era uma cidade de 50 mil habitantes, na época. Tinha cinco cinemas...

— E o senhor via muitos filmes na época?

— Eu tinha um colega alemão, filho de alemães, e que tinha dinheiro e me pagava as sessões. Haroldo Erneste era o nome dele.

— Vocês eram amigos de escola?

— Do ginásio estadual de Londrina. Nós éramos colegas de cadeira. Sentávamos um ao lado do outro. Ele era filho de um oficial alemão do Exército de Hitler que havia chegado com a família em Londrina um ano antes, em 1954. O pai dele, ele, a mãe, uma irmã menor... O pai era responsável pela segurança de uma colônia que tinha ali ao lado, na cidade de Cambé. Uma colônia alemã.

— E dava para um menino, filho de nazistas, ser amigo de um filho de nordestinos?

— Eu me dei bem com o Haroldo desde o começo porque ele tinha problemas de relacionamento. Ele não gostava de conversar com ninguém. Eu era uma exceção. Porque eu lia muito. Meu pai sempre me obrigava a ler. E eu tinha argumentos com ele.

— Como assim?

— Então ele queria falar sobre a guerra, como foi a guerra. Queria me doutrinar. E a gente terminava indo ao cinema, assistir à biografia de Rommel, que passou lá no cinema. Eu assisti oito vezes ao filme... Então, comigo, ele se dava bem. Com os outros, bastava a pessoa vir falar com ele e ele queria distância.

— E como ele era?

— O nome dele era Haroldo Erneste. Se alguém chamasse ele de Haroldo ou só de Erneste, ele tinha uma espécie de ataque de fúria. "Meu nome é Haroldo Erneste! Entendeu? Meu nome é Haroldo Erneste!". Ele tinha problemas que a gente poderia generalizar... Ele não era... Ele era neurótico, o Haroldo.

— E ele morava com os pais na colônia?

— Ele morava em Londrina porque o pai dele era quem fazia a ligação entre essa zona rural, onde tinha a colônia dos nazistas, e a cidade. Inclusive o pai dele tinha condições de tirar pessoas importantes da colônia pelo aeroporto de Londrina, se fosse preciso fazer uma saída estratégica. E eu descobri coisas que até hoje estão gravadas em minha mente porque ele me levou na casa dele várias vezes e me mostrou a arma de guerra, uma pistola Luger, uniforme, brasão, foto do pai dele com Hitler. Tudo isso. Como é o nome daquele ator do filme do Bergman, *O Sétimo Selo?* Max von

Sydow? Então, o pai do Haroldo parecia com esse ator, um queixo alongado assim — e fez um movimento com a mão puxando o próprio queixo.

— E ele não escondia essas coisas?

— Ele se apavorava depois que me mostrava porque se o pai e a mãe dele soubessem que ele tinha me mostrado iam matar ele. Então, tinha esse relacionamento desesperado. Ele queria desabafar, desabafava e depois se arrependia.

— Era comum visitar a casa dele?

— Ele me levou lá mais de uma vez. A casa ficava entre o ginásio e o salão do meu pai. Então eu acompanhava ele até a porta da casa. Geralmente a irmã dele tava andando de bicicleta por ali. Era uma casa grande. Eu tentei localizar essa casa dois anos atrás e me perdi. Era uma casa grande e isolada. E tinha carro, coisa que na época era difícil. Tinha um carro sempre entre o portão e a garagem. Tinha um carro parado. O pai dele tinha esse poder, de ter carro. Vocês hoje em dia não imaginam o que era ter carro em 1955. Era status. O pai dele tinha carro.

— Ele tinha alguma outra ocupação?

— Ele exportava, cuidava de importação e exportação. Agora não me pergunte do quê.

— O senhor chegou a falar com ele?

— Ele chegou a me ver umas duas ou três vezes. Uma pessoa tipo... Carrancudo, sem sorriso e altão, cabelo cortado tipo militar. A mãe ainda me dava um sorvete, um copo de refrigerante, mas com o pai nem conversa, nem bom dia, nem boa tarde, nem nada. Sempre nos olhando de longe.

— E isso não atrapalhou a amizade de vocês?

— Havia essa amizade entre eu e o Haroldo. Uma amizade de quem precisava ter um amigo como eu. Essa que é a verdade. O Haroldo precisava de um amigo como eu e teve.

— Vamos falar um pouquinho mais do Haroldo.

— Haroldo Erneste, filho de um oficial nazista, que morava entre o ginásio e a barbearia do meu pai. O pai dele era encarregado, vamos dizer assim, da segurança dos nazistas que estavam nessa cidade que hoje a gente conhece como Cambé. Uma colônia nazista desde 1934. Acabou a guerra em 45 e ela foi, como se diz, ponto de pouso para gente importantíssima que fugiu de qualquer cerco na Europa e veio para cá.

— E como vocês acabaram amigos?

— Eu aí tive um problema. Eu ia sentar em um lugar e o aluno dizia que já tinha um colega ali. Eu comecei a ser empurrado de cadeira para cadeira. Porque eu não cheguei no primeiro dia de aula. Eu cheguei quando já tinha começado. Aqueles ali eram alunos que já estavam ali do ano anterior. Eu era um estranho. Eu tava vindo de São Paulo... Já tinham as parelhas. Aqui senta o José... E quando chegou na vez do Haroldo tava vazio. Ninguém queria o Haroldo. Ninguém quis sentar com o Haroldo. O Haroldo não queria ninguém perto.

— E como ele era?

— Descrevam um alemão que vocês estão descrevendo o Haroldo Erneste. Calça curta, suspensório, camisa enfiada dentro da calça, uma espécie de botina... e carrancudo. Não gostava de conversa. Peito para fora, barriga para dentro... Esse era o Haroldo. Haroldo Erneste. Eu lamento não saber o sobrenome.

— Quantos anos ele tinha?

— A minha idade, 12 anos. É, nasceu em plena guerra.

— E vocês falavam sobre a guerra?

— Sim. Ele falava muito da guerra. O assunto dele era a guerra.

— O senhor tem algum documento ou fotos dos dois juntos?

— O que eu tenho certeza é que sumiram com todas as anotações sobre o Haroldo Erneste. Você esteve lá no ginásio comigo, Isabela! Nós achamos as minhas anotações, mas não achamos as anotações dele. Meu nome tudo bem. Está lá minha foto, meu currículo, tudo. Haroldo Erneste sumiu, desapareceu. Isso foi uma limpeza que fizeram.

— Ele falava sobre o pai?

— Ele dizia que o pai dele foi combatente... "Meu pai foi ferido na guerra", querendo bater com a língua nos dentes. E aos poucos foi falando. Até que uma vez ele me levou na casa dele, abriu o armário e me mostrou uma pistola Luger e foto do pai dele com o Hitler. Aí deu um ataque de arrependimento nele porque se o pai dele soubesse que ele tinha mostrado aquilo o pai matava ele. Que eu não falasse, "pelo amor de Deus, não fala que eu mostrei isso... eu sou um desgraçado".

— Como era a casa?

— Era uma casa bem mobiliada, com móveis de cerejeira...

— E onde ficavam essas coisas nazistas?

— No quarto do casal. Uma cama grande... Tudo bem arrumado... E sempre me chamando, abriu o armário e mostrou. E a mãe lá na cozinha. Tinha um uniforme no guarda-roupa... Não que ele usasse aquilo... Uma japona, cobertura... um par de botas... medalhas grudadas em uma jaqueta e um álbum. Ele mal conseguia respirar. Ele se excitava com isso. Não estava assim sorrindo. Não falava nada.

— E o que tinha no álbum?

— Eram fotos que você vê em qualquer lugar. O sujeito em pé... fazendo continência. ... Era como se fosse uma reunião formal entre militares. ... O pai do Haroldo em posição de sentido e o Hitler com a mão no ventre, sorrindo. Haroldo Erneste, para mim, termina em Haroldo Erneste sem detalhes.

— E o senhor se lembra de alguma atividade fora do comum?

— Um grande problema foi quando o pai do Haroldo teve que tirar todos os nazistas de Cambé. Isso aconteceu antes da posse de Juscelino Kubitschek de Oliveira. Tinha um general que era o braço direito de Juscelino, general Henrique Batista Duffles Teixeira Lott... E o Lott recebeu a ordem de esvaziar Cambé de nazistas. Tirar os nazistas que estavam vivendo em Cambé desde 1945.

— As pessoas da cidade não estranharam?

— Só lembro que meu pai se apavorou. O chefe dele também porque um sargento de um quartel lá no Rio de Janeiro conseguiu passar a informação de que Lott estava indo para Curitiba e eles achavam que eram os comunistas que iam ser presos em Londrina. E meu pai pegou a mim, minha mãe e minha irmã e sumimos para um sítio por três dias. Não era. Lott ficou dois dias lá para tirar os nazistas. E os nazistas foram retirados de lá duas semanas antes do Natal de 1955. Porque o prazo que o Juscelino deu foi esse. Se eles não se retirassem até a posse de Juscelino, que foi em 31 de janeiro de 1956, ele ia na ONU denunciar esse agrupamento de nazistas que estava lá, inclusive com o Hitler no meio deles.

— Muita gente acha que Hitler já tinha morrido há muito tempo...

— Hitler não se suicidou às 15h12 do dia 30 de abril de 1945. Ele escapou de Berlim na noite do dia 28. Existe uma placa onde era essa colônia alemã em Cambé, que hoje é um parque, que mostra o ano da sua oficialização, dia 28 de abril de 1995. Ou seja, eles estavam comemorando os 50 anos do êxito da retirada de Hitler de Berlim.

— E o que aconteceu com esses nazistas expulsos?

— Eles foram retirados uma semana antes do Natal de 1955 porque o ginásio ia dar os boletins de aprovação e tinham alunos da colônia que estudavam lá. E esse pessoal foi retirado, 400 para o Paraguai e 200 para São Paulo, para o bairro Cidade Dutra. E foram alojados na Bayer e na Mercedes-Benz do Brasil.

— E ninguém sabia que ali tinha uma colônia nazista?

— Cambé era chamada Nova Dantzig, mas tiveram que pôr nome indígena quando Vargas proibiu nomes alemães, italianos e japoneses durante a guerra.

— E o senhor não estranhava essas coisas de nazistas na casa de seu amigo?

— Eu achava que uma pessoa tinha o direito de ter um uniforme... Para mim era um uniforme que o pai dele guardou de recordação. A guerra tinha acabado havia poucos anos. A revista *Cruzeiro* estampou fotos de militares... Guerra era uma coisa recorrente. A gente puxava esse assunto de maneira corriqueira.

— E o Haroldo deixou Londrina também?

— Com a notícia, meu pai fechou tudo, muito preocupado que a mãe não viesse e saímos de lá. Na saída do portão, a minha irmã brincando com a irmã dele no quintal. Na saída do portão ele veio, teve aquela crise que eu não poderia falar para ninguém aquilo que mostrara, que o pai dele matava ele. A reação dele era de estar tendo um ataque. E ficou nisso. Eu nunca disse nada. Estou falando agora.

— Ele dividia com o senhor as coisas que aconteciam na colônia?

— A primeira vez que ele puxou esse assunto ele falou que "aí tinha gente importante, não posso dizer quem é". Mas ele conversava comigo o tempo inteiro. Ele precisava de mim. Ele tinha confiança em mim e essa confiança continuou pelos anos afora. Mandava correspondência pra ele, Feliz Natal, Feliz Ano Novo, ele respondia... Até que, em 1972, ele me mandou um convite em Manaus, para eu participar de uma solenidade em Assunção, no Paraguai.

— Ele disse por que tinha que ir embora?

— Porque tinha que partir. "Nós vamos partir, nós vamos embora... O trabalho do meu pai não é mais no Brasil, é fora". Foi isso que na época ele falou. O pai dele ia partir com muita gente. Eles iam embora com muita gente.

— E os outros nazistas? Não tinha outras crianças no colégio?

— Tinha, mas eram poucos. A maioria recebia instrução lá na colônia. A maioria tinha professores lá. Mas o Haroldo, o pai do Haroldo era o chefe da segurança, era quem fazia uma barreira lá em Londrina, quem sabia das coisas e quem recebia comunicação, telefonemas, telegramas... O pessoal da colônia era isolado.

— Mas o Haroldo tinha liberdade?

— Ele passava os fins de semana lá. Ele passava os fins de semana na colônia. Ele era isolado. Ele, se tivesse que ir para o pátio, ficava sozinho. Filmes de guerra é que provocavam ele a conversar comigo. O que mais tinha era filme de guerra naquela época. E ele sempre dava a versão dele. Ele sempre comentava que não era bem daquele jeito.

— E o senhor foi para Assunção?

— Ele me deu o endereço. Era de uma associação de ajuda social para alemães que chegavam no Paraguai. Rua ████████, número ███, Assunção. Em 1955, eu escrevi para lá, fim de ano, recebi carta... E quase todo ano eu fazia isso. Mandava carta e recebia. Mas uma coisa bem formal. Feliz Natal, Feliz Ano Novo e nada mais do que isso.

— Foi para onde ele se mudou?

— O mesmo endereço. Agora uma coisa que eu não sei se observei para vocês e que eu gostaria de falar. Aquilo que hoje nós chamamos Polícia Federal, na época eu não sei que nome tinha, mas apareceram dois sujeitos no salão do meu pai perguntando sobre mim. Porque eles andaram censurando, recebendo cartas que vinham para mim, porque eu, um garoto de 12 anos recebia cartas do Paraguai... Já no começo de 1956.

— Como assim?

— Alguém que interceptou a carta no correio e queria saber por que um garoto de 12 anos recebia cartas de um lugar chamado Assunção, lá, capital do Paraguai.

— E o senhor sabe como esses nazistas vieram para o Brasil?

— Isso aí, com o passar do anos eu fui juntando o quebra cabeça. Eles vieram de submarino. Oito submarinos. Só um estrategista alemão daquela época pode dizer como foi esse trajeto. Porque eles não vieram por um trajeto normal. Vieram aos poucos. Até chegarem na Patagônia argentina e depois se estabelecerem em Cambé, no Paraná.

— E como o senhor descobriu isso tudo?

— Eu fui pegando aos poucos depois de 1972, depois que fui convidado para essa solenidade. Quem me falou do dia 28 [de abril] foi um cidadão alemão que conheci. Me contaram que foi uma força tarefa que tirou ele. Só gente com anos de guerra, experientes, tanques *panzer*, foi uma loucura, uma corrida contra a morte. Saiu por terra, abrindo caminho, até conseguir embarcar em um pequeno avião.

— Mas o senhor não acha estranho que o filho de um nazista confiasse em um filho de nordestinos?

— Dependência afetiva. Ele precisava de alguém que tivesse as características que eu tenho. Eu estava na hora certa, no lugar certo para resolver os problemas psíquicos do Haroldo Erneste... Era o caso de ele ter um colega da idade dele que ouvisse ele, entendesse ele... Eu fui a tábua de salvação do Haroldo Erneste.

— Mas...

— Quando o Haroldo começou a querer contar tudo isso nós estávamos nos encaminhando para o fim do ano. Então, não havia detalhes quando ele me disse que Hitler estava lá. Eu descobri mais coisas da vida de Hitler lá em 1972 quando cheguei em Manaus... Que sabiam que o Lott tava chegando em Londrina. Mas pra quê? Por quê? Como? Quando? Tá chegando! Isso ou foi telegrama ou telefonema. As outras coisas vieram a partir de 1972.

— Mas ninguém estranhou a fuga dos alemães da colônia?

— Eles tinham logística, eles sabiam como retirar as pessoas sem chamar atenção... Olha, o Lott tinha um diário. Se alguém tiver acesso a esse diário vai ver lá que ele teve que ser retirado do Rio de Janeiro durante dois dias no final de 1955. E ele era fundamental para Juscelino. Ele que deu o contragolpe contra o general Luz e garantiu a posse de Juscelino. O Lott é tido como uma pessoa simpática e afável pelos nazistas, mas não era nazista. O Lott morou na

Europa durante dois anos, na Bélgica e na França. Ele era major, e o Exército brasileiro escalou ele para fazer inspeção em armamentos belga e francês que o Exército brasileiro comprava... Então, quando ele foi deslocado, foi pra dizer: saiam daqui.

— O senhor sabe disso como?

— Isso eu ouvi em Porto União, alguns anos atrás, um alemão nazista velhinho lá, dizendo assim: "General Lott deu pontapé na bunda do Führer". E não se conformava com isso. Quer dizer, a maneira de ele tirar o Hitler de lá... Esse alemão disse pra mim... Pontapé na bunda... lá em Cambé.

Vamos voltar ao Paraguai...

— Dois policiais procuraram o meu pai para saber por que eu, Fernando, com 12 anos, estava recebendo correspondência de Assunção, no Paraguai. Meu pai se indignou na hora... "Qual a lei que proíbe meu filho de receber carta de um colega que foi morar lá no Paraguai?" Aos gritos. Eles foram embora e nada mais aconteceu. Até julho de 1956, foi tranquilo. Meu pai foi transferido... com raiva disso acontecer no meio e não no fim do ano... fez com que minha mãe, eu e minha irmã viéssemos para São Paulo e ele foi pro interior do Paraná, lugar incerto. Ele dizia que não podia dizer nem onde estava. O resto de 1956 ele ficou longe da gente. No meio de 1956... passei a morar num bairro chamado Penha de França, Penha. Nesse meio tempo, passei a fazer vários tipos de trabalhos, como office boy... estafeta... Trabalhei na Western entregando telegrama. E fazendo o ginásio à noite. Eu entrei no Exército em janeiro de 1963.

— E seu pai?

Meu pai se desligou da minha mãe. Não é divórcio, não é desquite. Ele simplesmente mergulhou numa espécie de clandestinidade. Ele não dizia nem onde tava.... E nem acho que foi por política, mas por outras mulheres. Se perdeu no mundo. Só voltamos a nos encontrar em 1966.

— E o contato com o Haroldo?

— Uma vez por ano mandava pro mesmo endereço e recebia sempre resposta. Mas da maneira mais seca possível. Eu não dizia que tava com saudade, nem nada. Era tudo bem Haroldo, e o pai, a mãe, a irmã... e aí vinha.. tudo bem, estamos bem. E pronto. Um cartão escrito em espanhol.

— E como foi entrar no Exército?

— O Gregório Bezerra sempre falava para eu entrar no Exército, para ser sargento. Fiz o curso de formação de cabo. Depois, em 1965, fui fazer o curso de formação de sargento em uma cidade chamada Caçapava, no interior de São Paulo. Em 66, já esperando promoção para sargento, voltei para Quitaúna, em Osasco, e descobri que ali estava um primeiro-tenente chamado Carlos Lamarca. Trabalhei com ele de fevereiro a setembro daquele ano. Fui promovido e após uma discussão o Lamarca acabou pedindo 30 dias de prisão para mim, mas me deram três. Acabei sendo o único sargento do Exército brasileiro punido por um "terrorista". Ele foi assassinado cinco anos depois em Brotas de Macaúba, no sertão da Bahia. E um dos sargentos, que na verdade era superior ao Lamarca na clandestinidade, chamava-se Darci Rodrigues. Então, trabalhei com Lamarca 8 meses e durante 4 anos com o Darci Rodrigues.

— E por que o Lamarca lhe puniu?

— O Lamarca sabia que eu era filho de comunista. E ele não gostava de mim porque eu fazia o científico e trocava minha escala no fim de semana. Todo sábado e domingo eu estava no quartel. E ele aparecia e me perguntava o que achava da Guerra do Vietnã, o que eu achava disso e daquilo. E eu não sabia que ele era melancia, verde por fora, vermelho por dentro, como se dizia na época. E dava minha opinião. Ele foi ficando com raiva de mim, até que deu parte dizendo que eu o havia respondido de forma desatenciosa. Eu soube depois que o Darci se encontrou com o Lamarca no paiol e o repreendeu pelo que tinha feito comigo. Quem me contou isso foi o ordenança Santos que ficou chocado de ver um sargento falar daquele jeito com um tenente. Fui contar essa história para o capitão Brasil Guarani e me transferiram de quartel. O Darci seguiu carreira no Exército Russo.

— E como ficou sua carreira no Exército?

— Quando o Lamarca foi assassinado, dia 17 de setembro de 1971, eu procurei um general com quem eu me dava muito bem, Carlos Alberto Cabral Ribeiro, e falei "quero transferência para a Amazônia porque completei dez anos de Exército e tô enjoado de ficar só no asfalto. Quero ir pro meio da selva". Ele me transferiu para o Colégio Militar de Manaus. Quando cheguei lá encontrei um sargento chamado

João Alberto Monteiro Peixoto que passou a desconfiar de mim... me transformou num representante do Lamarca na região. Levei minha esposa grávida até Mogi das Cruzes e quando voltei fiquei 160 dias detido. Entrei com 72 quilos na prisão e saí com 46. Depois, viram no julgamento que tudo era um absurdo e acabei sendo dispensado pelos mesmos 160 dias que tinha ficado preso.

— Quando foi que o senhor se casou?

— Há muito tempo, 15 de julho de 1967.

— Qual foi o período em que ficou preso?

— De 3 de março a 13 de agosto de 1973.

— Durante seu tempo na Amazônia ficou sem notícias do Haroldo?

— No fim de 1972, eu estava fazendo compras em Manaus e me apareceu um sujeito magrão, altão e disse "eu sou amigo de um amigo seu"... Aí começou a me preparar para, em janeiro, estar no Paraguai para a solenidade. O nome dele era Paulo Corenchuck e tinha alguma ligação com a Missão Novas Tribos, que trabalha com a evangelização de indígenas

— O que ele falou para o senhor?

— Que o Haroldo Erneste me acompanhava desde 1956, que sabia onde eu estava, o que eu fazia ou deixava de fazer, meus amigos nazistas no Brooklin, todos estavam informados de quem eu era e de que o Haroldo Erneste estava no topo da hierarquia deles. A minha localização não era um segredo guardado a sete chaves.

— No Brooklin?

— Foi coincidência eu ter ido morar ali e ter vários vizinhos envolvidos. Inclusive me levaram para Itatiaia no aniversário de Hitler em 1967. O Hugo Müller me levou lá. A turma do Brooklin. Uma festa em um sítio. Depois vim me inteirar que o tal do Gustav Wagner, um dos comandantes do campo de extermínio de Sobibor e que viria a trabalhar na Volkswagen em São Paulo, também estava na festa. O Hugo e o Wagner eram austríacos.

— O senhor pode nos contar mais sobre como o senhor conheceu esse Hugo Müller?

— Eu conheci o Hugo em 1964. Eu tinha um amigo chamado Isao Konno, que serviu o Exército comigo. Ele era vizinho da Foto Paulo, na Avenida Morumbi, 8495. Lá, eu fui apresentado ao Hugo. O Hugo está enterrado naquele cemitério da Giovanni Gronchi.

— E esse amigo, Paulo Corenchuck, sabia do Hitler?

— Sim. Ele me contou que Hitler ficava protegido na colônia do Paraguai, com enfermeiras à disposição... Isso depois que ele deixou o Brasil. Antes, de 1945 até 1955, ele saía, se deslocava pela Argentina. Patagônia, Bariloche... Mas a residência dele era em Cambé.

— Vamos falar um pouco sobre o convite...

— O Corenchuck perguntou se eu poderia tirar férias. Eu respondi que sim e ele me explicou: “vai ter uma solenidade em Assunção, no Paraguai, e o Haroldo Erneste quer que você esteja lá. Nós vamos dar as passagens, as diárias... Você e a esposa”. Chegamos no dia 1º de janeiro às 10 da manhã, na rua █████, número ███, Assunção, Paraguai. Minha mulher ficou grávida nessas férias. Meu filho nasceu em outubro...

— Houve alguma recepção especial?

— Pediram que eu fosse fardado. Achei aquilo estranho porque num outro país não se pode ficar usando farda assim. Mas eu tinha uma guia de licença que eu tinha que apresentar no Consulado para ser carimbada. Mas acabei nem indo. Fui ao local indicado onde houve uma pequena recepção, a solenidade, e no dia seguinte voltamos.

— E por que o senhor acha que o Haroldo o convidou para uma cerimônia tão importante?

— Essa é uma das coisas que me fazem crer que eu fui a pessoa que evitou que o Haroldo Erneste enlouquecesse. Esse foi o pagamento que ele fez para mim. Ele nunca esqueceu o que eu fiz por ele em Londrina.

— Até quando vocês se corresponderam?

— Até o fim de 1971. Por onde anda o Haroldo Erneste hoje em dia? Isso que me intriga...

— Como era o lugar onde houve a recepção?

— Tinha uma grade alta com um portão... Fui atendido por uma moça forte, loura, com um porta-chave imenso preso na cintura. O terreno era todo gramado e no fundo tinha uma espécie de construção com um elevador e uma escada. E lá embaixo três pavimentos bem organizados. Uma espécie de bunker completo, com dormitório, refeitório, salão... Debaixo de uma grama em que, de fora, se via um terreno abandonado.

— Como foi a cerimônia?

— Aconteceu durante a noite do dia 1º [de janeiro de 1973] para o 2. Lembro de enfermeiras acompanhando alguns convidados bem idosos. Eu era o mais novinho e o único fardado. Depois fiquei até com medo de espalharem fotografias, mas parece que não houve nenhum registro. Um homem que falava espanhol e português, acredito que vindo de Cambé, me acompanhou e serviu como intérprete.

— Sua presença não causou estranheza?

— Para o meu desapontamento o Haroldo não estava lá, mas eu já era esperado. Tanto que tinha um intérprete à minha disposição. E durante a solenidade lamentou-se dizendo "como o tempo passa rápido, em fevereiro, vão fazer dois anos que o Führer nos deixou". Daí, passados os anos, a data da morte fez sentido: 5 de fevereiro de 1971, uma sexta-feira.

— E quem lhe deu essa data?

— Gente de Porto União anos depois. Nazistas antigos anos mais tarde. Eu estava em um churrasco e me confirmaram o dia exato.

— Quanto tempo durou a cerimônia?

— Ah, durou uma eternidade. Dava a impressão de que não ia acabar. Cerca de uma hora. Das 20h às 21h. A gente ouvia o barulho do pedreiro colocando cimento na parede, a gente ouvia choro, gente passando mal... E eu na posição de descanso e não me atrevia a sair dessa posição. Pessoal chora aqui, chora ali... Vocês já ouviram o barulho de pá de pedreiro como é que faz? Rrrr Rrrrrr. No canto. Era uma escada que estava sendo emparedada. Estava fechando aquela ligação lá para baixo. Emparedando... Fechou inteirinha... Durante a cerimônia.

— E os outros convidados?

— Mulheres quase nenhuma. Minha esposa ficou no outro andar enquanto a gente estava lá embaixo. Mulher só as enfermeiras. Não tinha mulher ali. Não era um espetáculo. Umas sessenta, eu calculo umas sessenta pessoas... Não tinha mais ninguém lá. Era só alemão ali. Ali era o resto, do resto dos nazistas importantes... Ali é o Campo Santo, um cemitério... Pra eles, é santo aquilo. Até o dia da morte dele eles acham que não é coincidência. Sexta feira. "Jesus Cristo não morreu numa sexta-feira? Hitler teve o poder que teve porque Deus quis". E eu pergunto por que Cristo permitiu que ele perdesse a guerra e eles dizem que "é uma vitória temporária do Mal. Na Bíblia diz que o bem vai vencer o Mal. Então Hitler ainda volta, alguém no lugar de Hitler ainda volta". Esse pessoal é totalmente desequilibrado. É assim que eles raciocinam.

— Passaram bem a noite?

— Eu tava em cima de um túmulo, né? Eu tava querendo dormir... Não foi uma noite serena não... Cachorros soltos... O gramado era em cima da gente. Quem saísse pra fora talvez não voltasse.

— Algum ritual digno de nota?

— Muito choro... O que tinha era um ex-militar com alguma medalha que achava especial... Cruz de ferro, cruz de sangue, algo assim... A suástica...

— O senhor sabia o significado desse momento?

— Eu senti vontade de entrar nessa aventura para obter informações porque, a princípio, eu nem acreditava que houvesse algum fundo de verdade nisso. Mas pelo que eu tinha passado, pelo fato de ter frequentado o aniversário de Hitler em Itatiaia, por ter convivido com nazistas, eu achei que devia embarcar nessa. Não iam me matar, não iam me assassinar. Eu ia participar de uma coisa que muita gente gostaria de participar para testemunhar. Quando eu embarquei, eu entrei num avião da Vasp em Manaus, eu já estava consciente disso. Minha esposa ficou no limbo... Viajou acompanhando o marido em férias.

— Como foi possível manter o segredo?

— Ela conversava com a esposa do Corenchuck e ela dizia que eu era tido como uma pessoa especial pelo Haroldo Erneste. Ela sabia que eu era um convidado que tinha ajudado o Haroldo Erneste na pior fase da vida dele. Se Haroldo Erneste estiver vivo até hoje, eu sou o culpado.

— O que houve com o Corenchuk ?

— Voltou para o meio dos ianomâmis.

— Queria imaginar a sua chegada... Uma mulher o recepcionou?

— Não lembro se tinha uma campainha ou se batemos palmas, mas ela saiu da construção onde ficava o elevador — uma espécie de edícula bem no fundo de um terreno baldio, de um descampado. Eu me identifiquei, e ela nos recebeu como se estivéssemos em um... hotel. Um hotel debaixo do chão... E no outro dia, às 10h da manhã nós fomos embora.

— Dá pra ser um pouco mais preciso com a descrição do subterrâneo?

— No primeiro, havia uma espécie de recepção, no debaixo apartamentos e no terceiro um salão. E o local onde o sepultaram, era coisa de 15, 20, 30 metros. Era uma profundidade enorme. E eu fico pensando. Tiraram ele de lá? Tiraram nada. Aquilo deve ser um lugar com vários corpos. Porque aquele pessoal ali tava morrendo. Aqueles velhos ali tavam morrendo.

— Alguma coisa do que disseram marcou a noite de alguma maneira?

— Só que lamentavam que o tempo passava rápido e que em fevereiro ia fazer dois anos que o Führer tinha ido embora. É isso que eu ouvi. E não tive coragem de perguntar dia e mês. Eu só vim descobrir depois. O dia e o mês: 5 de fevereiro de 1971.

— Algum motivo especial para o Campo Santo ser naquele local?

— Eu não tenho a menor dúvida que Stroessner inspirou a eles a terem essa proteção. Ali tava no pé do governo do Stroessner. Strossner era nazista o tempo inteiro. Ele tinha um câncer no lábio que foi curado pelo Mengele. Vocês nunca ouviram falar disso não? Ele tinha um câncer provocado pelo cigarro que o Mengele curou. Do gramado, eu via a bandeira do Paraguai tremulando no palácio de governo, as quatro torrezinhas...

— O senhor alguma vez ouviu como Hitler morreu?

— Encontraram ele estourado, com o pulmão sangrando. Ele era acordado de madrugada e, numa das vezes que o acordaram, ou seja, na madrugada de 5 de fevereiro de 1971, encontraram ele banhado em sangue... A enfermeira, a nutricionista. Mulheres. Ele era cuidado por mulheres. Agora não me perguntem o endereço porque eu nunca consegui e nem vou conseguir.

— Consegue lembrar a fonte dessa informação?

— Aos poucos, com o Paulo Corenchuk, com quem mantive contato até 1973, e o pessoal do Brooklin.

— E os restos dele ainda estão nesse lugar?

— Eu fico na dúvida e vou morrer na dúvida...

— O senhor trouxe alguma coisa consigo dessa cerimônia?

— Se você me faz uma pergunta dessa e eu forço a mente, não tenho lembrança nenhuma de lá não. Me deram o *Mein Kampf*, edição escrita em espanhol. Mas ela sumiu junto com outras coisas quando estive preso. Fomos também comer em um restaurante chamado *Caballito Blanco*.

— E as cartas do Haroldo?

— Desapareceram, filho. Eu tive que desaparecer... Eu que fiz elas desaparecerem. Fui eu que queimei. Porque era difícil explicar quem era aquela pessoa que me escrevia.

— O senhor disse que a fazenda em Cambé tinha sido comprada por uma prima de Hitler.

— Sim, em 1934. Uma senhora chamada Dona Norma me contou toda a história. Norma Barth. Essa mulher nasceu em maio de 1929. Em 1934, ela com cinco anos, passou a presenciar o espancamento do pai e da mãe em Porto União, Santa Catarina. Eles moravam num sítio e como não queriam pôr um retrato de Hitler em casa passaram a ser perseguidos... Com o passar dos anos, tiveram que ir morar na cidade. E Dona Norma me contou a vida que os nazistas levavam. O chefe deles na região era um farmacêutico chamado Jung.

— Por que o senhor resolveu contar essa história agora?

— Foi uma junção de coisas. A recente visita desse papa ao Brasil, que na juventude pertenceu à juventude hitlerista. E eu tenho um neto. O pai é de família nazista. E o garotinho chegou e perguntou: "Vô, por que o senhor é branco e não tem os olhos claros? O senhor tem sangue impuro?". Eu me apavorei.

— E Eva Braun?

— Até onde sei, não saiu da Alemanha.

— E o governo brasileiro? Como tratou essa questão durante os anos?

— Eu tenho a impressão que não existia nenhum oficial do Exército brasileiro que não soubesse.

— Podemos dar uma recapitulada da passagem de Hitler pelo Brasil?

— Ele chegou em agosto de 1945. Ele chegou em Cambé nesta data. E saiu entre novembro e dezembro de 1955. Ele ficou dez anos e três meses tendo como ponto de partida Cambé. Mas ele não ficou dez anos e três meses em Cambé. Ele era deslocado com frequência para a Argentina. Qualquer livro investigativo que fale de Hitler por lá durante esse período eu assino embaixo. Ele andou muito pela Argentina. E, no ano de 1962, esse homem esteve perto de uma vitória triunfal com a crise dos mísseis em Cuba. E Hitler... Aqui na América do Sul, os nazistas estavam organizados com 16 mil ex-combatentes ainda em condição de combater. Só Perón fez com que 8 mil entrassem com passaporte falso.

— Muitos aqui no Brasil...

— Na cidade de Porto União, na cidade de União da Vitória, nas cidades dali, tem cemitérios que são visitados até hoje por nazistas porque estão enterrados lá gente que trabalhou diretamente com Hitler. Muitos viveram com nomes falsos.

— E ele sai definitivamente do Brasil quando? E sua morte?

— Ele vai para o Paraguai em fins de 1955 e morre no dia 5 de fevereiro de 1971.

— Como o senhor se sente contando essa história?

— Aliviado. Eu tinha medo de uma hora para outra morrer e ninguém ficar sabendo de nada. "Ah, deixa isso pra lá, Deus quis assim"... Essas desculpas. Esse meu neto, quando ele me perguntou "por que o senhor é branco e não tem os olhos claros"... Me empurrou para a frente. A partir daquele momento eu resolvi que tinha que falar antes de virar defunto.

— E o que o senhor espera com isso?

— Eu espero tudo. Eu espero que o povo acorde. Lembro até de uma passagem bíblica: "Maldito homem que acredita em outro homem" tá escrito isso. É Jeremias, capítulo 17 versículo 5. Então nós, mortais, eu e você, temos o costume de acreditar em tudo: "Hitler suicidou-se às 15h12 do dia 30 de abril de 1945. Vocês anotaram aí nos cadernos, crianças? Ah, anotamos...". E não é assim. O cientista que deu condições dos Estados Unidos entrar na era espacial e sair vitorioso era um nazista. Wernher von Braun. Tem uma cratera na lua em honra dele. Os Estados Unidos só conseguiram superar a Rússia porque deram carta branca para esse nazista. Os russos só conseguiram Sputnik, Laika, Vostok, todos aqueles aparatos por causa dos cientistas nazistas que eles aprisionaram no fim da guerra e levaram para lá. Mao Tse-Tung morreu em 1976, ele morreu em um lugar com o seguinte número: ■■. Foi a homenagem que ele fez, sabendo que Hitler estava enterrado no número ■■■ da rua ■■■■■■. 1,600 cientistas nazistas se espalharam pelo mundo. A Inglaterra explorou eles, Estados Unidos exploraram eles, Rússia explorou eles, e quem mais? A China explorou eles. Então, até hoje o nazismo está nisso aí. Nazistas que foram presos pelos russos, pelos americanos, levam vida de rei porque precisavam da massa cinzenta deles. Olha o nazismo aí espalhado pelo mundo afora.

— O senhor quer acrescentar alguma coisa?

— Não sei mais o que dizer. Aí vem a propaganda e diz "Brasil, país de todos". Eu leio "Brasil, país de tolos". Porque as informações chegam como querem que ela chegue pra gente.

Mané e Isa começam uma conversa informal com o seu Fernando e a técnica prepara a retirada dos microfones. Vai ficando cada vez mais difícil entender o que falam, como se as vozes estivessem entrando em um túnel. A imagem vai saindo de foco e, de alguma maneira estranha, estou de volta à sala de projeção, mas ainda estou na sala acompanhando o final da entrevista, como se meu corpo estivesse dividido em duas realidades diferentes. Sinto um calafrio que bem pode ter sido o medo da morte se aproximando como uma rajada do vento gelado do ar-condicionado. Depois de uma tremida discreta, estou apenas na sala de projeção.

— Excelente! — diz Meryl empolgada. — Eu sabia que valia a pena tê-lo ao nosso lado.

Eu gostaria de ter dito que não estava do lado de ninguém, que estava confuso e um pouco assustado com tudo aquilo. No entanto, mantive o silêncio e um sorriso meio amarelo enquanto considerava minhas opções. O mundo nunca tinha feito muito sentido em minha opinião, mas agora beirava a loucura completa.

A luz do projetor foi cedendo espaço à escuridão. A sensação de que iria desmaiar não se concretizou e flutuei em um vácuo absoluto, numa ausência de sentidos que pode ter durado um segundo ou um milênio. Despertei em casa, diante da televisão sem saber como havia chegado até ali. Jerry Lewis mostrava todo o charme e elegância de Buddy Love, alter ego do professor aloprado. Fechei os olhos, escorreguei pelo sofá e dormi. No sonho, nazistas, agentes, eu e Mané, fazemos uma dança sincronizada enquanto os Bee Gees executam os grandes sucessos dos *Embalos de Sábado à Noite*. Quando acordei, não lembrava o que tinha vindo a seguir, mas cantarolei *Staying Alive* o resto do dia.

— Mané, o cara é meio doidinho, né não? — disparei sem preparar o interlocutor, sem tato e sem carinho. Estávamos no meio de um almoço e eu um tanto cansado de ouvir como o depoimento era fantástico sem qualquer consideração de que também era bastante fantasioso. Aquela história já rolava havia muito, mas era a primeira vez que tinha prestado atenção no depoimento do seu Fernando. — Eu achei três traduções possíveis para Caicó e nenhuma delas é a que ele deu.

— Como? — perguntou Mané, deixando claro em seu olhar como a observação que havia feito era estúpida.

— "Macaco esfolado", "mato ralo" ou "Queicuó", que quer dizer rio do Cuó. Essa coisa de peixe pequeno ele tirou não sei de onde.

— De tudo que ele falou você achou de implicar com o significado do nome de uma cidade?

— Um homem que inventa o que significa o nome do lugar onde nasceu inventa qualquer coisa — expliquei, já percebendo a bobagem que havia dito. Antes deveria ter explicado que apenas seguia a ordem de minhas anotações que, por sua vez, seguiam a ordem da entrevista.

Mané seguiu em silêncio, incrédulo.

— E tem mais: onde esse infeliz vai tem um nazista. Agora mesmo tem algum SS embaixo da cama dele.

— É... — concedeu. — Ele fala umas coisas estranhas mesmo, mas isso não invalida a história toda. Ele pode ser... — titubeou. — Excêntrico e ainda assim ter feito tudo o que disse.

— Tá bom. Será que conseguimos confirmar que o pai dele fez parte do PCB? E as andanças do Gregório Bezerra?

— Bom, o Gregório deu uma entrevista pro *Pasquim*, em 1978, falando que depois que o Getúlio morreu, em 1954, ele foi parar no Paraná. Nessa entrevista ele diz que a ideia era organizar o Partido, criar um Comitê Regional. Trabalhou organizando a massa de colonos do café para a sindicalização... Rodou tudo ali. Londrina, Maringá, Cascavel, Engenheiro Beltrão, Campo Mourão... Até Foz do Iguaçu. Quando saiu de lá, diz ele, o sindicato de Londrina tinha mais de 22 mil sócios. Então, é seguro que ele tava por lá quando seu Fernando disse que ele estava.

— E o Lott? Tem registro da passagem dele por lá?

— Para entender a eventual procura por Gregório Bezerra por parte do Lott (na verdade, o PCB tinha declarado apoio a Juscelino)... em agosto de 1955, o diário do Partido Comunista Brasileiro, então Partido Comunista do Brasil (PCB), editado no Rio, publicou na primeira página o Manifesto eleitoral do PCB. O texto pedia para a população se unir "para impedir a implantação de uma ditadura militar fascista no Brasil". Era também a posição oficial do PCB de apoio às candidaturas de Kubitschek e Goulart. Os militares ficaram putos e o Lott falou que estava preocupado com o apoio dos comunistas a Kubitschek e Goulart e que eles tinham aceitado esse apoio. Então, é bem possível que ele tenha andado por ali.

— E essa coisa do Brooklin ser um antro nazista? Algum boato ou caso confirmado?

— Cara, ao lado do Alto da Boa Vista, o Brooklin é um dos bairros mais tradicionais alemães, onde todos os anos ocorrem as festas germânicas *Maifest* e o *Brooklin Fest*. Nessa região, até a década de 50, era muito comum ouvir crianças falando em alemão nas suas ruas ainda de terra. Lógico que nem todo alemão é nazi, certo? Mas o fato de o Mengele ter usado a identidade falsa de Wolfgang Gerhard, na real, um apoiador nazista austríaco que residia no Brooklin e que a pedido do Rudel (notório piloto nazi que à época vivia na Argentina) foi a pessoa que o ajudou a atravessar a fronteira para o Brasil em 1960, ajuda, não? Ainda mais quando também sabemos que o próprio Mengele morou no bairro, de 1967 a 1969, e que se encontrava com o tal do Gustav Wagner, na Avenida Portugal, a uma quadra da Foto Paulo... E que, adivinha? O seu último esconderijo, a casa do casal de austríacos Wolfram e Liselotte Bossert, com quem Mengele havia ido passar uma tarde na praia de Bertioga quando morreu, também fica onde? No Brooklin!

— Tá bom, tá bom. Mas, meu, o cara serviu com o Lamarca! Isso tem que ser cascata.

— Bom, o Lamarca serviu em Quitaúna mesmo, em Osasco.

— E que esse Paulo Corenchuck trabalhava em Manaus e sua ligação com a Missão Novas Tribos?

— Uma página na internet de uma entidade que se diz formadora de missionários para evangelização de povos transculturais (leia-se indígenas) chamada Instituto Bíblico Peniel apresenta o testemunho do fiel Emir da Rocha. Diz ele: "Em 1976, fui visitar meus cunhados no Instituto Missionário Shekinah em Mato Grosso do Sul. E lá pude ajudar consertando o veículo da escola, vários motores, roçadeiras e um gerador que produzia energia. Um missionário (Paulo Corenchuck) estava lá e me desafiou a trabalhar em Manaus fazendo esse tipo de trabalho".

— Eita! E esse tal Gustav Wagner? Realmente vivia no Brasil?

— Olha a ironia do destino, tu sabe quem deu diferentes pareceres negativos à extradição do Gustav Wagner? O então Procurador-Geral da República Henrique Araújo, pai do agora ex-chanceler de Bolsonaro, Ernesto Araújo, que havia sido escolhido para o cargo pelo Geisel!

— E o tal do Hugo Müller?

— Existe, sim, um Hugo Müller, austríaco, que foi expulso do Brasil em 1938. Ele era o chefe da *Uschla* do círculo do Rio Grande do Sul (em alemão, *Untersuchung und Schlichtungsausschuss,* algo como *Junta de Investigação e Mediação*). A *Uschla* era uma espécie de tribunal interno nazista, instituída por Hitler em 1926, que julgava as atividades dos correligionários suspeitos de infidelidade à causa, intimidando o indíviduo que resistisse. Pelotas e Rio Grande, onde fica a Praia do Cassino, estavam sob sua responsabilidade. E é lá, na Praia do Cassino, que, de acordo com um informe do FBI, Hitler teria sido visto em 1947.

— Que porra é essa de informe de FBI?

— Mano, tem tantos documentos nos sites do FBI e da CIA que eu nem sei por onde começar. Aliás, até mesmo documentos desclassificados que voltam a ser são colocados sob sigilo, como um da CIA, exatamente de 1955, sobre o Bigode que foi censurado outra vez em 2004. O próprio site do FBI diz: "Após a rendição da Alemanha em 1945, as forças aliadas ocidentais suspeitavam do suicídio de Hitler, mas não encontraram evidências de sua morte. Naquela época, temia-se que Hitler pudesse ter escapado nos últimos dias da Guerra, e buscas foram feitas para determinar se ele ainda estava vivo. Arquivos do FBI mostram que a agência investigou alguns dos rumores de que Hitler havia sobrevivido". Em 1998, o FBI liberou o arquivo número 65-53615, referente a Hitler, que consta de 745 folhas, sendo que 61 destas citam a Argentina [https://vault.fbi.gov/adolf-hitler]. Para se ter uma ideia, ao buscar por Hitler nos documentos de inteligência desclassificados dos EUA após 1945, temos uma média constante de 1.000 a 2.000 informes por ano, que por coincidência, caem drasticamente após 1971 — sendo que o ano de 1972 já mostra apenas uns 200 informes.

— Ok, você está quase me convencendo que nesse angu tem caroço. Mas você não acha esquisito que ele fale "Haroldo Erneste" e não "Harald Ernst" — vai ver ele é um amiguinho imaginário do senhor Fernando, não?

— O fato de o senhor Fernando não tentar imitar a pronúncia alemã correta, a meu ver, joga a favor dele. Porque, convenhamos, se fosse uma personagem inventada, seria mais crível o senhor Fernando "nos vender" um nome que ele pudesse pronunciar perfeitamente...

○

Me ocorre que talvez devesse ter começado esse relato explicando como um sujeito cínico como eu embarcou em uma aventura dessas. A coisa toda parece impossível — ainda mais quando verificamos que ela não é tão ou mais absurda que a história oficial. Quem poderia prever que um ser insignificante como Hitler se tornaria líder supremo de uma nação como a Alemanha? Quem poderia prever que um militar fracassado, deputado medíocre e jurado de programas televisivos de quinta categoria se tornaria presidente do Brasil? A verdade, por vezes, é fantástica. Pro bem e pro mal. Isso tudo pra dizer que, logo após sua primeira conversa com o seu Fernando, lá em 2007, Mané fez uma coisa simples que impulsionaria todos os eventos seguintes.

Seguindo o endereço dado pelo senhor Fernando, Mané não chegava a lugar nenhum, mas tudo mudou quando lhe veio a ideia de que no lugar de buscar por "rua" ele também poderia buscar por "avenida", afinal Assunção sofrera transformações nos últimos 30 anos. Uma rua poderia facilmente ter desaparecido, mudado de nome completamente ou transformado-se em uma avenida. Assim, o número adicionado ao lado do nome da avenida nos levou ao lugar exato que sua fonte descrevia. No entanto, no lugar do descampado havia um hotel cujo nome, grafado no idioma castelhano, não despertava nenhuma curiosidade. Já no interior do site, uma frase explicitava uma ligação direta com a Alemanha. Assim, atingimos aquele ponto "Eureka!" em que o absurdo vira uma possibilidade.

"Hotel ████████ ████ ████

Desfrute da hospitalidade alemã combinada com a cortesia do Paraguai.

████████ ████████, ████"

o

Um dos motivos para termos nossa história refutada constantemente contava com limites da ciência e com uma vontade mundial de acreditar que o monstro estava morto.

Tudo mudou em 2009 com uma revelação do arqueólogo estadunidense Nick Bellantoni que, ao examinar o suposto crânio de Hitler, em poder dos russos, achou, achou os ossos muito finos para serem de um homem. Cientistas da Universidade de Connecticut, nos EUA, confirmaram a suspeita. Um exame de DNA comprovou que os restos mortais pertenciam a uma mulher na faixa dos 40 anos e mais de uma década mais jovem que o Führer.

Os russos continuam a negar tudo, chegando mesmo a afirmar que o arqueólogo não teria nem mesmo tido acesso aos arquivos. Isso é negado por Bellantoni que, como prova, apresenta documentos oficiais aprovando acesso ao local e gravações realizadas pela equipe de filmagem que o acompanhava.

Com isso voltamos anos atrás, mais precisamente para abril de 1945, quando diante da inevitável tomada do bunker pelos soviéticos, Hitler teria tomado uma pílula de cianureto e se matado com um tiro na têmpora direita. No dia 4 de maio, a Smersh, departamento de contraespionagem da União Soviética que atuava na área de desinformação, encontra o seu "corpo" e o de Eva Braun parcialmente carbonizados. Boa parte dessa versão está contida no livro *Os Últimos Dias de Hitler*, do britânico Hugh Trevor-Roper, enviado a Berlim pela contrainteligência britânica para refutar a propaganda soviética de então de que o Führer havia escapado. O que pouca gente toma em conta é que até mesmo as tropas americanas só tiveram acesso ao bunker nove semanas depois dos soviéticos. E que o próprio Trevor-Roper só chegou na "cena do crime" cerca de cinco meses depois, quando a "rapa" já tinha sido feita. Para, no fim, apenas entrevistar os oficiais nazistas unidos a Hitler por um forte sentimento de lealdade ou oficiais da inteligência britânica e dos Estados Unidos. Ou seja, a história do "suicídio" de Hitler que conhecemos começou a ser construída cinco meses depois, sem as informações colhidas pelos soviéticos e com testemunhos escolhidos a dedo.

Há de se dizer que a "história oficial" também apagou os contemporâneos de Trevor-Roper que nunca engoliram esse sapo, como o também britânico Louis C. S. Mansfield, jornalista que sempre duvidou do suicídio, assegurando que os cadáveres eram falsos, e o coronel William Heimlich, da inteligência dos EUA, que insistentemente dizia que Hitler estava escondido na Europa, mais especificamente na Áustria.

Diante do exame de DNA do crânio, no entanto, a versão oficial deve sofrer algum tipo de escrutínio. Mesmo porque os responsáveis pelo que chamamos de "história" ou de senso comum vêm criando uma narrativa levando em conta apenas os "fatos" que a comprovem, ignorando qualquer discrepância. Um áudio de 1945 do correspondente da BBC em Berlim, Thomas Cadett, por exemplo, anuncia diretamente do bunker que os médicos soviéticos chegaram à conclusão que o tal "corpo" carbonizado de Hitler era apenas um sósia não convincente de Hitler e não opróprio Führer.

A versão à la Goebbels, repetida mil vezes, é a que sempre se sobressai. Cada vez que a "verdadeira" história parece estar próxima de ser revelada surgem contrateorias que insistem na versão oficiosa.

A última tentativa surgiu em 2018, quando paleontologistas franceses apresentaram o que chamaram de evidência definitiva da morte de Hitler. Ao analisarem uma arcada dentária encontrada em Berlim em maio de 1945 chegaram à conclusão de que se tratava de restos do líder nazista. As "provas" seriam a petição de miséria em que se encontrava tal boca, o que estaria em concordância com a dentição podrona do Führer, e o fato de que os dentes não revelavam traços de carne, o que seria consistente com o fato de Hitler ser vegetariano.

Não se falou em DNA, estrela dos mais variados seriados de tv que tratam de investigação policial ou histórica. Nem mesmo o fato de que, no dia 21 de abril de 1945, Hitler enviou seu dentista, Hugo Blaschke, em um voo para a Baviera com todos os seus registros dentários e raios-x, que, por sua vez, foram substituídos por "documentos plantados" para que se assemelhassem a uma arcada dentária de outrem que os soldados soviéticos viriam a encontrar. Aliás, a história de que Hitler havia se suicidado saiu, pela primeira vez, da boca do dentista que ficou em seu lugar no bunker, Helmut Kunz, quando este foi capturado pelos soviéticos no dia 7 de maio na área da Chancelaria do *Reich*.

Banguelas existem aos montes e uma dentadura mal ajambrada, com pouco mais de sete dentes, não é nenhuma prova concreta. O mistério prossegue.

o

Com um efeito especial Scooby-Doo, a imagem se distorce e, no lugar de um corte seco, entramos suavemente em 2012. A rainha Elizabeth completa 60 anos no trono e Julian Assange se refugia na embaixada do Equador em Londres para escapar de extradição para a Suécia. Para nós, causou mais reboliço o convite do nosso editor para entrevistar o então presidente paraguaio Fernando Lugo. Eu já tinha até esquecido do encontro com o Travolta, pra ser sincero. As roxinhas vinham junto das branquinhas no pacote do meu fornecedor e eu já era capaz de segurar a onda com algum sucesso. Até os relatórios deixei de enviar. Assim, quando o chefe entrou na redação, eu estava bem tranquilo.

— Mané, você está livre na semana que vem? Estou precisando de alguém pra ir para Assunção entrevistar o Lugo.

— Sem problema.

— Ah, outra coisa. Você sabe quem poderia emprestar uma dessas câmeras digitais de alta definição? Podemos usar o material no nosso site.

— Ele tem uma — respondeu apontando para mim.

— Beleza. Você vai com ele de cinegrafista.

Naquele momento, confesso, desejei nunca ter visto *Os Embalos de Sábado à Noite*...

o

São Paulo, ■ de ■ de ■

R.: 0231 – Sec.: 041-F - Confidencial

Passei essa tarde pensando em Deus e no Haiti. Em Deus como um conceito e entidade divina. No Haiti, como vítima do homem e da natureza.

No dia 12 de janeiro de 2010, um terremoto de magnitude 7 na escala Richter, o quinto mais grave da história mundial, devastou o país.

Mais de 300 mil mortos e mais de 300 mil feridos. Um milhão e meio de desabrigados em um dos países mais pobres – ou deveríamos sempre dizer "empobrecidos" – das Américas.

A médica pediatra e sanitarista Zilda Arns, irmã de Dom Paulo Evaristo Arns, também estava na capital haitiana. Fundadora e coordenadora internacional da Pastoral da Criança e da Pastoral da Pessoa Idosa, tinha ido a Porto Príncipe em missão humanitária. Ao contrário de outras vítimas, ela não morreu soterrada. Foi atingida diretamente na cabeça, quando o teto da igreja em que estava desabou.

Aí, quando tudo está uma desgraça, aparece um camarada chamado Pat Robertson, pastor evangélico estadunidense. O representante de Deus (que, diga-se, nunca apresentou qualquer documento comprovando vínculo empregatício com o divino) diz que a tragédia era fruto de uma maldição resultante de um acordo demoníaco da população haitiana para libertar o país dos franceses.

"Estavam sob o domínio da França. Você sabe, Napoleão III ou sei lá quem. E eles se juntaram e fizeram um pacto com o diabo. Eles disseram 'nós o serviremos se você nos libertar dos franceses'. Isso é verdade. Então o diabo disse 'Ok, temos um acordo. Sabe como é, os haitianos se revoltaram e se libertaram, mas desde então estão amaldiçoados por uma coisa atrás da outra'."

É só isso mesmo.

031/02-05/KXP

o

O despertador tocou às quatro. Eu tinha conseguido fechar os olhos às duas. Às quatro e meia, o motorista me recolhia na rua e tocou para a casa do Mané tentando abafar meu ronco com uma música do rádio. Não conseguiu.

Pegamos o Mané e fomos para o aeroporto de Cumbica antes de o Sol nascer. É um local desolador, uma rodoviária com ares de grandeza, mas sem alma. Um dia vamos descobrir que ali existia um campo verde onde povos ancestrais comiam frutas das árvores, descansavam do tanto que nada faziam na rede e faziam amor sem culpa. Eram solidários e felizes, mas morreram vítimas de um herói bandeirante ou um navegador degredado. Por isso tanta gente chora e se emociona ali. Debaixo do concreto frio daqueles saguões imensos, ossadas apodrecidas oram para que seus espíritos encontrem paz e possam enfim descansar: "Homem branco filho da puta, que você se afogue na água que poluiu, que se engasgue com a comida que contaminou. Nosso consolo é saber que você vive uma vida de merda".

O voo foi tranquilo. Apesar de Santos Dumont ser brasileiro, a coisa até funciona. O lanche foi meio decepcionante, mas a viagem foi rápida. Desembarcamos, resolvemos o problema de câmbio e pegamos um táxi direto para o hotel. Em poucos minutos estávamos diante do pequeno edifício na avenida ██████████, número ██. Estaria mentindo se dissesse que não estava apreensivo. Tínhamos criado uma série de fantasias sobre o local. E, finalmente, estávamos no local apontado como uma das últimas moradas do Bigode. Para todos os efeitos éramos turistas, mesmo porque não estavam oferecendo desconto para jornalistas. Iríamos cuidar de nossa obrigação profissional e fazer a entrevista com o presidente, mas se a oportunidade surgisse, pediríamos auxílio com a "outra" investigação.

Tenho que dizer que até aquele ponto a coisa foi meio decepcionante. Não tinha nenhum alemão com pinta de vilão de filme sobre o Holocausto, com cicatriz no rosto e monóculo e cabelo pastinha. Sendo honesto, talvez somente o gerente fosse alemão. Fomos trabalhar.

Chegamos ao Palácio de los López, sede do governo paraguaio, no começo da tarde, um pouco antes da hora marcada. Fomos recebidos de maneira amistosa pela assessoria do presidente que nos deixou à vontade na sala de imprensa. Seria uma entrevista exclusiva com foco na gestão de Lugo, mas sem evitar temas espinhosos, como sua relação com a oposição conservadora.

Mal tiramos nossas mochilas das costas e uma equipe técnica começou a instalar equipamentos de áudio e vídeo pela sala. Logo descobrimos que era praxe gravar a entrevista e, como de hábito, nos cederiam uma cópia que poderia ser utilizada desde que citando a fonte. Isso me trouxe um alívio tremendo. Principalmente porque cagado como estava, esqueci propositalmente a câmera d'A Agência no hotel. Não ia arriscar a saúde de ninguém, mesmo estando sujeito a um esporro do Mané ou, pior, do meu chefe. Tava com meu gravadorzinho digital de voz de prontidão, mas a entrevista estava salva de qualquer maneira.

Pessoalmente, Lugo era tão grande quanto nas fotos. Seu sorriso cobria metade da cara e parecia honesto. Foi tão simpático quanto qualquer político em campanha ou em busca de apoio da imprensa, mas aqui entra meu cinismo. Tinha tomado uma vermelhinha logo que desembarquei, mas ela parecia malhada, a onda estava muito leve. Tomei mais duas enquanto Mané fazia as perguntas, determinado a reduzir minha participação como a do cara que faz cara de conteúdo e finge anotar coisas importantes.

Lugo estava acompanhado dos assessores, mas também de Congo, seu amigo e chefe da segurança pessoal. Alto, de cabelos lisos grisalhos precisando de um corte, e uma barba rala branca, vestia uma roupa preta que parecia um tipo de terno informal que revelava uma camisa de gola impossivelmente branca por baixo do paletó. Seus olhos repousavam escondidos por trás de óculos de lentes muito escuras. Ele era conhecido de parte da militância brasileira, tendo morado aqui fugindo de Stroessner nos anos 1970, e tinha a história cercada de lendas. Guerrilheiro, "invasor" de terras ... O típico rebelde romântico latino-americano.

Antes de a entrevista começar, Congo nos recebeu, como cortesia ao jornal e para verificar nossa autenticidade. Satisfeito com o que encontrou, se abriu para um papo, confirmando em *off* alguns de nossos temores quanto à política local e dividindo algumas anedotas palacianas. A conexão estabelecida abriu a oportunidade para que Mané introduzisse o tema espinhoso. Congo ouviu tudo com atenção e prometeu ajudar, desde que não trouxéssemos esse assunto para a conversa com o presidente que, naquele momento, já tinha muita coisa com que se preocupar.

A entrevista correu tranquila embora houvesse uma tensão no ar por conta de recentes movimentações da extrema-direita no país inconformada com os tímidos rumos progressistas de Lugo.

Ao final, satisfeitos e aliviados por termos o registro em vídeo cedido pela assessoria do presidente, saímos. Não sei como aconteceu ao certo, mas logo estávamos dentro do carro do Congo, que nos levou para dar um passeio pela capital enquanto escutava nossa história.

Algum tempo depois estacionamos em um bairro residencial nas cercanias da cidade. Congo disse que o irmão havia trabalhado certa vez em uma obra no hotel e poderia confirmar algumas informações.

Ele ouviu tudo atentamente e desenhou uma suástica em um quadro negro que utilizava para aulas particulares de matemática que dava em casa. Congo levantou-se, levou sua mão direita para as costas, sacou uma pistola automática que estava escondida na cintura da sua calça e a colocou sobre a mesa.

— Rapazes, vocês sabem demais! — disse com um tom de voz ameaçador e um olhar que adivinhei igualmente grave por detrás das lentes escuras.

O silêncio que seguiu, acentuado pelo olhar severo do irmão, reinou por segundos que duraram um ano até que Congo explodiu em uma gargalhada sinistra.

Eu e Mané sorrimos amarelo, mostrando toda alegria que alguém que quase borrou as calças é capaz de exibir.

— Vocês não falaram disso com mais ninguém, não é?

— Não — disse Mané.

— Pois tem muita gente perigosa que pode querer tirar vantagem de vocês vendendo informações ou pior até. Deixem comigo que tenho contatos que podem levantar o que vocês precisam.

Frustrados, mas ainda felizes por estarmos vivos, aceitamos uma carona de volta, trocamos endereços de e-mail e deixamos por escrito uma série de dados que esperávamos ser levantados junto à prefeitura de Assunção.

— Mandem as mensagens utilizando e-mails alternativos e não os pessoais. Você será ▇▇▇▇ e eu ▇▇▇▇. No lugar de Hitler ou nazismo, falemos sobre carros. Vai ser nosso código.

Depois se despediu com um efusivo aperto de mão.

Escrevemos para Congo várias vezes, mas depois de alguns meses a coisa esfriou — ainda mais após a destituição de Lugo que viria a acontecer poucas semanas depois de nossa volta ao Brasil.

Naquela noite, aproveitamos para dar uma volta pela cidade. Seguindo o conselho da recepcionista fomos até o Paseo Carmelitas. Comemos, tomamos um café e andamos em um shopping. A única coisa que chamou a atenção foi que, durante o trajeto de táxi, toda portaria de prédio ou portão de condomínio tinha um segurança armado com uma garrucha. Até no hotel. Mas caminhamos sem qualquer problema por ali.

Já no hotel, confesso, um clima meio sinistro se instalou. Não sei se foi a noite ou a sensação de que estávamos sendo observados. Tudo estava bem esquisito. A maneira como os funcionários nos tratavam e acompanhavam com os olhos. Os poucos e estranhos hóspedes. A própria "topografia" do lugar era suspeitíssima. Ao entrar e passar pela recepção, é necessário descer alguns degraus (fazendo com que o terreno propriamente dito se encontre um pouco abaixo do nível da rua). A cozinha, que ao caminharmos pelo corredor principal víamos pela fresta de uma janela, ficava ainda mais abaixo, praticamente no subsolo. Uns poucos quartos do hotel circundavam um "jardim de inverno" ao ar livre com algumas palmeiras. Pensamos: "se o bunker está aqui embaixo, esta é a razão pela qual, em 2003, eles não puderam construir quartos em cima do gramado que o seu Fernando garante ter se deparado quando decidiram erguer um hotel no terreno baldio em que ele diz ter estado 30 anos antes, em 1973. O mesmo acontece com o próprio bunker de Hitler, em Berlim, que hoje se esconde embaixo de um estacionamento...".

Chamou-nos também a atenção que a casa vizinha, justamente no fundo de um amplo estacionamento aberto literalmente colado ao jardim de inverno do hotel, ainda que separado por um muro, é uma espécie de "casa de repouso" para idosos com enfermeiras que entram e saem. Teria sido para ali que levaram os amigos do Bigode já em idade avançada quando o hotel foi construído? Será que não há nada construído em sua superfície justamente em razão do bunker que há debaixo?

Por fim, outra coincidência. Também fazendo divisa com o estacionamento, que parece ser uma antiga rua lateral sem saída, na sua outra extremidade, encontra-se uma associação ítalo-paraguaia, fundada em 1945. Teria Stroessner cedido aos alemães um terreno colado para que ficassem próximos dos seus amigos do Eixo? Um terreno bem próximo ao Palácio de Governo paraguaio para estarem ao seu lado caso precisassem buscar proteção? Um terreno, talvez, conectado por um túnel à bem próxima Baía de Assunção para fugirem pela água usando hidroaviões? Nos mesmos moldes do bunker recém-descoberto construído por Perón, em Buenos Aires, em que há um túnel secreto que o conecta ao Rio da Prata?

Um detalhe nos intrigou, porém. Uma pequena contradição com a visão que o seu Fernando recorda ter do Palácio a partir do terreno em que esteve. Hoje, a entrada se dá praticamente de costas com vistas ao Palácio, o que impossibilitaria o seu Fernando, em 1973, de ter enxergado as torres do Palácio a partir desta posição. Algo a se perguntar mais uma vez a ele, já que também é bem plausível que, na década de 70, a entrada fosse pela rua lateral onde hoje fica este amplo estacionamento.

Voltamos para nosso quarto e, por via das dúvidas, utilizamos um sistema de alarme rudimentar ensinado pelo senhor Fernando. Após trancar a porta, equilibramos uma cadeira na maçaneta. Assim, se alguém tentasse girá-la durante a noite, a cadeira cairia e acordaria o Mané. Eu, obviamente, estaria pegando um jacaré em Maresias com algumas amarelas na cabeça.

Na manhã seguinte, não muito cedo por cortesia química, fizemos um pequeno passeio turístico pela cidade. Entre um monumento e outro, procuramos corroborar o relato do senhor Fernando. Saímos pelas ruas perguntando a esmo a pessoas que aparentassem ter mais de 60 anos se elas sabiam onde ficava o restaurante *Caballito Blanco*. Quando já estávamos desistindo, um senhor disse lembrar vagamente do tal restaurante e da possível rua em que ele ficava. Caminhamos até lá, distante umas dez quadras do hotel, mas não encontramos. Também não encontramos vestígios da tal associação de ajuda social para alemães que chegavam ao país. A não ser que ela funcionasse no mesmo endereço onde hoje se encontra o hotel, mas não conseguimos confirmar — já que era para lá que o senhor Fernando enviava as cartas para o Harald. Frustrados, voltamos ao hotel ao menos com a impressão de que a visita do senhor Fernando a este endereço 40 anos atrás era não só possível como provável. Cansados e sem novidades restava contar com o retorno de Congo ou invadir o lugar com picareta e escavadeira. Conformados, fizemos as malas para voltar para casa.

Foi um jeito estranho, mas eficiente, do universo dizer para irmos devagar com o andor. De fato, naquele angu tinha caroço, mas teríamos que ter paciência para encontrá-lo.

CAPÍTULO 7

São Paulo, ██ de ███ de ███████

R.: 0822 – Sec.: 041-F – Confidencial

Dividimos o voo para a Argentina com a banda Whitesnake, veterana da cena hard rock britânica. Capitaneada por David Coverdale (que andou dando seus gritos no Deep Purple), começou suas atividades em 1978, mas o auge veio nos anos 1980, quando clipes de mulheres sensuais dançando no capô de carros faziam tanto sucesso quanto homens de cabelo comprido usando laquê. Fiquei com a impressão de que o cantor, que sentou isolado do resto da banda e técnicos, era magro, baixo e com a cabeça ligeiramente desproporcional. Um Funko Pop desanimado, provavelmente cansado da viagem.

Enfrentamos uma turbulência infernal, dessas que faz a gente achar que vai descobrir o grande mistério da existência, mas no final só descobrimos a grande capacidade do estômago segurar a comida enquanto o avião chacoalha.

Com o orçamento limitado (alô RH), tivemos que ir de ônibus até Bariloche, uma viagem sofrida de 24h. Uma TV com o volume alto gritava diálogos horríveis de filmes péssimos em espanhol durante todo o tempo. Um pacote de viagens que inclua esse transporte é um grande presente para desafetos. Recomendo.

Bom, Bariloche é linda e coisa e tal, mas tava frio. O chocolate é muito bom. A carne, sabendo procurar, é boa. Mas a gente estava lá pra trabalhar e não em lua de mel como 80% dos visitantes. O resto eram casais entediados.

Entrevista com o jornalista Abel Basti, ou melhor, Mané o entrevistou. Eu prestei mais atenção na excelente taça de sorvete de doce de leite que devorei acompanhada de palitos de chocolate. Em menos de dois minutos era Hitler pra cá, Mengele pra lá... Discretamente mandei umas branquinhas pra dentro só pra relaxar.

Aparentemente Bariloche abrigou metade dos nazistas que conseguiram escapar após o fim da guerra. Perón era fã da galera e deu porto seguro para muitos. Achava que trazer europeus para a Argentina ia de alguma maneira impulsionar o país científica e culturalmente. Hoje, sabemos que ele até mesmo criou um comitê especial para buscar essas pessoas e oferecer-lhes abrigo. Por isso facilitou a vida dos que quiseram vir para o país, nazista ou não. Alguns foram identificados com o tempo e mesmo os submarinos utilizados no transporte de vários deles foram encontrados na costa da Patagônia. Adolf Eichmann e Erich Priebke são os mais conhecidos. Além de Mengele, que ingressou no país no dia 20 de junho de 1949, com um passaporte da Cruz Vermelha Internacional sob o nome de Helmuth Gregor Gregori, e que acabaria sendo referência pro filme *O Médico Alemão*, de 2013, rodado em Bariloche.

Pessoalmente não encontramos nenhum nazi e a viagem teria sido completamente frustrante não fosse uma visita ao hotel Llao Llao, inaugurado em 1938, que mais se assemelhava ao verdadeiro cenário dos tempos de glória do 3° Reich. Tomando um cafezinho, o máximo que o orçamento permitia no opulento edifício, tínhamos uma vista magnífica da região. Na imaginação, Eva Braun saracoteava no terraço, rebolando descarada pra arrancar suspiros dos fãs e do Führer.

Aliás, o arquiteto responsável pela construção do Llao Llao, Alejandro Bustillo, também projetou a casa que todos apontam como o lugar onde viveu Hitler na Argentina, a cerca de 90 km de Bariloche. Conhecida como residência Inalco, se encontra localizada na cidade de Villa La Angostura. Para chegar lá o visitante tem que atravessar o lago Nahuel Huapi, a nado ou numa embarcação. O difícil acesso, que tornou o lugar mais seguro, só aumentou a curiosidade dos moradores locais. Hoje faz parte do roteiro de turismo "nazi" da região.

Em tempo: a Patagônia é linda – já dizia o Führer...

054/05-11/KXP

o

Duas coisas precisam ser destacadas: a perseverança de Mané e a minha preguiça. Na maioria das vezes o entusiasmo dele vencia e logo estávamos em alguma caçada ao tesouro perdido dos nazis, nova versão de Eldorado.

Domingo de manhã, de algum dia de algum mês de algum dos 14 anos de nossa saga, embarcamos de trem para um instituto alemão nos arredores do Morumbi que tinha em sua biblioteca uma série de documentos ligados à presença alemã no Brasil. Mané viu nisso uma oportunidade de vasculhar registros, e eu vi a oportunidade perdida de dormir até tarde do dia do descanso sagrado.

Em resumo, depois de andarmos perdidos por meia hora debaixo do sol, encontramos o Instituto Martius-Staden. No conforto do ar-condicionado e contando com a simpatia e o profissionalismo dos funcionários, reunimos uma série de documentos e registros ligados, principalmente, às colônias de Cambé e Rolândia.

A versão peluda e meio ensebada de Mulder e Scully já tinha gasto um bom par de horas sentindo o cheirinho de papel velho quando encontrou uma pasta com documentos datados do período a que a história de seu Fernando se refere. Dividindo o bolinho a ser vasculhado com maior atenção, descobrimos algo que parecia comprovar uma das mais improváveis histórias contadas pelo nosso garganta profunda.

O documento, na verdade um bilhete datilografado, comprovava a passagem de Juscelino por Cambé. Originado no Comitê Interpartidário pró-candidatura de Juscelino no Rio de Janeiro, com data de 15 de junho de 1955, agradecia a acolhida de Gregório Wladeck, candidato a vereador pelo PTB em Cambé, quando da visita do então candidato a presidente.

Não preciso dizer que ver a assinatura do presidente, naquele momento agradecendo o apoio dado em campanha, arrepiou até o pelo do dedinho do pé esquerdo, aquele com a unha mal ajambrada.

Que diabos ele estava fazendo por lá, com o país pegando fogo, no meio de uma campanha infernal, em um lugar minúsculo sem qualquer importância em sua disputa eleitoral?

De repente, a presença do general Lott por aquelas bandas fazia sentido. "Dar o pé na bunda do Führer" não era mais uma piada interna. Foi, definitivamente, um daqueles momentos putaqueopariucaralhoporra.

o

Entre as iniciativas de levar o projeto adiante, decidimos utilizar parte do orçamento da investigação para financiar um "teaser" do que pensávamos ser um documentário sobre o Bigode. Nosso amigo Marcelo topou a empreitada mesmo sabendo que o dinheiro era algo entre o pouquíssimo e o nenhum. O resultado, nem preciso dizer àqueles que conhecem a qualidade de seu trabalho, superou nossas expectativas e nos animou a procurar financiamento para a empreitada. A essa altura, queríamos entregar o projeto de volta ao Walter Salles, só que dessa vez com um produtor associado disposto a financiá-lo.

Assim, o segredo mais mal guardado do Brasil passou de fofoca a trailer, faltando apenas o balde de pipoca. Se encontrávamos alguém vagamente capaz de nos colocar em contato com um financiador o obrigávamos a assistir ao vídeo de cinco minutos. Invariavelmente, ganhávamos mais um torcedor para o projeto, mas nenhum deles disposto a colocar a mão no bolso.

Numa dessas, Mané apresentou o clip a João Pedro Stedile, principal dirigente do MST, que se entusiasmou a ponto de chamar o jornalista Fernando Morais para assistir também. Durante alguns dias, parecia que a coisa ia andar, com João Pedro trocando mensagens, pedindo mais informações. Por coincidência, naquele momento havia sido descoberta uma casa no interior de São Paulo que utilizara tijolos com a suástica em seu centro, como uma espécie de logotipo. A propriedade, segundo testemunhas, pertencera a entusiastas do regime. Ia acontecer, mas esfriou tão rapidamente quanto pegou fogo. Outro problema atraiu a atenção do dirigente do MST. Fernando Morais nunca mais apareceu e estávamos mais uma vez sem nenhuma perspectiva.

Pelas minhas contas, faltava contar nossa história para o papa e para o Roberto Carlos, mas nem assim a coisa avançava.

Outra dica que não conseguimos confirmar foi o Trabalho de Conclusão de Curso do jornalista Evaristo Costa. Tivemos problemas em conseguir acesso ao seu conteúdo na biblioteca da Universidade Braz Cubas, em Mogi das Cruzes, onde ele se formou.

Mané manteve contato com Walter Salles de 2007 a 2014. Nossas viagens de campo foram financiadas por ele, que sempre acreditou no projeto. Ambos chegaram a cogitar em contratar uma empresa que pudesse verificar a existência do bunker com o auxílio de um radar de penetração no solo. Entre um projeto e outro, mesmo do outro lado do mundo, Walter dava um jeito de entrar em contato. Quando a coisa parecia finalmente andar, ele desapareceu — sua última mensagem é de 1º de março de 2014. Mas, como ele mesmo disse em uma de nossas conversas, muitos projetos são assim, demoram anos para se realizar. E nisso ele tinha razão.

Já vínhamos há alguns anos nos debatendo com a investigação e algo parecia sempre nos direcionar para um muro intransponível. Chegávamos perto de provas irrefutáveis apenas para esbarrar em algo que nos tirava do curso. Recomeçar estava cansativo. Nossos planos de um documentário ou de uma grande reportagem não decolavam. No entanto, tínhamos um balaio repleto de fatos que, se não eram conclusivos, apontavam claramente uma direção.

Dividindo a terceira porção de shimeji servida com alguma relutância pelo garçom sovina do rodízio de comida japonesa mais barato de Santa Cecília, Mané lembrou de uma das primeiras conversas que tivera com Walter Salles e ele achou que a história poderia funcionar independentemente de comprovações. Como argumento, Walter citou o filme inglês "*If...*", de 1968. Dirigido por Lindsay Anderson e estrelado por um jovem Malcolm McDowell, venceu a Palma de Ouro do festival de Cannes de 1969. Subversivo e com um humor ácido, o roteiro trata da insurreição de um grupo de estudantes que explode em violência. Mas tudo segue um clima farsesco, surrealista, onírico até.

— E...? — perguntei enquanto brigava com o hashi, conhecido no Canal 7 como palitinhos de comida japonesa.

— E se a gente trabalhasse dessa forma, criando uma ficção em cima das informações que colhemos? Assim contamos tudo sem a necessidade de provar nada.

Era uma boa ideia. E ia facilitar muito nosso trabalho.

o

No outro dia liguei para o Mané que estava na redação. Tinha virado a noite trabalhando motivado pela nova ideia e pelas duas vermelhas que tomei com um balde de café.

— Mané — atropelei —, acho que consegui achar um jeito de contar a coisa. Imagina que um daqueles nazis velhuscos, reminiscente da turma que veio de submarino pra América do Sul no final da guerra está no Paraguai. Seu nome é Heinrich Hermann. Pensa nele tendo dificuldade em completar o percurso que separa a Plaza de Los Heroes de seu destino. O centro de Assunção está tomado por paraguaios que acompanham a contagem dos votos do ex-bispo Fernando Lugo, líder da Alianza Patriótica para el Cambio, e de Blanca Ovelar, candidata do Partido Colorado. E vencer a multidão de eleitores lhe custou indesejáveis minutos de atraso, uma vez que teve que fazer parte do caminho a pé.

Quando finalmente chegou ao hotel, lutava para controlar a irritação. Enxugou o suor do rosto e subiu os poucos degraus que levavam à recepção. Ignorando o empregado que lhe abriu a porta, atravessou o pequeno jardim que levava ao refeitório com passos decididos, mas evitando demonstrar que tinha pressa. Sua postura e movimentos traíam as estimativas sobre sua idade. Aos 89 anos, não lembrava em nada alguém que pudesse ser chamado de velho — fato que enfatizava com o vigor das passadas sobre as pedras que marcavam o caminho sobre a grama.

Parou diante da porta de vidro, tateando o paletó de onde sacou um par de óculos. Consultou o relógio de bolso que trazia preso a uma corrente em seu colete e contraiu levemente os lábios ao confirmar o atraso. Depois de guardar os óculos, abriu a porta.

"Chegar atrasado para o jantar... Péssimo exemplo para os funcionários" — disse para si enquanto sentava-se à mesa habitual.

A funcionária do hotel veio até ele desviando das mesas onde as cadeiras se equilibravam para a faxina noturna.

— Desculpe, *señor* Hermann — disse ela enquanto colocava os talheres sobre a mesa com extrema cautela. — Pensávamos que o senhor não viria mais.

Hermann contraiu os lábios em um meio sorriso, entre o simpático e o condescendente. Com as funcionárias do restaurante, habitualmente, falava das opções do cardápio ou qualquer outra observação sobre o serviço. Naquela situação, achava que a mulher cobrava sua pontualidade. E, de fato, nunca jantava após as 20h, o que julgava um dos motivos de sua saúde e longevidade. Isso é: o vegetarianismo.

— Vou querer apenas uma salada de alface, tomate e palmito. E duas batatas assadas.

Assentindo com a cabeça, a funcionária retornou para a cozinha.

"Não fosse essa baderna por conta das eleições, hoje, 20 de abril, seria um dia como outro qualquer, sem qualquer lembrança"

— pensou enquanto mastigava e se surpreendia com seu próprio desprendimento. — Estou ficando velho... — deixou escapar como um suspiro bem-humorado que já havia até se esquecido do dia de aniversário do Führer.

Após a refeição, Hermann deixou o refeitório e sentou-se em uma das mesas do jardim para o café e o charuto que sempre fumava após a janta. Uma jovem muito alta, de cabelos escuros presos em um rabo de cavalo, aproximou-se e sentou-se a seu lado.

— *Guten Abend*, Herr Hermann — disse a mulher enquanto abria um laptop sobre a mesa de ferro fundido.

— *Guten Abend*, Frauleine Krause — respondeu recuperando um pouco do humor ao reparar que o vestido escuro de corte conservador que a secretária usava não era capaz de disfarçar seu corpo atraente. — Que novidades o mundo me traz, querida Helga? Nossos amigos colorados estão em dificuldade?

Ela sorriu e virou a tela do computador para que Hermann pudesse vê-lo.

— Apenas separei os e-mails mais importantes — disse enquanto se levantava. — Se precisar de mim estarei no escritório até as dez.

— Danke, mein Schatz.

Hermann acompanhou o caminhar discreto da moça cruzando o jardim enquanto acessava a página de seu servidor.

"Alguns anos a menos..." — pensou enquanto retirava os óculos do bolso.

De volta à tela do computador, reparou que, como de hábito, Helga havia deletado spams e coisas sem importância, deixando apenas seis mensagens marcadas como não lidas. Correndo os olhos pelos assuntos, deletou as duas primeiras sem mesmo abri-las por não saber de quem eram ou do que se tratava. Na terceira, reconheceu um sobrenome familiar. Ao clicar e acessar o conteúdo do e-mail, confirmou a suspeita. A mensagem havia sido enviada por ████████, filho de um antigo associado que morava nos EUA.

"Sehr geehrter Herr Hermann,

Escrevo para informá-lo de uma questão que envolve negócios de meu pai e meu irmão e, creio, a Ayuda Social Germano Paraguaya.

Na tarde de ontem, minha irmã avisou-me de uma mensagem que havia recebido por meio de uma rede social. Nela, um homem afirmava conhecer nossa família da época em que vivíamos no Brasil. Não sei se o conteúdo é importante ou não. Por via das dúvidas, achei melhor deletar a página dela e consultar o senhor a esse respeito. Abaixo segue a mensagem que ela recebeu.

Respeitosamente, ███ █████.

...

Olá ██████,

Meu nome é Fernando e eu sou um velho amigo de seu irmão mais velho, Haroldo. Eu fui para a escola elementar com ele em Londrina, Brasil, em 1955. Eu mesmo me lembro de você brincando com sua boneca no jardim de sua casa grande quando eu e Haroldo voltávamos da escola. Você provavelmente tinha 6 anos de idade e talvez não vá se lembrar de mim.

Depois que seu pai partiu para o Paraguai, Haroldo me deu um endereço que eu usei para entrar em contato com ele até 1973, quando fui encontrá-lo, no Paraguai, no dia 1° de janeiro, mas ele não estava lá.

Desculpe usar esse recurso para me comunicar, mas essa foi a única maneira que achei possível encontrar notícias de Haroldo.

Eu acabei de fazer 63 anos e gostaria de saber se você poderia nos recolocar em contato. Seria incrível vê-lo ou falar com ele depois de tantos anos.

Espero que você possa me ajudar.

Estou ansioso por notícias.

Muito obrigado pela atenção,

Fernando Araújo.

P.S. Eu não escrevo nem falo inglês, então eu pedi a um amigo que me ajudasse a escrever as linhas acima."

Hermann leu e releu a mensagem por duas vezes tentando encontrar algum significado escondido por trás daquelas palavras. Um velho conhecido pesquisar a internet atrás de um sobrenome e, por tentativa e erro, encontrar a pessoa procurada não é algo incomum. Mas algumas coisas não lhe desciam bem: a nacionalidade do homem e a data em que teria perdido contato com o amigo.

Com um clique no navegador, abriu uma nova aba que direcionou ao portal de notícias local. Ao lado da foto da praça tomada por partidários da APC, a manchete anunciava a vitória de Fernando Lugo.

"Será que os colorados não acertarão as coisas como nas outras vezes?" — perguntou a si próprio. "Como foi que esses idiotas não conseguiram garantir esta eleição?"

Clicando mais uma vez na aba anterior, Hermann releu o e-mail com ainda mais atenção.

— *Scheiße*!! — esbravejou batendo com o punho na mesa. "Quanto será que isso vai durar? Quanto tempo esse padreco conseguirá permanecer no poder?" — pensou, considerando que não poderia haver pior momento para receber aquele e-mail.

— Temos que cuidar para que todos os nossos ossos permaneçam enterrados... — sussurrou para si.

E mesmo reconhecendo o perigo da situação, não conseguiu conter um sorriso diante daquela piada involuntária.

o

O telefone de Dante tocou por mais de quatro vezes até conseguir sua atenção.

Ainda confuso pelo sono, custou a entender que do outro lado da linha estava seu amigo Daniel, pedindo que ligasse a televisão. Dante concordou com um grunhido e caminhou até a sala ligando o aparelho.

— Põe no noticiário — orientou o amigo. — Acho que você me deve algumas cervejas.

Ainda sem entender do que se tratava, Dante viu surgir na tela um repórter de expressão muito séria em uma entrada ao vivo com centenas de pessoas pulando às suas costas. Buscou um cigarro amassado no fundo do maço e o acendeu enquanto o som da velha tevê aumentava vagarosamente até tornar-se audível.

"... os partidários de Fernando Lugo tomam as ruas de Assunção comemorando a eleição do novo presidente do país, fato que põe fim a 61 anos de domínio político do Partido Colorado..."

— E então? — insistiu Daniel. — Hoje as bebidas são por sua conta?

Dante expeliu a fumaça com os olhos fixos na tela do aparelho.

— O homem ganhou... — respondeu. — Resta saber se vai assumir.

— Não era essa nossa aposta. Se jogarem uma bomba na casa dele ou se o exército estadunidense invadir o Palácio de los López não é problema nosso. A aposta envolvia apenas o resultado das eleições.

— Mas e se o cara não assumir?

— Como disse... é problema dele. Agora, a cerveja, hoje, é por sua conta.

— Então acho que não tenho alternativa, não é mesmo? Nos encontramos em umas duas horas lá no escritório — que era como chamavam o bar ao lado do prédio do jornal onde trabalhavam.

Dante desligou o telefone e ficou parado sentado por alguns instantes, pensando em como aquilo tinha sido possível. Apesar de torcer pela vitória de Lugo, o cinismo o impedia de acreditar que ela seria possível. No mínimo, esperava que as eleições fossem fraudadas. Afinal, os colorados estavam no poder desde 1947, criando uma estrutura de poder cujos tentáculos se estendiam por todas as esferas sociais. E 61 anos de controle de uma das elites mais reacionárias da América do Sul não desaparece por encanto.

— Que se fodam os colorados! — gritou levantando de um pulo e se dirigindo ao banheiro, feliz por ter errado a análise da situação, mas triste por ter de assumir a conta do bar.

o

Seu Fernando desceu do vagão do metrô apertando sua bolsa contra o peito e ziguezagueou entre a multidão que se espremia para tomar a escada rolante que os levaria ao pavimento superior. Sentindo-se vulnerável, resolveu tomar a escadaria ao lado, arrependendo-se logo ao sentir os joelhos doerem. O suor brotava de todos os poros de seu corpo, estimulado pelo esforço e pela tensão. Ignorando a dor, venceu os degraus e os corredores da estação.

Ao atingir a saída, dobrou à direita e contornou por duas vezes uma banca de jornais na esquina, verificando se não estava sendo seguido. Por fim, riu do cuidado exagerado e seguiu para o hotel.

"Acho que estou maluco, meu Deus" — pensou.

As ruas do centro de São Paulo, mesmo em circunstâncias normais, colocam qualquer pedestre em estado de alerta constante. A profusão de pessoas, o barulho de veículos e gritos de ambulantes misturados, o lixo das calçadas e a poluição confundem os sentidos de uma maneira que poucas capitais do mundo conseguem. Mas naquela tarde seu Fernando tinha outras preocupações. Queria chegar logo ao quarto do hotel que sempre ocupava quando visitava a capital paulista. Não identificou se as circunstâncias lhe apuravam os sentidos, o obrigando a perceber os perigos daquela vizinhança ou se ele apenas os havia ignorado anteriormente. Na dúvida, apertou ainda mais a bolsa contra o corpo, relaxando apenas quando chegou à recepção do hotel.

— Olá, seu Fernando — saudou o rapaz da recepção ao reconhecê-lo. — Tudo bem com o senhor?

— Muito bem, Jefferson — respondeu sorrindo ao lembrar o nome do jovem. — E você? Ainda enrolando aquela moça ou já marcou a data do casamento?

— Certas coisas não podem ser feitas de maneira apressada — argumentou cinicamente enquanto preenchia a ficha do velho hóspede.

— Mas cuidado para que outro não resolva acelerar as coisas em seu lugar... — provocou.

— Acho que não corro esse risco. Mas, de qualquer maneira, o que podemos fazer contra homens com boas intenções? — disparou em meio a uma gargalhada.

— É verdade, meu jovem.

— E por quanto tempo o senhor vai ficar conosco?

— Por algum tempo ainda, não sei precisar quanto. Por mim, ficaria por aqui para sempre. Mas essa decisão não nos cabe, não é mesmo?

Sem perceber o humor melancólico da resposta, o rapaz lhe estendeu a chave do quarto.

— Aí está, o mesmo quarto de sempre.

Seu Fernando segurou a chave e já ia se dirigindo ao quarto quando estancou, deu meia volta e retornou ao balcão.

— Acho que dessa vez vou ficar em um quarto diferente. Quero um com a janela voltada para a rua de entrada.

— Mas o senhor prefere o lado oposto justamente para fugir do barulho dos carros...

— Mas a minha audição já não é mais a mesma... — justificou. — E ainda posso me distrair olhando o movimento lá de cima.

Trocadas as chaves, seu Fernando seguia em direção ao elevador quando parou novamente.

— Ah, e se alguém procurar por mim, eu não estou. Simplesmente não apareci aqui.

O rapaz concordou com a cabeça imaginando que as manias da idade começavam a se manifestar.

Enquanto subia para o quarto, seu Fernando lamentava a própria estupidez de se esconder em um local onde qualquer um que o conhecesse poderia encontrá-lo.

"Amanhã, procuro outro lugar para ficar" — pensou, inconformado com o erro cometido. — "Belo planejamento. Desse jeito não sobreviverei um dia."

o

Dante chegou ao jornal pouco antes do meio-dia. Piscou para a recepcionista como fazia todos os dias e subiu a escada que levava à redação.

— Isso são horas? — gritou Daniel apertando a mão do amigo.

— Acordei com um pouco de ressaca... — confessou com uma careta.

— Nada que um café não cure! — insistiu Daniel.

Os dois caminharam até uma pequena sala anexa e se serviram do café de uma velha garrafa térmica vermelha. Dali podiam acompanhar a movimentação caso alguém chegasse à redação, pois àquela hora só o pessoal do departamento administrativo costumava estar trabalhando. A maioria dos repórteres chegava perto das duas da tarde.

— E aí? — perguntou Daniel com o sorriso que estampava suas maiores provocações. — Ressaca paraguaia? Olha que ainda dá tempo de um golpe até o homem assumir.

— Quem sabe? — respondeu Dante querendo encerrar o assunto. — Vamos ter que aguardar pra ver.

Meio frustrado, Daniel foi obrigado a desistir da discussão. As olheiras do amigo entregavam a pouca disposição de abraçar mais uma das frequentes contendas entre os dois. E não eram poucas as discussões. Desde a faculdade, quando se conheceram, vinham argumentando em lados opostos. Muito por conta do fato de Dante achar essas disputas divertidas. Outro tanto por Daniel julgá-las importantes.

Quem os conhecia demorava a entender a dinâmica que os unia. Os dois eram bem diferentes. Em tudo. Talvez, até por isso mesmo, se tornaram amigos. Pelas diferenças que acabavam por aproximá-los. Daniel era contemplativo e religioso, enquanto Dante era incapaz de concentrar-se em qualquer coisa por mais de 5 minutos, além de sofrer de um cinismo agudo. Daniel tinha ideais inflexíveis. Dante tinha uma moral manejável. Com o passar dos anos, no entanto, as diferenças diminuíram, como se um emprestasse as características do outro. Fato é que se tornaram jornalistas, ingenuamente, em busca de um meio honesto para ganhar a vida. Como a grande imprensa não o permitia, acabaram em um pequeno jornal de esquerda, com poucos recursos, mas com a visão de mundo que os dois buscavam.

O telefone da redação tocou e Dante chamou a ligação para seu ramal.

— Oi — respondeu, displicente. — Está bem. Pode deixar. O Daniel já vai descer. — E virando-se para o amigo. — Tem alguém querendo te ver lá embaixo.

— Quem é?

— Um de seus amigos, acho. Como vou saber? — respondeu Dante sem tirar os olhos da tela do computador. — Pediu pra falar com você.

Daniel deu o último gole no café e jogou o copo de plástico no lixo. Deixou o casaco pendurado nas costas da cadeira e desceu a escada rumo à sala de reunião que, por ora, funcionava como recepção. Lá, deu com um senhor de cabelo e barba branca, com a pele do rosto bem rosada.

— O senhor queria falar comigo? — perguntou.

Seu Fernando abriu um sorriso jovial e estendeu a mão.

— Olá, meu jovem. Você é repórter?

— Sou sim, senhor.

— Então tome nota: rua ██████, número █, Assunção, Paraguai.

Naquele exato momento, Daniel entendeu o que havia acontecido. Sempre que aparecia algum maluco na redação, Dante dava um jeito para encaminhá-lo para o amigo. Tinha como justificativa a natureza cristã compreensiva deste contra sua rabugice ateia. "Imagine isso como uma boa ação", dizia. "Além disso, pode surgir uma pauta", e depois gargalhava.

— Por que esse endereço é importante, senhor?

— Fernando, meu nome é Fernando.

— E porque esse endereço é importante, seu Fernando? — repetiu pacientemente.

— Porque Hitler está enterrado aí.

o

Quase três horas depois, Dante recebeu Daniel de volta à redação com um sorriso malicioso.

— Então — provocou —, outra pauta daquelas?

Daniel não deu atenção ao amigo. Sentou-se diante de seu computador e começou a revisar as anotações que havia feito.

Imaginando que, pela primeira vez, uma das "visitas inesperadas" (como chamavam os doidos que procuravam o jornal) traria de fato uma pauta de verdade, Dante tentou puxar conversa.

— Então, ele trouxe provas de que o homem realmente não foi à Lua ou de que o prefeito está tendo um caso com o padre cantor?

— Rapaz — respondeu Daniel sem tirar os olhos da tela do computador enquanto digitava freneticamente um endereço no Google Maps — Se conseguirmos comprovar um décimo da história desse senhor, vamos ter que refazer alguns livros de história.

Acostumado com o entusiasmo exagerado do amigo, Dante puxou uma cadeira e sentou-se ao seu lado.

— Vamos lá. Qual é a história?

— Cara — respondeu, ajeitando-se na cadeira e olhando o amigo nos olhos — Hitler não se suicidou em seu bunker ao final da Segunda Guerra.

Por alguns segundos, Dante ficou estático, com a boca entreaberta, como se processasse em sua mente alguma informação de difícil compreensão, como uma equação matemática. Depois explodiu em uma gargalhada exagerada, contorcendo-se como se o ar lhe faltasse.

Daniel cerrou os dentes, furioso consigo mesmo por haver acreditado na possibilidade de Dante levar a história a sério.

— Não sei por que me dou ao trabalho... — Suspirou. — Deixa pra lá...

— Não, espera aí. Não adianta ficar irritado. Você me vem com uma história dessas e quer que eu te leve a sério.

— É o mínimo que você pode fazer: confiar no meu julgamento.

Dante, ainda contendo o riso, tentava secar as lágrimas que brotavam.

— Ah, nós dois sabemos que seus julgamentos podem ser equivocados...

Daniel sabia ao que o amigo se referia. Algumas de suas histórias haviam dado em nada e Dante gostava de lembrá-lo constantemente desses enganos.

— Não estou dizendo que é verdade. Mas se eu tenho uma informação, o mínimo que posso fazer é averiguá-la, verificar sua veracidade.

— Daniel, nós não estamos falando de um político participando de orgias ou mesmo de um artista traficando jujuba para o Canadá. Você está me dizendo que um sujeito que cometeu suicídio há sei lá quantos anos, fato que foi verificado por incontáveis historiadores, de fato não morreu.

— Não — interrompeu Daniel. — Ele morreu. Só não na data e local que a história conta.

Dante coçou a cabeça enquanto buscava algum argumento para sustentar sua versão do fato.

— Então existe uma conspiração internacional para encobrir, não a morte, mas a sobrevivência de um dos maiores assassinos da história da humanidade?

— Algo assim — respondeu voltando a consultar páginas na internet.

— E esse homem, que tem a reportagem do século nas mãos, vem nos procurar aqui, em um jornal de pequena circulação, com alcance limitado e que não vai lhe dar nenhum dinheiro. Ou você prometeu alguma coisa para ele?

— Não, não prometi nada — disse contrariado. — Que ideia.

— Ah, sei lá. Tem gente que é capaz de dizer que estava presente na Santa Ceia só para vender uma entrevista exclusiva, nada muito caro, só o suficiente pro café da manhã...

— Deixa de ser chato. Eu tenho aqui datas, lugares, nomes... Coisas que podem confirmar a versão dele.

— Ou desmenti-la, não é?

— Mano, eu estive quase três horas com o homem lá embaixo. Tudo que ele me falou faz sentido. Por que você acha que eu devo descartar o caso? Será que nenhum fato histórico foi desafiado e caiu por terra?

Percebendo a irritação do amigo, Dante resolveu parar de provocá-lo, embora achasse que tinha a obrigação de tirar aquela ideia de sua cabeça. Já o vira envolvido em outras investigações absurdas que sempre resultavam em frustração e desapontamento.

— Olha, desculpe a brincadeira. Não estou querendo desacreditar sua fonte à toa. Mas você há de convir que eu tenho motivos para achar isso um tanto... Não vamos dizer... Absurdo. Vamos usar um termo mais adequado, como improvável.

Nesse ponto, Dante levantou-se e começou a chacoalhar os braços, enfatizando cada ponto de sua argumentação.

— Você não acha que se houvesse a mínima, a menor e remota possibilidade de que essa história fosse verdadeira os historiadores, os pesquisadores que tratam do assunto, não estariam revirando a lata do lixo do vizinho em busca de evidências? Ou mesmo os malucos neonazistas que existem por aí. Você não acha que eles estariam gritando para o mundo que o cara tinha sobrevivido à guerra?

Daniel ouviu atento o que dizia o amigo, coçando os pelos da barba que crescia.

— Não sei. Mas alguma vez na sua vida você já pesquisou sobre Hitler?

— Hum, deixa ver... Desde... nunca.

— Talvez este seja o problema: você. E não a matéria.

Dante olhou para o amigo e percebeu que não havia mais volta. Ele iria levar aquilo adiante de um jeito ou de outro. Com ou sem ele. Por isso mesmo achou melhor contemporizar, encontrar algum espaço para que o caso não ganhasse maiores proporções.

— Vamos fazer assim — disse cautelosamente. Eu te ajudo com a tua matéria para a próxima edição do jornal e, com o tempo que vai te sobrar, você pesquisa sobre esse assunto. Se encontrar alguma coisa que me convença de que a história é possível e, veja bem, não estou pedindo provas, só para me convencer, então eu te ajudo com a matéria.

— Acho que vamos mudar a história...

— Eu acho que vamos perder tempo, mas... — E saiu balançando os braços.

o

No quarto do hotel, seu Fernando revia algumas anotações, consultava seus mapas e livros, buscando confirmar datas e localizações. Um velho atlas retirado na biblioteca lhe servia como principal guia na tarefa de estabelecer rotas e calcular distâncias, tarefa que seria muito mais facilmente empreendida tendo a internet por ferramenta, mas o desconhecimento de como acessá-la e a desconfiança o impediam.

"Pesquisas, visitas, correios eletrônicos... Tudo isso está ao alcance de alguém. E não duvido que agências de inteligência tenham acesso ou mesmo realizem buscas constantes atrás de coisas importantes", pensava. Para ele, palavras-chave como "EUA", "manifestação" e "protesto" estavam sob constante vigilância. Embora encontre ressonância em várias pessoas, a maioria enxerga nesse raciocínio, ou comportamento, um sintoma de paranoia. E, ao menos nesse caso, não sem completa razão.

A imaginação de seu Fernando já o levara a muitos lugares improváveis. Sonhos, premonições, a capacidade de decifrar códigos e mensagens ocultas nos noticiários havia despertado uma grande ansiedade em sua família e amigos. Ele vivia muito bem de sua aposentadoria, gastando seu tempo assistindo a espetáculos teatrais e nas salas de cinema, sua grande paixão. Para todos os efeitos, como ele era capaz de se manter sem a ajuda de ninguém, as pessoas próximas passaram a aceitar e conviver com suas manias, aceitando-as como excentricidades de uma pessoa idosa. Mas dessa vez, seu Fernando tinha certeza de que seria diferente. Ele finalmente tinha provas em suas mãos.

Deixando um pouco seu caderno de lado, sentou-se sobre a cama, retirando a primeira gaveta da mesa de cabeceira que ficava ao lado dela. Virando-a de ponta-cabeça, esvaziou seu conteúdo sobre a cama. Um pente, algumas moedas, passagens de ônibus e ingressos de cinema utilizados. Mas o que buscava, na verdade, estava na própria gaveta. Preso ao fundo dessa, em seu exterior, um envelope pardo grudado com várias camadas de fita adesiva, retiradas pacientemente. Finalmente, de dentro do envelope, seu Fernando retirou um livro bem antigo, de capa de couro marrom bem surrado. Alisou sua superfície por alguns instantes, sentindo a textura do material. Depois abriu o livro com um gesto delicado, virando as páginas lenta e cuidadosamente. Achou entre as folhas um pedaço de papel com sua caligrafia.

"Começo do ano letivo de 1955: primeiro encontro com Haroldo Erneste", leu enquanto corria as letras com o dedo indicador da mão direita. Havia escrito alguns detalhes de sua história que temia esquecer ou misturar as datas. Tinha medo daquela informação cair em mãos erradas, mas achava que ter os detalhes precisos era importante para que acreditassem em seu relato.

o

Dante pousou a xícara vazia do café que acabara de beber sobre o balcão do "escritório" e deixou algumas moedas ao lado. Piscou para Marta, a moça que lhe servira, arriscando um sorriso enquanto se levantava para sair.

Na calçada, enquanto acendia um cigarro, olhou para as manchetes dos jornais pendurados na banca de jornal que ficava diante do bar e, absurdamente, não vendia o jornal para o qual trabalhava.

Pulando de uma capa para outra, deu com o rosto de Hitler estampado em uma revista que afirmava revelar segredos de seus últimos dias de vida. Já ia pegando um exemplar quando reparou em outra publicação que dizia conter segredos dos seguidores do Führer aqui no Brasil. E, correndo os olhos pelas prateleiras, contou, sem muito esforço, mais de dez publicações explorando a Segunda Guerra e o nazismo. Além das inúmeras revistas, livros e filmes dedicados ao tema que disputavam um lugar de destaque no cubículo de madeira e alumínio.

Dante pareceu, pela primeira vez, se dar conta de que Daniel não era o único interessado naquele assunto, mesmo passados mais de 50 anos do fim da guerra. E todas essas informações sempre estiveram circulando por aí, até mesmo em álbuns de figurinhas. Havia uma dimensão alternativa habitada por uniformes, capacetes, suásticas e botas de couro negro cujo acesso era permitido a qualquer um. Qualquer um que se interessasse, pelo menos. Talvez, Daniel não estivesse completamente errado.

o

Preciso como um relógio suíço, Fernando engolia seu café da manhã, como todos os dias, atrasado. Virava o copo de leite e jogava a sacola com os livros por sobre o ombro, com cara de arrependido, mas solenemente ignorando as palavras de reprovação que a mãe lhe dizia. Logo corria pela porta e estava chutando as pedrinhas que cobriam a ruazinha de terra que passava diante da casa. Sua mãe dizia que era por isso que os sapatos não duravam. Ele concordava, mas sabia que era por causa do futebol.

De sua casa até a escola, era uma caminhada de vinte minutos. Na sua correria, quinze. E, invariavelmente, chegava no tempo limite, quando já havia soado o sinal e já estavam fechando os portões.

Como sempre, levantaria o tampo de sua carteira, guardando ali os livros e retirando o lápis e caderno que serviriam para distraí-lo, pois desenhar era a única coisa que tornava aquela prisão suportável.

Intermináveis horas depois, o recreio. Futebol, peão, alguma corrida, alguma briga. Principalmente quando os outros meninos resolviam implicar com Haroldo, menino calado que se sentava ao seu lado durante as aulas.

Louro, muito magro e pálido, Haroldo Erneste, que era como Fernando chamava Harald Ernst, era um dos meninos que os outros meninos implicavam. Muito tímido e fraco, já seria um alvo preferencial dos valentões. A ascendência alemã, com a guerra ainda fresca na memória das pessoas, era como um convite aos ataques.

Fernando não sabia explicar por que havia resolvido ser amigo de Haroldo. Talvez fosse para impedir que o menino apanhasse todos os dias. Ou talvez fosse apenas para que tivesse uma desculpa a mais para se meter em confusão. Mas o resultado era o mesmo. Voltavam juntos para evitar ataques, caminhando ou correndo pelas ruas de Londrina.

Em uma dessas ocasiões, Haroldo convidou Fernando para ir até sua casa, algo que nunca fizera, porque sabia que não haveria ninguém ali por aquela hora. Lá chegando, os dois beberam quase um litro de água refrescada pela geladeira a querosene e foram para o quarto de Haroldo, onde esse mostrou um livro com figuras coloridas e palavras incompreensíveis para Fernando que tinha problemas suficientes com o idioma nativo.

— O que está escrito aqui? — perguntou virando as páginas conservadas apesar de claramente viradas muitas vezes.

— É uma história de Natal, da minha terra — respondeu o menino.

— Como assim sua terra? Você nasceu aqui?

— É o que meu pai pede que eu diga se perguntarem. Mas eu nasci na Alemanha. Um alemão puro. Só minha irmã que nasceu aqui.

Fernando deu de ombros e continuou a virar as páginas.

— Mas que bobagem...

Haroldo ficou sério, fitando o amigo.

— Não é bobagem.

— Olha só, Haroldo: a gente vive no mesmo país, fala a mesma língua, vai pra mesma escola...

— Mas você não é alemão.

— Isso eu sei — explodiu Fernando em uma gargalhada. — E por que ser alemão é tão importante pra você? Alemão do Paraná? Haroldo ficou vermelho, espremendo os olhos e apertando os lábios. Num impulso, pegou o amigo pelo braço e o levou até o quarto de seu pai. Lá, abriu um armário de madeira escura e removendo alguns ganchos do tampo do fundo do móvel, revelou um compartimento escondido. Haroldo, então, mostrou para o amigo um uniforme militar completo, com casaco, botas e chapéu que, sem saber bem por que, pôs na cabeça e, voltando-se para o amigo, esticou o braço em saudação.

— Heil Hitler!

— Heil Hitler! — respondeu Fernando imitando o gesto do amigo enquanto sorria.

Embora estivessem deliciados por dividirem aquele segredo e fascinados pela pistola que tinham nas mãos, os dois tiveram que interromper a brincadeira. As horas passavam e os donos da casa logo retornariam.

Enquanto caminhava com o amigo até a estrada principal, Haroldo trazia os ombros encolhidos e o semblante preocupado, quebrando seu silêncio apenas quando Fernando se despediu dele.

— Fernando — disse agarrando o braço do amigo com força —, eu preciso que você me jure que nunca vai contar o que viu na minha casa!

— Posso botar no jornal? — respondeu Fernando, sem levar o pedido a sério.

— Por favor! — disse o menino com lágrimas nos olhos. — Eu preciso saber que você não vai contar para ninguém!

— Juro! — disse Fernando. — Mas solta meu braço que você tá me machucando.

— Vou acreditar em você, Fernando. Você é meu amigo e eu confio em você.

Nesse exato momento, uma batida de carros despertou seu Fernando que levantou sobressaltado, com o corpo coberto de suor. Reparou que as mãos tremiam e que uma angústia lhe apertava o peito, como se respirar não fosse natural, mas um ato de esforço. Estava de volta ao presente e já não era capaz de correr pelas ruas.

Abriu a porta do frigobar e destampou uma garrafinha d'água.

"As geladeiras ficaram menores", pensou.

o

— Algum recado? — perguntou Hermann ao passar pela secretária a caminho de sua sala.

— Herr Müller pediu que o senhor entrasse em contato assim que chegasse. Disse que era um assunto urgente.

"Tudo para o velho é urgente", pensou enquanto assentia com a cabeça e girava a maçaneta da porta. Depois de entrar, pendurou gentilmente o paletó em um cabide, de maneira a não amassá-lo. Ainda de pé, retirou o fone do gancho, discando em seguida. Como de hábito, a ligação foi atendida por um dos empregados da casa que o fez esperar alguns minutos antes de transferir a ligação para uma das enfermeiras para, só então, colocar o aparelho nas mãos do velho.

— Bom dia, Herr Müller — disse em tom respeitoso, mas sem qualquer emoção. — Que emergência enfrentamos dessa vez?

— Ora, pelo jeito o senhor não está a par das últimas notícias envolvendo nossa pequena operação?

— Não senhor. Ainda não tive chance de ler os jornais.

— Ah, Hermann! — respondeu o velho com uma dose de sarcasmo. — Vivemos uma outra época. Os avanços tecnológicos não podem ser ignorados. Se o senhor tivesse verificado a internet essa manhã, saberia que nossos "amigos" russos fizeram mais uma bobagem.

— Como assim? — perguntou deixando escapar um mínimo de irritação.

— Os idiotas deixaram o crânio que exibiam como prova definitiva da morte do Führer ser testado. E acontece que os incompetentes escolheram o crânio de uma mulher como evidência.

— Imbecis... — resmungou Hermann, sentindo o sangue subir-lhe à face. — Imagino que não há mais o que fazer a esse respeito.

— Não, receio que não. Agora é apenas uma questão de tempo até a mídia começar a dar atenção às informações relativas às aparições do Führer depois da guerra.

— Darei início à operação de contrainformação imediatamente. Nos próximos dias...

— Não, não — interrompeu Herr Müller rispidamente. — As providências já foram tomadas enquanto você dormia. Agora, mais do que nunca, precisamos resolver a questão do diário. Nas mãos erradas, pode comprometer nosso anonimato.

Hermann respirou fundo, contendo-se para não aceitar as provocações.

— Mas a questão do crânio pode ser apenas mais um erro dos soviéticos. Não prova que o Führer sobreviveu à guerra — disse, desviando propositadamente o rumo da conversa.

— Ah, mas existe um detalhe, algo que alguém como você, pouco afeito aos avanços científicos, não levaria em consideração: amostras de DNA. O sofá onde nosso *doppelganger* cumpriu sua parte em nossa pequena farsa ainda estava em posse deles. E, incrivelmente, ainda foi possível coletar amostras de material genético do tecido do forro. Realmente, um descuido além de qualquer previsão pessimista.

— Mas a amostra não tem utilidade alguma se não houver com o que ser comparada.

— De fato, de fato. Mas existe um número considerável de parentes próximos do Führer ainda vivos.

— Mas eles certamente não...

— Certamente não contribuiriam com nenhuma investigação, é claro. Pelo menos não as atuais gerações.

— E o senhor já sabia disso, é claro.

— Ah, não é como se eu cuidasse desses aspectos pessoalmente. Muitas obrigações são delegadas a pessoas de muita competência, que honram nossas tradições. Outras, no entanto, acabam por não ser executadas a contento e... — disse prolongando o som da última vogal. — Mas não é o caso de tratar de fracassos agora. Eu gostaria de retomar a questão do diário.

Incapaz de desviar o rumo da conversa novamente, Hermann achou melhor não esconder nada do velho.

— O homem que está de posse do diário chama-se Fernando, e é um sargento reformado do Exército brasileiro. Temos homens vigiando a casa de sua família em Santa Catarina e o hotel onde costuma se hospedar em São Paulo, mas ninguém tem notícias dele há cerca de um ano. Nem mesmo sua filha.

— É possível que o bastardo saiba exatamente o que tem nas mãos e está procurando a melhor oferta por ele. O que me faz recomendar uma vigilância constante sobre os artefatos de guerra oferecidos em leilões on-line ou coisas assim, para o caso de ele tentar vendê-lo. Você sabe, a internet é aquela coisa onde conectamos os computadores — disse saboreando as palavras.

— Acho que podemos passar sem a ironia, Herr Müller.

— Sim, podemos. E podemos igualmente seguir anônimos e felizes.

— Tenha um bom dia, Herr Müller!

— Igualmente, Herr Hermann!

Herrmann desligou o telefone perguntando-se se o velho jamais morreria.

“É provável que sobreviva a todos nós, o maldito” — pensou enquanto pedia à sua secretária que ligasse para Alexander. “Vamos dividir um pouco dessa frustração”, murmurou com um quase sorriso no rosto.

o

— Como vai, meu jovem? — perguntou seu Fernando em um orelhão de uma das esquinas do centro de São Paulo.

— Seu Fernando! — exclamou Daniel, mal contendo a felicidade e o alívio que sentiu ao reconhecer a voz do homem que o procurara havia algum tempo com uma história impressionante. — O senhor não imagina como estou feliz com sua ligação!

— Meu jovem, eu ia justamente lhe contar algumas novidades que...

— Antes de mais nada, o senhor, por favor, me dê um número de contato! — disse temendo perder sua fonte mais uma vez.

— Ah, claro — disse rindo enquanto lhe passava o número de um novo chip que havia adquirido. — Mas vamos fazer algo melhor: que tal nos encontrarmos mais tarde?

— Claro — respondeu Daniel enquanto anotava o endereço e o horário do encontro. — Tenho muitas dúvidas para esclarecer com o senhor. Aliás, o senhor soube das novidades a respeito do crânio que estava com os russos?

— Bom — disse o aposentado —, não chegou a ser uma novidade para nós, não é mesmo?

Logo após se despedirem, seu Fernando retirou o celular de seu bolso e começou a apertar os botões à procura da agenda de telefones. Depois de lutar com o aparelho por alguns minutos, encontrou o número da filha, para quem discou do telefone público.

— Alô? — disse, ofegante, uma voz de criança.

— Alô? Lucas? É o vovô! — disse seu Fernando, contente em falar com o neto.

— Onde você está, vovô?

— Viajando. Logo, logo estou por aí. A mamãe está por aí?

O menino largou o fone e saiu correndo pela casa gritando pela mãe que, poucos segundos depois, era arrastada pela mão até o aparelho.

— Oi, pai? Onde o senhor está? — disse enquanto tentava fazer o menino ficar quieto. — Vá lá com a tia Nina e me deixa falar com seu avô! — gritou apontando para a amiga que estava sentada à mesa da cozinha tomando café.

— Oi, filha — respondeu o velhinho. — Estou em São Paulo, mas já estou com a passagem comprada. Devo chegar aí amanhã à noite.

— Que horas, pai? Vou buscar o senhor na rodoviária.

— Não, não é preciso, Vanessa. Aliás, não quero que ninguém saiba que estou indo te visitar.

— E por que isso agora?

— Coisa minha, filha. Não se preocupe. Até amanhã então.

— Estamos esperando o senhor.

Depois de desligar, Vanessa foi até a mesa e juntou-se à amiga que ainda mantinha o pequeno Lucas no colo.

— Meu pai está com cada mania...

A amiga sorriu e soltou o menino, que correu em direção ao quintal.

— É preciso um pouco de paciência.

Vanessa concordou e serviu para si uma xícara de café.

— Ele ainda está viajando? — perguntou Nina.

— Disse que já está com a passagem comprada para nos visitar. Deve chegar amanhã à noite de São Paulo. E sabe Deus o que ele andava fazendo por lá.

— Que bom — retrucou sorrindo a amiga. — Se demorar um pouco mais corre o risco de Lucas não reconhecê-lo.

Vanessa concordou com a amiga, tendo sua atenção desviada para o choro do filho que se esgoelava em algum lugar do imenso quintal.

— Ah, meu Deus. Que será que esse menino aprontou? — disse levantando enquanto saía em sua procura. — Já volto, Nina.

Vendo a amiga sair pela porta dos fundos da casa, Nina sacou o celular do bolso e começou a digitar uma mensagem.

o

Já passava das 16h quando Daniel entrou no café e encontrou seu Fernando sentado em uma mesa colada à parede dos fundos do estabelecimento. Foi recebido com entusiasmo pelo velho soldado que o fez sentar-se após abraçá-lo.

— Essa mesa está meio afastada da porta. Não seria melhor sentarmos ali onde bate o sol?

— Meu jovem — respondeu com paciência — Não escolhi essa mesa por acaso. Aqui, com as costas voltadas para a parede, controlo o fluxo das pessoas que passam pela porta. Dessa maneira não seremos apanhados de surpresa.

— Mas não é um pouco de exagero? — perguntou Daniel sem esconder que achava a situação divertida. — Afinal, não estamos sendo perseguidos.

— Talvez não, meu jovem — retrucou seu Fernando. — Mas prudência não vai nos fazer nenhum mal, não é mesmo?

Daniel concordou com a cabeça e abriu sua bolsa, retirando o bloco de anotações e o gravador, preparando tudo para retirar o máximo de informação possível, além de registrar que o testemunho lhe era prestado livremente.

— Quer saber por que escolhi esse lugar para nosso encontro? — perguntou o velhinho.

— Porque o senhor está morando aqui perto? — respondeu Daniel surpreso, mas já ciente das excentricidades do entrevistado.

— Pois saiba que o Anjo da Morte morou nesse bairro.

Daniel estranhara a escolha do local para o encontro, já que o bairro do Brooklin, em São Paulo, era bastante afastado do jornal e do hotel onde seu Fernando costumava se hospedar.

— Umas poucas quadras daqui... — disse movimentando a cabeça e apontando a rua com o queixo. — O médico nazista Josef Mengele, o mesmo que comandou Auschwitz e realizou terríveis experiências com cobaias humanas.

— Aqui em São Paulo? — respondeu Daniel incrédulo. — Mas ele não morava em Serra Negra, onde era chamado de Pedrão?

— Ah! — exclamou seu Fernando satisfeito. — Vejo que andou fazendo a lição de casa. Mas não vai levar um dez porque ele também morou aqui.

— Eu me lembro de mostrarem a ossada dele na tevê, uma coisa meio mórbida...

— Antigamente esse bairro era um dos preferidos por imigrantes, muitos deles alemães, austríacos... Aliás, muitos deles, nazistas. E eu falo porque morei aqui com eles em meados dos anos 1960.

Seu Fernando tinha uma maneira muito peculiar de enfatizar determinadas palavras. Erguia as sobrancelhas e arregalava os olhos enquanto prolongava uma determinada sílaba. Um movimento que, para o participante da conversa, funcionava como um marcador de texto ou o sublinhar de uma esferográfica. E isso acontecia sempre que proferia a palavra nazista ou nazismo.

Para Daniel, o gesto era apenas mais um entre outros tantos elementos que compunham a personalidade singular de sua fonte. Mas essa história de viver cercado por nazistas era demais até para sua credulidade.

— O senhor os conheceu?

— Claro. Morava em uma pensão aqui perto e, como naquela época eu ainda estava no Exército, estava sempre fardado. E eles gostam muito dessa coisa de farda, ordem, formalidade...

— Mas eles se apresentavam como nazistas?

— Ah, isso também não. Mas naquele tempo as pessoas eram diferentes. Você conhecia seus vizinhos, as pessoas do bairro. A gente se encontrava e conversava porque ainda não tinha essa coisa de ver televisão o dia inteiro. E eu morava em uma pensão cuja dona eu vim saber depois era nazista. Não tinha bandeira pendurada nem foto do Hitler na parede, mas ela conhecia outros nazistas do bairro e se encontrava com eles. Ela era austríaca. Uma mulher alta, com um olhar severo, e estava sempre bem vestida. E no dia a dia eu acabava ouvindo trechos de conversas e acho que depois de um tempo eles nem mais disfarçavam. Porque entre eles falavam alemão e eu não entendia bulhufas. Mas aí tinham os nazistas brasileiros. E não se engane: eram muitos. E como eu ficava por lá sem demonstrar espanto nem nada, foram relaxando e por fim até me incluíam em alguma conversa que não fosse muito secreta.

— Nazistas às pencas em São Paulo? — perguntou Daniel tentando colocar um pouco de ordem no depoimento. — E isso é documentado?

— Ah, deve ser. Como vou saber? Agora, posso dizer que tinha até clube aqui que, sob o pretexto de reunir imigrantes, reunia saudosos do Führer, isso sim.

— E foi aqui que o senhor obteve as informações que me repassou?

— Aqui eu confirmei boa parte das informações que tinha obtido lá em Santa Catarina que é onde estão os graúdos, os que vieram pra cá depois da guerra. Por isso, até fui aceito sem muita desconfiança pelo povo daqui. Eu já sabia de muita coisa, logo não podia ser tão perigoso.

— Agora eu queria que o senhor me ajudasse a organizar um pouco a história porque estão surgindo nazistas de todos os lados.

Seu Fernando deixou escapar uma sonora gargalhada.

— Ah, você é impagável, meu jovem. Mas agora temos que conversar sobre uma coisa séria. Eu estou de partida para o Sul. Vou visitar minha filha e o netinho. Mas antes gostaria de deixar algo com você — disse retirando um envelope de sua sacola e o entregando ao repórter.

Daniel recebeu o embrulho e o abriu, retirando de seu interior o diário que seu Fernando guardava com tanto cuidado. Folheou atentamente algumas páginas e percebeu que as anotações feitas à mão eram todas em alemão e começavam em 1945. Como não entendia uma palavra em alemão não foi capaz de decifrar sobre o que tratavam os escritos, mas imaginou que houvesse alguma conexão com a sua investigação.

— Você tem em suas mãos, rapaz, um relato completo de um dos tripulantes de um dos submarinos alemães que vieram para a América do Sul logo após a guerra. Aí ele conta exatamente o que aconteceu durante a travessia do Atlântico, a chegada na Argentina e a viagem até o Paraná.

Mesmo sem ser um especialista, Daniel teve a certeza de que o diário que tinha em mãos era legítimo. Ou pelo menos tinha idade suficiente para o ser. Sentiu um jato de adrenalina percorrer seu corpo, como se tivesse a consciência de que tinha a posse de algo de valor incalculável.

— Tudo bem, meu jovem? — perguntou seu Fernando ao perceber o desconforto do jornalista.

— Tudo, tudo — respondeu, preocupado. — Mas se está tudo aqui como o senhor falou, então... Vamos poder verificar a veracidade... Vamos... Sei lá.

O velhinho explodiu em outra risada que fizeram suas bochechas ficarem vermelhas.

— Meu jovem, é claro que é um diário verdadeiro.

— Sim, mas como o senhor o conseguiu?

— Isso não posso dizer. Pode parecer estranho, mas não quero complicar a vida da família do dono desse diário. Eles agora têm outro nome e vivem no campo. Têm filhos, netos... Muita gente que seria prejudicada. O que estiver escrito aí deve ser mais do que suficiente para sua história.

— Se pudermos provar sua autenticidade... — dizia Daniel ao perceber o olhar de reprovação do velhinho. — O diário é mais que suficiente - consertou.

Seu Fernando voltou a sorrir. Sentia que seu esforço tinha valido a pena e que o diário estava com quem saberia o que fazer com ele. Sentiu um enorme peso sair de suas costas. Podia enfim voltar para sua casa.

o

Daniel não chegou nem mesmo a ligar o carro. Pousou o pacote com o diário gentilmente no banco do passageiro e ligou para Dante, que o atendeu com pouco entusiasmo.

— Putz, a coisa aqui está difícil, rapaz.

— Como assim?

— Duas agências estão com o pagamento atrasado e é provável que terminemos o mês no vermelho. Não sei como vou fazer para pagar a gráfica. Teu salário pode esquecer... — disse tentando fazer a tragédia soar como uma piada.

— Olha eu acho que tenho em minhas mãos algo que pode resolver nossos problemas.

— Um bilhete de loteria?

— Não, algo ainda melhor.

Dante conseguiu sorrir, mesmo imaginando que o amigo viria lhe apresentar outro devaneio.

— Você conhece alguém de confiança que seja fluente em alemão? — disse Daniel finalmente dando a partida no motor do carro.

o

— E então? Acha que funciona?

— Funciona o quê? — retrucou Mané.

— Se a gente contasse a história desse jeito... em um estilo mais para o romance policial.

— É...

Apertando a tecla SAP, "É" quer dizer "está uma merda, mas não quero ser indelicado".

— Ainda tem que consertar algumas coisas... — insisti.

— Mas como termina a história?

— Bom — comecei a inventar —, vai entrar uma moça, Karen, descendente de alemães, que vai trabalhar com a tradução do diário. Ela é bonitona e os dois vão tentar alguma coisa, mas vão ser rejeitados porque não fazem o tipo dela e tals. Não fisicamente ou politicamente, é só que ela gosta de meninos com tatuagens, piercings e fãs de Iron Maiden. Mas ela vai se tornar uma grande amiga deles de qualquer maneira. Seu Fernando vai ser sequestrado quando chegar na rodoviária. Encapuzado, colocam ele em um outro carro logo que chegam em uma rua sem movimento. Thomas liga para Hermann e avisa o lugar para onde seu Fernando está sendo levado. Enquanto isso, Dante, Daniel e Karen decifram o diário e descobrem a localização do Campo Santo. Seu Fernando acaba contando para os sequestradores que entregou o diário para os jornalistas. Hermann pede a Thomas que resolva a situação. Bom, aí trocando em miúdos, Dante, Daniel e Karen vão parar no hotel em busca de provas, mas não encontram nada. Na manhã seguinte, na mesa do café da manhã, são surpreendidos por Thomas que está acompanhado de outros quatro homens, todos com cara de poucos amigos. Thomas senta-se à mesa com eles e se serve de uma xícara de café. Com muita calma explica quem é e o que está fazendo ali. De volta a São Paulo, ligam insistentemente para o número de contato de seu Fernando. Lá pela décima tentativa são atendidos pela filha dele que diz que o pai está bem mas que não quer mais saber do assunto. Desliga após pedir que não entrem mais em contato. Dante e Daniel decidem deixar a história de lado. Já Karen está em seu apartamento onde descobrimos que ela é judia e neta de sobreviventes do Holocausto. Ela tem nas mãos uma cópia do diário enquanto telefona para um tio e diz que tem algo que deve ser do interesse dele.

Mané ouviu com paciência.

— Você inventou esse final merda agora, né?

— É, mas até que funciona, né?

— Mano, não dá! Mais clichê impossível: nazista perseguindo gente, diário, fuga. Você trata o seu Fernando como esquecido, louco. Não rola! — Ainda por cima essa história de diário. Tu sabe que lá nos anos 80 a revista *Stern* comprou os direitos de um suposto diário de Hitler acreditando ser verdadeiro, tendo inclusive sido autenticado pelo picareta Trevor-Roper que teve a sua reputação — já não tão reputada assim — severamente danificada pouco antes de descobrirem de que se tratava de uma fraude? — respondeu, perguntando, deixando bem claro que achara tudo uma porcaria.

CAPÍTULO 9

São Paulo, ██ de ███ de ████████

R.: 0031 - Sec.: 005-F - Confidencial

Em outros documentos relatei fatos que envolviam colônias nazista no Brasil, bem como a passagem do criminoso de guerra Josef Mengele pelo país. Faltou no entanto relatar sua passagem pelo Paraguai, onde a presença nazista extrapola o papel de mero corredor de passagem ou ferro velho de carcaça nazi.

Já sabemos que o governo alemão não fez muita força para perseguir os seguidores de Adolfinho no pós-guerra porque não ia ter cadeia pra todo mundo. E convenhamos, quem mandava no país durante o nazismo continuou mandando quando ele acabou. Business as usual. Pois o Menguelão tava tão sussa na Argentina que até usava o nome verdadeiro. Aí entra em cena a eficiência alemã que descobre seu paradeiro em 1956 e expede rapidamente um pedido de extradição em 1959. O governo argentino, igualmente ágil e implacável, demora apenas mais um ano para processar o documento. Não se sabe como, em um espaço de tempo tão curto, Josef se arranca pro Paraguai.

Historicamente não tínhamos boas coisas pra falar de Alfredo Stroessner, ditador ridículo no papel de presidente, até esse momento. Não tínhamos por que começar agora. Alfredão recebeu o nazi de braços abertos, como fez com todo fã do Bigode que passou por lá. Além disso, deu a cidadania paraguaia pro moço se sentir em casa e fuçar a geladeira.

Sossegado na colônia alemã de Hohenau, Mengele achava que tinha encontrado um cantinho racista pra chamar de seu, mas as notícias da "remoção secreta" de Adolf Eichmann da Argentina lhe botou a pulga e o serviço secreto de Israel atrás da orelha. De repente largar o nome Mengele e as ligações explícitas com células nazistas pareceu uma boa ideia.

Hoje, Hohenau é uma pequena cidade agrícola do interior paraguaio, um dos municípios que formam o Estado de Itapúa. Junto com as cidades de Hohenau, Obligado e Bella Vista forma as Colônias Unidas. É um lugar próspero onde a colonização alemã é marcante. Dizem até que alguns dos locais ainda preservam o modo de pensar dos criminosos de guerra que buscaram refúgio ali, como o racismo. Outros relatos contam que por ali se falava apenas o alemão e que a bandeira hasteada nas escolas era a alemã.

Do ponto de vista capitalista, uma história de sucesso, já que desde os tempos de Stroessner é responsável por grande parte da produção agrícola do país e uma das regiões tecnologicamente mais desenvolvidas.

Outro "case" famoso, mas dessa vez pelo fracasso, é o da colônia Nueva Germania. Em 1887, um bando de doidos antissemitas se lançou no meio do mato paraguaio para criar uma espécie de Éden ariano. O grupo foi selecionado de acordo com o critério mais sensato para enfrentar vida nova em um lugar desconhecido e hostil: a pureza racial. Não tinha como dar errado.

Liderando a turma um nome de grife: Elisabeth Förster, irmã do filósofo Friedrich Nietzsche. Casada com Bernhard, Elisabeth se mandou para baixo da linha do Equador com muitas bagagens, sonhos e uma séria dificuldade de interpretação de texto, uma vez que usava a fama do irmão para promover suas ideias tresloucadas.

Como essa gente pensa pequeno e, geralmente, só quer dominar o mundo, deve ter sido meio frustrante não conseguir nem fazer a colônia funcionar como uma fazendinha. Chateado, Bernhard se matou em 1889. Elisabeth aguentou até 1893, quando retornou para Alemanha onde seguiu queimando o filme do irmão com uma leitura estapafúrdia que abraçava os ideais do que viria a ser o nazismo.

Hoje ainda é possível ver crianças alouradas correndo pelas ruas do pobre vilarejo. Mas no local impera a miscigenação e os idiomas falados são o guarani e o espanhol.

Também vale citar outro cantinho alemão nas terras de Gamarra, um dos melhores zagueiros que já passaram pelo Timão. Fundada em 1919, a Colônia Independência cresceu e, já em 1955, se tornaria o município de Independência.

Glória mais do que duvidosa, aconteceu naquele lugar, em 1928, a fundação do Partido Nazista no Paraguai. Uma das explicações seria a presença ali de muitos militares veteranos da Primeira Guerra. Mas, talvez, a nossa história venha deixar a colônia famosa também por uma outra razão...

Desde 1978, abriga a festa da cerveja que é muito popular na região.

66/10-01/KXP

o

Muitos analistas políticos apontam os protestos conduzidos pelo Movimento Passe Livre (MPL) em 2013 como sendo o fósforo aceso que encontrou uma sociedade embebida em gasolina dando início às manifestações de junho daquele ano. Inicialmente restrita aos membros do movimento e simpatizantes de luta, como setores do PSOL, a rua virou uma espécie de catalisador da insatisfação de uma sociedade já, a essa altura, em processo de divisão — atribuído não sem razão a uma campanha midiática contra o governo do Partido dos Trabalhadores.

Como de hábito, os poucos militantes que foram às ruas "contra os 20 centavos" foram brutalizados pela Polícia Militar. Dessa vez, no entanto, o ódio estrutural da instituição contra manifestações públicas, mesmo que pacíficas, atingiu um grau de selvageria poucas vezes registrado. Suas táticas sádicas atingiram tanto participantes do protesto quanto transeuntes desinformados. Bares foram invadidos e clientes regulares foram surrados indistintamente, além de sofrerem com as bombas de gás distribuídas fartamente.

O ataque à imprensa foi outra característica marcante. Balas de borracha foram disparadas conscientemente contra repórteres, fotógrafos e cinegrafistas, explicitando até para os mais céticos que os métodos de treinamento dos policiais não haviam mudado desde a ditadura.

Muito foi dito sobre esse período, mas quem esteve nas ruas percebeu as mudanças que foram acontecendo durante as chamadas jornadas de junho. A truculência antidemocrática da PM não passou despercebida para os espectadores. A grande mídia que inicialmente aplaudia a violência contra os "baderneiros", viu-se obrigada a mudar de narrativa quando a multidão nas ruas se multiplicou. Inconformados e revoltados, gente que nunca havia se manifestado juntou-se instintivamente aos protestos, o que trouxe uma mudança de perfil que determinaria os anos seguintes do País.

A esquerda tradicional, então sob a liderança do PT que tinha entre seus quadros o prefeito de São Paulo, Fernando Haddad, e a presidenta do Brasil, Dilma Rousseff, ignorou o movimento e até mesmo criticou as manifestações. Por outro lado, os novos manifestantes trouxeram componentes estranhos às ruas, como camisas da seleção brasileira de futebol e bandeiras do Brasil. Após alguns dias de protesto, quando centenas tinham se transformado em milhares, o grito de "sem partido" assustava aqueles que haviam iniciado o processo.

Percebendo o perigo de um movimento espontâneo que começava a ganhar as ruas de outras cidades, se alastrando rapidamente por todo o país, o status quo fez o que dele se esperava: aderiu e subverteu. De vândalos, os manifestantes viraram heróis. O prédio da FIESP na avenida Paulista, epicentro das manifestações na capital paulistana, se cobriu de luzes verdes e amarelas. A cor vermelha passou a ser responsável por todos os males da nação. O próximo grito viria a ser "fora PT".

Tendo o direito básico ao transporte como sua bandeira, o MPL tem sua origem em 2005, reconhecendo que a luta começa bem antes, com iniciativas como a Revolta do Buzu, em Salvador (BA), em 2003, e as Revoltas da Catraca em Florianópolis (SC), em 2004 e 2005.

O lema "Por uma vida sem catracas!", que mira a luta por um transporte público gratuito para a população, estabelece sem qualquer dúvida os objetivos do MPL. Sua organização, no entanto, o separa quilômetros da esquerda "tradicional" brasileira. Sua descrição como um movimento social autônomo, apartidário, horizontal e independente faz gelar a espinha de velhos dirigentes que ainda trazem a foto de Stalin em suas carteiras.

Faço essa reflexão para explicar o momento delicado que vivemos após aquele período, endemonizado por muitos como o evento que propiciou a ascensão da extrema-direita no Brasil. Os vinte centavos referentes ao aumento da tarifa refutado pelo MPL acabou se transformando no slogan "Não são só 20 centavos" — ao que muitos dizem ser o valor mais barato já pago pela presidência de um país.

Eu cá, que estive com o Mané nas ruas naqueles dias, digo que houve uma dificuldade por parte da esquerda de entender o momento e as forças que se articulavam. A mudança de tom da cobertura da grande imprensa já apontava a captura da revolta para uso de seus interesses. Mas então por que a esquerda atacou as manifestações no lugar de se juntar a elas, já que luta legítima da classe trabalhadora? Em minha boçal opinião, porque não soube ouvir as críticas que vinham desde o primeiro mandato do presidente Lula. Questionar ações governamentais era o grande pecado, era fazer o jogo do grande capital ainda que a crítica fosse a aliança com o próprio grande capital. Apontar equívocos era um erro ou ainda uma traição.

R$ 0,20... Barato ou caro? Não sei ao certo, mas foi o preço de calar as vozes discordantes, a autocrítica. Eliminar a participação popular do processo político em troca de um grupo de iluminados privilegiados intocáveis não podia dar certo. Trocar o trabalho de base, a formação política por um crediário funcionaria apenas por um breve momento. Mas aí já mostrou a amargura de quem enxergou desiludido grandes líderes como crianças agarradas ao poder. Mais do que o cinismo oitentista da tanga de crochê iluminado pelo néon de um cenário pós-modernista cafona, o novo século trouxe a certeza de que nenhum homem que não saiba dividir o poder o merece.

Dito isto, estávamos marchando na avenida Consolação, ao lado do cemitério, quando a PM resolveu que era hora de terminar o protesto pacífico da forma mais violenta possível. Uma bomba de gás estourou logo ao lado do Mané, rasgando sua calça e deixando alguns cortes de lembrança em sua canela. Outras seguiram e a multidão, que misturava jovens, idosos e crianças sem discriminação, correu perdida em busca de alívio para olhos e gargantas e fugindo das balas de borracha que começavam a voar.

De maneira criminosa, como o reconhece até a ONU, a PM fechava as ruas laterais impedindo a passagem e a fuga dos manifestantes, impedindo a dispersão e encaixotando todos naquele inferno. A tática é fazer a pessoa sofrer o máximo possível para que pense duas vezes antes de exercer seu direito como cidadão novamente. Não é segredo que a PM opera dessa maneira, tratando manifestantes como inimigos. Nessa época retornaram com práticas ilegais de toda sorte, como manter arquivos de manifestantes, filmar e fotografar participantes de demonstrações. Nada diferente de uma ditadura.

Mas estávamos correndo, ou tentando, quando esbarramos em uma parede formada por escudos e capacetes vindo em nossa direção e nos obrigando a retornar para a nuvem de fumaça. Eu já não conseguia respirar, tossindo metade do pulmão pra fora e me arrependendo dos anos de fumante. Os olhos em chamas, o coração disparado e a sensação de que ia morrer ali mesmo. Em melhores condições, Mané me puxou pela camisa e me conduziu sei lá pra onde, mas logo conseguia respirar. Custou bem uma meia hora e um litro de água na cara, mas conseguimos escapar do bloqueio. Boto mais essa na conta das vezes em que ele me resgatou.

o

— Espero que você entenda que essa é uma cerimônia oficial, mas secreta — disse o agente com a expressão debochada e sincera de Roger Moore.

— Entendo — respondi bebericando o expresso que havia pedido. A essa altura já estava acostumado com suas aparições em balcões de botecos e padarias, além da apropriação sem autorização do rosto de figuras do mundo pop internacional.

— Vamos dizer que estou lhe entregando uma medalha invisível pelos seus serviços prestados — disse enquanto mordia uma coxinha de maneira errada, a parte redonda primeiro.

— Claro...

— Lugo, Chávez, Bento XVI, Obama, Putin, La La Land, Lady Gaga... Sua colaboração é inestimável.

É claro que eu não tinha a menor ideia do que ele estava falando. Durante todo esse tempo eu não tinha feito absolutamente nada, a não ser fabricar periodicamente relatórios falsos ou irrelevantes.

— Sabe aquela coisa de que se uma borboleta bate as asas do outro lado do mundo?

— É uma grande besteira - disse antes de ouvir minha resposta. Também quero dizer que você garantiu suprimento vitalício das “vitaminas” e...

— E... — continuei imaginando o que poderia ser melhor que isso.

— E garantimos uma ajuda de custo regular que não quer dizer que você está aposentado. Ainda achamos que você pode contribuir com muita coisa.

Depois se levantou com a elegância que pedia o smoking que usava e falhei em descrever anteriormente. Deu alguns passos preguiçosos na direção da saída e voltou-se num rodopio curto apontando o dedo como uma arma em minha direção.

— Bond... — disse congelado na pose. Depois, sorriu genuinamente divertido e foi embora.

Ia ser perfeito se naquele momento os alto-falantes despejassem “Nobody does it better” com a Carly Simon, mas insistiram com Wando e “Chora coração”. Não posso dizer que estranhei.

o

São Paulo, ■ de ■ de ■

R.: 1328 – Sec.: 041-F – Confidencial

Hitler parece ser mais querido agora do que foi em vida. A quantidade de imbecis se proliferou de maneira assustadora e, com a internet, se encontraram.

Representantes de extrema-direita chegaram ao poder em todo o mundo contando com a simpatia da população, mas com um ligeiro empurrão da Cambridge Analytica, uma empresa de marketing político que, coletando dados irregularmente para o direcionamento de mensagens, influiu no resultado de eleições em vários países, inclusive nos EUA. O começo da era Trump.

Os EUA, auto-proclamada terra da liberdade e da justiça, foi palco de tristes espetáculos fascistas. O racismo institucionalizado ganhou, graças a era do celular, imagens vivas e provas contundentes, ainda mais quando o sistema foi incapaz de punir os responsáveis por assassinatos de negros mesmo com vídeos comprovando tais crimes. A resposta da sociedade veio na forma do movimento Black Lives Matters.

Um dos eventos mais sombrios do mandato de Trump talvez tenha sido a marcha das tochas na cidadezinha de Charlottesville, no Estado da Virgínia. Organizada por grupos de extrema-direita e com direito a símbolos nazistas, a marcha teve como contraponto uma manifestação antirracista. Como esperado, o encontro resultou em violência. Um maníaco jogou o carro contra os antirracistas, matando uma jovem e ferindo outras tantas pessoas. Trump, adorado pelos supremacistas brancos, foi capaz de igualar os dois lados e legitimar a ação dos neonazistas. A polícia, como sempre, funcionou como segurança da extrema-direita. Não foi a primeira nem a última vez que isso aconteceu ou acontecerá.

Mané decidiu que dar a notícia de primeira mão não era tão importante quanto confirmar os fatos, mostrar ao mundo que Hitler, como Mengele e outros tantos criminosos de guerra nazistas, viveu, envelheceu e morreu impunemente entre nós aqui na América Latina. Assim, contou o segredo da localização da cerimônia de enterro a qual seu Fernando compareceu no Paraguai para todas as pessoas que achou capaz de confirmar a história. Chegou mesmo a escrever uma passagem no livro *A Fuga de Hitler*, do jornalista argentino Abel Basti. Ajudou a pautar uma entrevista de seu Fernando para o *Correio Braziliense*. Manteve contato infrutífero com *Discovery* e *History Channel*. Conversou com Frei Betto, que ficou com a impressão de que ele era doidinho. Entrou em contato com autores de livros sobre o nazismo, pesquisadores e professores da USP. Chegou a dar entrevista a um canal de TV do Departamento de Defesa russo e a trocar emails, em 2018, com Jens Rommel, então chefe dos caça-nazistas na Alemanha – responsável pelo Escritório Central de Investigação de Crimes do Nacional Socialismo que, de acordo com matéria do *Guardian*, deve fechar suas portas em 2025. Digamos que fez da história do Bigode no Brasil o segredo mais mal guardado desde a incompetência de Bolsonaro.

Ainda que Hitler e nazismo não saiam do cinema, da programação da tv, dos livros, dos jornais e revistas, nossa história nunca chegou ao grande público. Em devaneios, brincamos em pegar uma picareta e partir em missão exploratória à capital paraguaia. Quem sabe alugar um helicóptero com um scanner capaz de verificar as instalações subterrâneas da construção que abrigou o corpo do Führer por anos. Secretamente, temos a esperança de um dia sermos surpreendidos pela confirmação de toda a trama.

Em 2015, o historiador Sascha Keil descobriu o que pode vir a ser a última peça do quebra-cabeça que envolve a fuga de Hitler do bunker. Com a ajuda de um sonar igual aos usados pelos militares estadunidenses, Sascha encontrou o que pode ser o elo perdido que faltavam para conectar o bunker de Hitler ao aeroporto de Tempelhof. É sabido que o bunker tinha quatro saídas ou acessos, mas nenhuma delas levava ao aeroporto. Ou quase, faltam exatos 182 metros entre uma das saídas que se conecta a uma rede de túneis da linha de metrô U6 Tempelhof e o aeroporto de mesmo nome.

Obcecado em encontrar uma resposta ao mistério do bunker sem conexão, Sascha se deparou após anos de busca com um túnel, que nasce no aeroporto, mas que, num determinado momento, dá em uma parede de tijolos e acaba abruptamente. Será que estamos diante do fim do mistério? Será que esta parede esconde os cerca de 200 metros de túnel que faltam? Perguntando por que ainda não colocaram essa parede abaixo, Sascha diz laconicamente: "Temos que conseguir permissão".

325/03-05/KXP

CAPÍTULO 10

Em 2018, não sei exatamente por que, Mané me reenviou um e-mail com umas coisas que tinha achado na internet nos últimos anos.

"Encontrei o testemunho de um ator uruguaio chamado Carlos Perciavalle que, em uma entrevista de 2011 para uma rádio uruguaia, assegurou ter visto Hitler e Eva, em 1969, em um jantar no hotel El Casco, em Bariloche. Ele contou que compareceu ao evento acompanhado da atriz China Zorrilla e que ambos teriam se surpreendido com a presença do Bigode.

Perciavalle falou ainda de outra viagem a Bariloche, em 2001, quando se hospedou no Hotel Edelweiss. Lá, encontrou um senhor alemão muito idoso com quem puxou conversa e acabou contando sua história. Após escutá-lo, o velho respondeu que todos os alemães que viviam ali sabiam que o Führer passava seis meses na Argentina e seis meses no Chile.

Achei também o relato em um desses fóruns de internet de um tal "Nym (OP)" — feito cerca de duas semanas após o seu Fernando ter nos procurado. O tal Nym diz ter conversado com Hitler, em 1967, durante um jantar justamente nos arredores de Assunção, Paraguai. Vou mandar abaixo algumas perguntas e comentários feitos a ele... um testemunho que lembra o do seu Fernando... de "não querer levar a história para o túmulo com ele" e tals.

Nym (OP) — (Alemanha)
Eu estava trabalhando como representante júnior de uma empresa petrolífera e tive duas semanas de folga que gastei vagabundeando entre o Uruguai e o Paraguai. Um dos caras que eu conhecia trabalhava para a Procter & Gamble e disse que eu deveria encontrá-lo para irmos juntos a um jantar que eles iam oferecer. Ele disse para eu me preparar porque o que eu estava prestes a ver iria me deixar louco. Pois chegando lá, me deparei com Hitler, um dos caras mais amistosos que já encontrei. Ele estava bem frágil, mas seu inglês e maneiras eram perfeitas. Ele não parou de me perguntar sobre o meu hobby favorito (fotografia) e disse que iria me presentear com uma antiga Leica que possuía, enviando-a para meu endereço em Montevidéu, mas a câmera nunca chegou.

Não tenho ideia de quando ele morreu. 1970 na Argentina, dizem.

Achei que vocês se interessariam... Apenas um velhinho com câncer se despedindo e fazendo uma pequena confissão na internet antes das cortinas se fecharem de vez. :-)

Pergunta: Você falou com ele sobre a guerra ou sobre o que ele fez para se manter quando ela terminou?
Honestamente, eu estava sem condições de perguntar qualquer coisa. Quer dizer, eu estava falando bobagens do tipo como quão irritantes os mosquitos podem ser ali e como ele parecia bem (embora ele estivesse tremendo e era obviamente um homem doente).

Ele colocou a mão em meu ombro diversas vezes e o apertava sempre que sorria, quando queria enfatizar algo. Não me pareceu amargo nem deu a menor impressão de que era um fugitivo. Estava bem relaxado e todos eram gentis com ele.

Confesso que estava naquela idade em que quando se é convidado para uma festa daquelas, com gente graúda da indústria, não se faz muitas perguntas. Você meio que embarca numa onda surreal. Foi o que fiz.

Hitler percebeu que eu sabia quem ele era e que estava acanhado, então, fez o possível para me deixar tranquilo. Ele não parava de apertar o meu ombro como um pai que encoraja um jovem a sentir-se à vontade e a desfrutar da conversa. Considerando tudo o que ele fez, parece terrível dizer que, naquele momento em particular, eu apreciei a sua companhia. Ele me fez sentir acolhido e querido a tal ponto que, quando voltei para casa, acabei me preocupando pelo seu bem-estar.

Descobri depois que muita gente do meu ramo acabou encontrando Hitler no final dos anos 1950 e durante os anos 1960, quase como uma espécie de rito de iniciação para um seleto grupo de jovens executivos. Até onde sei, nenhum deles jamais foi hostil a ele, então, parece que ele causou uma boa impressão em todos os que o conheceram, apesar de sua saúde.

Como você sabe que era o verdadeiro Adolf Hitler?

Boa pergunta. Poderia ter sido um sósia, e eu não tenho como provar que era Hitler mesmo. No entanto, por que alguém se daria ao trabalho de criar um embuste desses em uma festa de um grupo de executivos do petróleo com dignitários paraguaios locais e pessoas bem próximas do governo (os "*Corellos*")?

Meu amigo e eu remoemos esse encontro por anos e sempre acabávamos na risada sempre que um de nós dizia: "Você sabe, nós deveríamos contar isso para alguém". Eu de fato contei para minha esposa, com quem casei em 1973, e ela deu risada, o que me desestimulou a repetir a experiência.

Eu li muita coisa sobre essa coisa de Hitler na América do Sul e sei que ele tinha sósias para o caso de o Mossad estar à sua procura. Um dos caras que conheci lá, que mais tarde trabalhou para a Shell, me disse que os israelenses sabiam de tudo e estavam satisfeitos em deixar que Hitler vivesse seus últimos anos em paz. Dizem que foi um acordo firmado em Washington. Não tenho ideia do porquê.

Ele ainda usava bigode?
Sim, mas estava completamente branco, como o cabelo que restava em sua cabeça - bem ralo e branco. E embora ele usasse óculos, não tinha como não reconhecê-lo.

Adolf morreu no dia 5 de janeiro de 1971, no Paraguai, tendo ao lado seu amante gay. É verdade. Não estou brincando. [diz um dos comentários]
Sei que parece incrível e talvez tenha sido mesmo um sósia, mas a experiência foi real, a coisa mais fascinante que me aconteceu. Fato é que eu queria contar isso para o maior número de pessoas e não apenas minha família próxima. Talvez não tenha sido real, mas para mim foi 100% genuíno e muito comovente.

Eu conheci uma vez um cara em uma boate na Filadélfia que se parecia com o Albert Einstein. Mas isso não fazia dele Einstein.
Mas o seu "Einstein" foi festejado como a realeza? Até o dia em que eu morrer, eu vou me perguntar se era ele de verdade. Acho que nunca terei uma resposta. A única coisa que me restava era a minha intuição — e, lhe digo, todos os meus sentidos estavam completamente despertos! Eu sabia, imediatamente e sem a menor dúvida, que o cavalheiro que falou comigo e que apertou meu ombro era Hitler. Eu não posso provar isso, e nunca o provarei. Mas eu apenas sabia que, de fato, era ele.

Obrigado por ouvirem a minha história. É bom contá-la para um público mais amplo, proporcionando-me uma espécie de sentimento de alívio.

Eu venho pensando nessa minha pequena confissão por anos, desde que entrei na internet em 1997, mas ainda não havia chegado o momento. Bem, este velho não estará por perto por muito mais tempo, e eu acho que há um tempo e um lugar para tudo.

Como foi o jantar? O que vocês comeram? Quem mais estava lá? Quem foi a pessoa que organizou e meio que guiou a coisa toda? Quem era a "pessoa principal" da festa e como Hitler era tratado por todos os outros?
Na verdade foi muito informal, e durante grande parte do tempo,

os hóspedes estavam de pé, andando pela casa e vagando pelos jardins. Hitler permanecia sentado o tempo todo na sala de jantar principal, mas não como uma espécie de rei exigindo atenção discreta — pelo contrário, havia várias conversas acontecendo ao mesmo tempo, com as pessoas entrando e saindo e geralmente apreciando o ambiente.

Quando cheguei lá, a comida já estava servida na forma de um buffet, com muitas delícias de carne e peixe. Eu nunca vi Hitler comer nada, e eu acho que ele estava apenas bebendo água.

O cara que me levou lá não era muito mais velho do que eu, embora estivesse lá há muito mais tempo do que eu. Ele ainda está vivo e vive na Costa Rica, e eu telefono para ele todo Natal. Nós nos tornamos bons amigos na América do Sul e ele me mostrou como me encaixar nos costumes locais e contornar a burocracia. Sua formação era na venda de produtos, não muito diferente da minha. Eu estava basicamente lá para trabalhar em acordos de patrocínio e vínculos sociais, como ajudar a financiar algumas escolas locais e a procura de talentos.

Eu não sei quem foi, individualmente, responsável pela organização da festa, mas eu fui a muitas como ela nos anos em que eu estive lá. Elas geralmente eram organizadas por um dos *Señores Corellos* — os grandes proprietários de terra que dominam o negócio da pecuária por lá. A minha empresa mesmo também promovia muitos jantares sociais como esse.

Como eu disse, a pessoa central era Hitler, mas ficou claro para mim que a maioria das pessoas de lá o conhecia bem o suficiente para não ficarem em cima dele. Ele era tratado mais como um convidado de honra com quem você podia se aproximar e conversar em uma atmosfera muito descontraída e informal, mas ele não era o ponto focal do evento.

O nome do homem que me apresentou a Hitler era *Señor* Tejerina, e embora eu nunca o tivesse visto antes, ele sabia tudo sobre mim — meu local de nascimento, formação universitária, o perfil da minha empresa, etc! Ele falou com Hitler em alemão e espanhol e Hitler lhe respondeu em espanhol.

Então Hitler acenou para mim e eu sentei ao seu lado e ele começou a falar comigo em inglês. Havia duas outras pessoas nos ouvindo (ambas diametralmente do outro lado da mesa — uma mulher anglo-saxônica muito atraente e uma *Corello*, de aparência bastante rica — e ambas estavam sorrindo, e observando minha reação).

Eu estava tão impressionado com tudo aquilo, que comecei a dizer coisas tolas, como "Como o senhor está?" e "O senhor parece tão saudável" ... e até mesmo (vocês vão adorar isto) ... "Eu já ouvi falar tanto no senhor") :-)

A certa altura eu já o estava chamando de "Senhor Presidente"! :-) Eu realmente não sabia como chamá-lo. Eu notei que ele estava rindo gentilmente, e eu acho que ele disse "Presidente" para me corrigir com uma pequena piada, então eu voltei a usar "Senhor".

Ele falou comigo sobre minha escolha de carreira e disse que foi uma decisão muito sábia. Ele me perguntou se eu podia falar espanhol (eu podia, mas não muito bem) e ele recomendou que eu passasse mais tempo no campo e menos tempo nas cidades. Ele me perguntou se eu podia montar a cavalo, e se eu era um grande esportista, e então ele sugeriu que eu falasse com o *Señor* [esqueci o nome] que treinava pessoas para jogar pólo.

Eu disse que eu não era muito atlético, mas gostava muito de fotografia, e ele disse que minha escolha de hobby era muito boa e desejava poder se juntar a mim, mas era muito velho para aprender coisas novas, embora ele tenha dito que se considerava um fotógrafo amador competente em seu tempo livre na Alemanha. Ele me disse que tinha uma velha Leica que nunca havia usado e que a enviaria para mim.

Eu lhe disse que eu tinha uma Pentax, que era muito boa, mas que eu realmente valorizaria a sua Leica, embora eu tenha insistido que era muito gentil de sua parte me dá-la sem pagamento... Ele rejeitou minha sugestão imediatamente e me disse que aquela era uma câmera esperando por um dono jovem e talentoso e que ela era desperdiçada com um homem velho que não tinha nenhuma utilidade para ela.

Então eu falei sobre mosquitos e disse a ele que esperava que ele tivesse um lugar com proteção adequada contra mosquitos, e ele riu gentilmente e disse que os mosquitos não o incomodavam, e as duas pessoas do lado oposto também riram, mas gentilmente. Eu comecei a relaxar mais e disse a ele novamente que ele parecia muito saudável e perguntei se havia algo que eu pudesse fazer por ele.

Mais algumas pessoas entraram na sala e ficaram lá, sorrindo para nós. Uma atraente senhora disse algo em alemão e então prosseguiu uma conversa entre ela e Hitler, com um jovem então comentando em espanhol. Os três começaram a rir, mas não pareciam rir de mim, apenas faziam algum tipo de piada interna. Não creio que eram da mesma família, mas pareciam próximos.

Ele se voltou para mim e me perguntou se eu tinha comido. Eu respondi que não. Ele disse que eu parecia muito magro e precisava comer. Um garçom veio e nos serviu bebidas, mas Hitler só bebeu água. Ele me perguntou sobre minha educação e eu lhe falei um pouco sobre o meu passado. Eu notei que agora havia mais pessoas na sala, mas a maioria delas estavam discutindo coisas entre si ... ambiente muito relaxado ... e Hitler me perguntou se eu estava planejando casar e ter uma família numerosa.

Eu disse a ele que ainda não tinha conhecido a garota dos meus sonhos. Ele riu e disse que isso certamente aconteceria em breve e que eu teria uma família numerosa. A moça concordou e disse, em inglês, que eu era "bonito" e que teria umas *señoritas* correndo atrás de mim. Eu disse "Não, isso ainda não aconteceu", e ela disse que talvez eu fosse muito tímido. Hitler estava rindo gentilmente e estava apertando meu ombro e disse que era importante encontrar uma jovem para compartilhar meus sonhos. Talvez, disse ele, eu devesse me casar com uma moça interessada em fotografia ou com uma moça cujo pai fosse dono da Pentax. Daí, todos rimos e, quando o garçom chegou, Hitler falou com ele e pediu-lhe para me mostrar onde eu podia encontrar algo para comer.

Eu disse mais coisas, e nós conversamos novamente mais tarde antes de eu ir embora, mas, em poucas palavras, foi isso!

Desculpe pelos erros de digitação :-(

[COMENTÁRIO] Nym, eu me importo mais com o seu câncer do que com Hitler.

Obrigado. Mais cedo ou mais tarde essas coisas nos pegam a todos, mas pelo menos eu tive uma vida muito boa. Tenho três filhos e quatro netos, todos saudáveis e estão indo muito bem. Você me fará muito feliz se me prometer fazer apenas uma coisa: nunca fumar. Se você já fuma, então pare, por favor.

[COMENTÁRIO] Por alguma estranha razão, eu acredito em você. Eu sempre senti que Hitler fez planos de contingência para si mesmo e para seus entes queridos caso a guerra ameaçasse sua segurança pessoal. Eu sei que os TPTB ("the powers that be" – os poderes estabelecidos) fez dele um maravilhoso bicho-papão, embora ele fosse um louco, ele não era o pior louco e não será o último. Eu acho que ele pode ter sido uma vítima controlada pela mente para a agenda dos *Illuminati* para nos levar a três grandes guerras mundiais. Hitler poderia muito bem ter virado apenas um ser humano normal após a guerra... quem sabe.

Mais tarde, perguntei ao meu amigo se a jovem atraente era filha de Hitler e ele disse que não, mas que Hitler passou a "adotar" pessoas como parte de sua família. Meu amigo ainda me disse que Hitler sempre permaneceu fiel à Eva, que morreu em 1959, e que nunca mais se casou.

Eu fiquei com a sensação de que Hitler era uma pessoa muito gentil, não o "louco" que a gente lê. Eu não consigo imaginar essa pessoa fazendo mal a uma mosca, muito menos a outro ser humano. É óbvio que eu não o estou defendendo. Se o que ele fez é verdade, então nós não podemos perdoar. Mas eu simplesmente não consigo conciliar a visão histórica com o homem que conheci naquela noite há tantos anos. Eu saí com a sensação de que ele se importava comigo e senti um amor absoluto por este velho frágil com uma risada tão adorável e gentil.

Engraçado, mas muitas vezes eu sonho com Hitler, tendo uma conversa com ele — uma conversa que eu realmente adoraria ter tido se à época eu não estivesse tão nervoso e assustado. Eu gostaria de ter passado mais tempo com ele para descobrir mais sobre sua vida e suas opiniões.

Uma coisa é certa — nós vivemos em um mundo incrível cheio de mistérios, onde nada é o que parece ser! Eu vim a este fórum na semana passada e comecei a ler alguns dos tópicos que estão sendo debatidos. A maioria de nós provavelmente entende menos de 1% do que realmente está acontecendo no mundo lá fora.

Em minha juventude, todos nós costumávamos discutir o assassinato do Kennedy sem parar, sabendo, é claro, que tudo aquilo era um grande *CIA coverup* (orquestrado pela CIA). Apesar de a verdade ainda estar para ser oficialmente (re)conhecida.

Talvez, quando eu estiver do outro lado, e isso será em breve, eu voltarei aqui e lhes direi como as coisas aparentam a partir de uma outra dimensão! :-)

Você não se preocupou em perguntar a ele se ele era o verdadeiro Hitler nem como ele escapou da Alemanha no final da guerra? Essa é a parte mais estranha da sua "história".
Eu já tinha ouvido a respeito de todos os rumores sobre Hitler na América do Sul antes mesmo de conhecê-lo, mas eu não acreditava neles. Mesmo assim, eu acho que eles me prepararam para que eu imediatamente aceitasse a verdade da situação. De repente, os rumores fizeram sentido.

Eu acredito que o homem que cometeu suicídio em Berlim era um sósia de Hitler. Há uma filmagem de "Hitler" inspecionando uma tropa de jovens recrutas, os últimos que restavam do Exército alemão, antes da queda de Berlim, e eu acho que já ficou provado que, de fato, quem aparece nas imagens não é o próprio Hitler, mas, sim, um sósia.

Se um amigo seu o levasse a uma festa de luxo em Little Rock e você conhecesse Bill Clinton, você perguntaria a ele se ele era o verdadeiro Clinton e, se fosse, ele mentiria sobre ter tido sexo com a Mônica?

Por que você não comunicou isso e o denunciou à justiça?
Esse pensamento nunca me passou pela cabeça e eu nunca teria feito tal coisa. Olhando para o evento agora, tenho certeza de que eles me verificaram antes para determinar o que eu faria — e eles tiveram a leitura correta do meu caráter. Isso não faz parte da minha natureza.

Entretanto, é absolutamente certo que Hitler estava seguro e as autoridades sabiam onde ele estava. Parece que um acordo foi feito por baixo dos panos para deixar o velho viver sua vida em paz. Por quê? Não me pergunte. O seu palpite é tão bom quanto o meu.

Que obra de ficção fascinante, Nym! De qualquer modo, eu aplaudo a sua sinceridade. A seguir... algum maluco vai sonhar com uma história de como Stalin, Lênin, Mussolini e o resto dos açougueiros da humanidade também eram "bons" depois que eles "se aposentaram" dos seus negócios e obtiveram asilo como cortesia da *matrix*. Quanto ao fumar, um bom conselho. No entanto, VOCÊ deveria ter parado com esse péssimo hábito décadas atrás. Nós todos temos que ir algum dia. No seu caso eu espero que você vá rápido e não sofra por muito tempo. Eu já tive amigos e familiares morrendo de câncer relacionados ao fumo. Infelizmente, suas mortes NÃO aconteceram rapidamente, e a dor se tornou tão severa que os medicamentos para a dor não tiveram mais nenhum efeito :(

Não é ficção, meu amigo, mas obrigado pelos votos.

Meu médico conhece o jogo e, quando chegar a hora, ele vai aumentar a dose para que eu simplesmente "vá dormir" e não acorde. Você tem que dizer a eles "não oficialmente" antes para tornar tudo "mais ou menos" legal, mesmo que não seja ... se você sabe o que quero dizer.

Através do espelho, lá vamos todos nós um dia...

Obrigado a todos. Agora, eu preciso me deitar um pouco.

Nym, há algumas coisas que me incomodam na sua "história". Se você conseguiu acesso à festa e a um círculo tão restrito, o Mossad poderia ter se infiltrado muito facilmente nessa reunião. Muito mais facilmente do que você. Na verdade, eu teria apostado que o Mossad teria matado esse monstro muito antes de você ter tido a chance de conhecê-lo. Mas, eu não vou discutir com você. É suficiente dizer que eu acredito que Hitler tomou o caminho dos covardes como a história diz.

Como eu disse, o Mossad devia ter conhecimento, mas não tomou nenhuma atitude — coisas da política. Por quê? Não sei.

Há tantas coisas que eu não entendo sobre esta vida, e mesmo agora eu ainda estou tentando trabalhá-las. Eu realmente gosto de ler este fórum. Gostaria de tê-lo encontrado antes. Muitas perguntas boas são feitas, mas muitas respostas só podem ser especulações.

Nós, seres humanos, somos muito complexos. Você tem esse cara que foi um assassino em massa, e então quando você o conhece, você se sente muito honrado e realmente se importa com ele. Eu realmente me senti assim, e isso deixou marcas em mim que carreguei por toda a minha vida.

Obviamente, se eu fosse judeu eu teria me sentido muito diferente e talvez meu instinto tivesse sido matá-lo. Mas tudo que eu senti foi um tipo de afeição muito profunda. Este velho frágil Hitler sobre o qual eu só tinha lido e visto em filmes estava sentado bem ao meu lado, absorto nos detalhes da minha vida e me dando conselhos paternos.

Era como se ele me conhecesse pessoalmente e estivesse ansioso para me ver ter sucesso e ter uma boa vida. Foi a experiência mais avassaladora que eu já tive e eu só queria ajudar o cara também. Eu não consigo explicar... só sei que foi assim.

Obrigado por me ouvirem, amigos. É bom conversar. Eu tenho que me deitar agora, mas eu voltarei amanhã.

Nym, muitas bênçãos para você - você parece estar preparado para partir para um lugar melhor, e em paz [...] Obrigado por compartilhar sua história. Eu também acredito em você. Eu estava escrevendo algo para um amigo sobre os últimos versos no livro do Apocalipse. Há tantas interpretações diferentes sobre Jesus e tantas pessoas diferentes dizendo que você deve ler somente este livro ou somente aquele livro e somente o ponto de vista deles está correto... a religião é muito confusa. Eu suponho que eu sou muito liberal (foi o que um evangélico me disse uma vez) porque eu acredito que Deus é para todos, não apenas grupos selecionados de pessoas escolhidas que dizem ter o monopólio da verdade.

Eu li um livro há muitos anos de um pesquisador chamado Holger Kersten no qual ele apresenta provas muito convincentes de que Jesus passou um longo tempo na Índia. Quem realmente sabe o que aconteceu? Nenhum de nós estava vivo naquela época e por isso temos apenas alguns livros antigos para contar, e os livros, como você sabe, são escritos por homens que têm que satisfazer as aspirações políticas de suas editoras.

Eu estaria interessado em ouvir o que você diz sobre o Apocalipse. Eu espero que se houver algum tipo de "julgamento" pessoas inocentes não sofram, independentemente do que elas acreditem. Eu vi um monte de crianças muito pobres na América do Sul quando eu estava lá e por vezes fiquei comovido até às lágrimas — algo inesperado para um jovem executivo do petróleo!

Um cara que eu conheci em Montevidéu, um homem do Texas, era um cristão fundamentalista, e ele costumava dizer que eles eram "lixo" porque eles eram católicos "sem salvação" e condenados ao inferno. Nós cometemos muitos crimes por lá, você sabe — o governo dos Estados Unidos, quero dizer. Algumas pessoas eram bastante hostis comigo só porque eu era um "capitalista americano", mas quando eu falava com eles e lhes mostrava fotos da minha cidade natal e do meu carro velho e dos meus pais, de repente eles mudavam e eram as pessoas mais amáveis e amigáveis com quem você poderia estar. Eu costumava dar aulas de inglês para crianças pobres de graça e mesmo agora eu ainda tenho contato com um daqueles jovens, agora já adultos e muito bem sucedidos na vida, é claro...

Acabei de ler alguns dos comentários recentes...

Eu não queria começar uma discussão política. Eu sou apenas um cara comum que queria contar a um público mais amplo sobre a coisa mais estranha que eu já vivenciei - nada mais! Tudo bem se você acha isso inacreditável — eu mesmo não acreditei: e eu estava lá!

Quando você vive em uma época em que até o presidente dos Estados Unidos mente sobre outros países terem "armas de destruição em massa" e outras fantasias desse tipo, então é pouco surpreendente que as pessoas vejam muito do que está escrito como um engano. Algo que perdemos ao longo dos anos nos Estados Unidos é a confiança. Todos assumem que todos os outros estão apenas tentando enganar as pessoas para ganhar um troco nas costas de uma mentira.

Eu realmente gosto de ouvir as pessoas contarem algumas de suas experiências mais bizarras — apenas pessoas comuns, não celebridades, que viveram vidas incríveis que nunca serão escritas ou conhecidas por ninguém além de sua própria família e círculo de amigos. Minha história não é nada comparada com muito do que algumas pessoas já viveram.

É ótimo visitar sites como este, lendo pessoas que têm uma visão diferente, tentando chegar à verdade e entender o que acontece neste planeta. Eu tenho muito respeito pelos "contadores da verdade" e pelos *whistleblowers*. Eles são pessoas corajosas. Eu também tenho muito respeito pelas pessoas que apenas dizem a real das coisas e que o resto vá para o inferno — isso é o melhor da "América".

Nym ... A "lógica" diz que sua história tem três possibilidades:

1. **Ela é um monte de besteira que foi postada apenas como uma piada para ver quantas pessoas iam morder a isca;**
2. **Você foi o alvo da piada. Você compareceu a uma festa que te apresentaram essa pessoa como sendo Hitler... mas, na real, eles estavam brincando com você por pura diversão. Poderia ter sido uma brincadeira armada ou ainda um homem velho que se assemelharia a Hitler quando velho, mas que estava fora de si e "pensava" que era Hitler. Eu me deparei com algumas situações ao longo dos anos em que os velhos parecem pensar que eles são outra pessoa, quem eles realmente não são. Essas pessoas geralmente são inofensivas e aqueles ao seu redor simplesmente os deixam ser felizes enquanto estão por aí com essa crença louca.**
3. **Você, de fato, conheceu o Hitler fugitivo. Quanto a ele ser um cavalheiro "simpático"... claro que ele o teria sido. É parte da personalidade básica de alguém que chega ao topo através de métodos "democráticos" que eles necessariamente tenham que ter um charme natural para "encantar" as pessoas, caso contrário eles nunca teriam obtido seu "poder" em primeiro lugar. (Claro que uma vez no topo eles não precisam mais ser tão charmosos... mas a maioria ainda tem a habilidade de ativá-lo se quiserem).**

Lembro-me da primeira vez que conheci Ronald Reagan. A força de sua personalidade, seu charme, era incrível. Absolutamente impressionante. Hitler provavelmente tinha um conjunto de habilidades semelhantes... afinal ele pegou um grupo muito pequeno de pessoas que a princípio só eram em número de 10 no início da década de 1920 e o transformou em um grupo que acabou sendo milhões e dominando a política da Alemanha em meados da década de 1930.

Qual das respostas acima, 1, 2, ou 3 é a resposta correta? Eu certamente não sei. Em qualquer caso, a sua história é o mais

interessante aqui (mas, se eu tivesse que chutar, eu diria a #1). Os meus melhores votos no que toca à sua saúde.

Meu amigo, há um velho ditado: Não há nada de novo sob o sol. Eu sei, de fato, que eu não fui a única pessoa na minha empresa a conhecer Hitler... Havia uma espécie de mentalidade de "sim, eu estive lá, conheci ele, consegui a camiseta" entre alguns dos caras que trabalhavam comigo.

Não se esqueça que o Paraguai (e grande parte da sociedade sul-americana) era um circuito muito fechado nos principais escalões da sociedade. O lugar era dirigido por generais e ditadores muito poderosos e tudo era muito bem controlado. É um pouco diferente hoje, mas você ainda tem todos os grandes proprietários de terras formando um círculo fechado com os militares e a elite dentro dos governos civis.

E, olha, foi um longo tempo antes de eu contar isso de maneira apropriada a alguém — à minha esposa alguns anos depois. Meu amigo sabia, é claro, e outros, mas ninguém estava muito inclinado a sair por aí falando a respeito aos quatro cantos. Era apenas um sentimento bom de mantê-lo em segredo, como um estimado tesouro valioso que você não quer mostrar ao mundo. Era uma sensação privilegiada — uma informação privilegiada. É como ganhar um prêmio de $1.000.000 de dólares e você querer mantê-lo em segredo porque isso facilita a sua vida enquanto você desfruta do "tesouro", do "conhecimento oculto".

Quando voltei para os Estados Unidos, assistia a alguns filmes antigos da Segunda Guerra Mundial, com imagens de Hitler fazendo discursos, e foi simplesmente incrível pensar: "Ei, eu conheço o cara. E ele me conhece também, e ele está realmente preocupado que eu encontre a garota dos meus sonhos e tenha uma família numerosa"!

:-) Sim, soa engraçado. Eu sei. Desculpe.

Não tenho dúvidas de que conheci o Hitler. Era ele. Eu estudei milhares de fotografias e escutei milhares de gravações de som e olhei para milhares de clipes de filmes antigos — e era ele. Aquele homem que eu encontrei era ele. Não era um ator. E por que diabos teria sido? Não havia nenhum valor ou vantagem em enganar alguém como eu. Eu simplesmente não era tão importante assim!

Agora, [quando você diz que Hitler provavelmente tinha uma habilidade similar a de Reagan], sim, você está absolutamente correto em cada palavra que você diz. Antes de mais nada, eu fiquei imediatamente admirado com este homem — eu caí sob o seu "feitiço", por assim dizer. Embora ele tivesse um aspecto muito frágil, ele era puro carisma. Uma personalidade fascinante, mesmo que ele apenas se sentasse ali e não fizesse nenhum gesto físico em si.

Outros na sala estavam absolutamente encantados por ele. Quando as pessoas entravam para cumprimentá-lo ou simplesmente passavam por lá, você podia dizer que eles pensavam que ele era muito mais do que "o tiozinho lá da história", e a senhora sentada à sua esquerda e a que estava com ele demonstravam um sentimento de adoração a ele. Era como se elas simplesmente não pudessem estar em outro lugar. Ela era muito protetora dele... eu podia dizer logo de cara — eu pensei até mesmo que ela fosse sua filha, que o idolatrava.

Foi apenas aceito por todos que eu conheci naquela noite que aquele homem era o "grande" (desculpas para alguns) Adolf Hitler, e isso não era uma grande coisa para eles — essas pessoas já o conheciam, o conheciam há muito tempo, ele era uma figurinha carimbada entre a elite da sociedade paraguaia/uruguaia. Eu recebia acenos com a cabeça e sorrisos do tipo "agora, você também sabe" dos outros convidados como se me quisessem dizer: "Ei, você é um de nós agora". Mas ninguém se aproximou de mim para "ficar contando vantagem a respeito". Eram pessoas da alta sociedade.

Desnecessário dizer que eu não comi ou bebi muito naquela noite. Eu mordisquei um pouco de carne, mas foi só isso. As conversas foram um pouco superficiais em comparação com o que havia acontecido antes. Eu me juntei ao meu amigo nos jardins mais tarde e fiquei ali sem dizer nada por muito tempo e ele sorriu e me deixou refletir sobre o que tinha acontecido comigo. Ele viu que o que eu estava passando era o que ele havia passado alguns meses antes. Foi uma sensação única e maravilhosa.

o

O plano ao entrar no sebo de discos era apenas matar o tempo enquanto aguardava um amigo com quem iria tomar café. Ia revirar os bolachões na prateleira fingindo interesse em escutá-los no meu toca-discos que não via uma agulha há mais de quinze anos, mas percebi que nos fundos da loja havia uma pequena seção de CDs, mídia adequada para aqueles que vivem no limbo tecnológico: pós-vinil e pré-streaming.

Muita gente abriu mão de seus discos quando os CDs chegaram. Muito provavelmente foram as mesmas pessoas que hoje se livram dos CDs para ouvir música em algum aplicativo no celular. Outros voltaram a comprar os discos que haviam dispensado anteriormente. A grande maioria não liga mais para música desde que deixaram a adolescência. Assim, encontrar alguma coisa interessante na bacia de promoções não é tão difícil. E é uma ótima maneira de passar o tempo, olhar coisas que não vamos comprar.

Em pé, num canto da loja minúscula, um grupo de três caras beirando os trinta e os cem quilos encontraram espaço entre a porta da geladeira e a porta do banheiro para falar mal de alguém que não estava presente. Um deles, reparei, deixava crescer o cabelo na lateral da cabeça que havia raspado em um moicano gordinho. Sobre a orelha, um desenho chamou a atenção. Uma cruz de malta que, não sendo a cabeça de um vascaíno, é um símbolo de escolha duvidosa para uma tatuagem. Daí os olhos se moveram por conta própria, analisando cada rabisco exposto naquele corpo rechonchudo. Uma águia estilizada, com ângulos retos e expressão feroz também pareceu suspeita.

Enquanto analisava o grau de identificação fascista dos artistas e da tela, percebi que o sujeito olhava diretamente em minha direção:

— Gostou? Quer comprar?

Normalmente eu diria algo que soaria como um pedido de desculpas, como um elogio ao trabalho do tatuador ou algo assim. Mas me incomodou aquela demonstração explícita de símbolos escrotos. Tinha quase certeza que debaixo da roupa, no peito ou na bunda, tinha uma suástica pintada por alguém sem talento e escrúpulos. Eu me senti energizado por uma onda de justiça, uma força interior que me lançou na luta contra o obscurantismo, o racismo, a homofobia e toda praga que corrói uma sociedade.

— Tu votou no Bolsonaro, não foi? — perguntei com uma expressão séria.

— Votei sim, por quê?

— Nada. É só que todo babaca de merda que eu encontro votou nesse bosta!

A valentia abandonou meu corpo no mesmo momento em que percebi um movimento do grupo em minha direção. Disparei como um atleta, atravessando a porta da loja como o Bolt e consegui permanecer em alta velocidade ao fazer a curva e tomar o corredor para fora da galeria.

Para meu azar, o dia chuvoso havia espantado a maioria das pessoas, o que tornou a perseguição muito mais fácil do que esperava. Além disso, meus músculos perceberam a idade, o desgaste e o abandono no mesmo momento que a adrenalina decidiu que iria se guardar para algum momento futuro. Passando para velocidade de cruzeiro, quando a língua ameaça deixar a boca de vez, consegui entrar em um shopping center, passando a ser perseguido pelo segurança que, suspeitava, logo seria ultrapassado pela gangue nazi tupy.

Ao dobrar em um dos corredores do lugar, fui puxado para dentro de uma loja que logo cerrou as portas. Como numa comédia de baixo orçamento, pude ver meus perseguidores seguindo rumo ao infinito procurando por alguém agora confortavelmente quase morrendo sem fôlego deitado no carpete sujo aos pés de um manequim magricelo que, podia jurar, estava rindo.

— Desculpe o atraso — disse Cary Grant com seu sorriso encantador. — Tínhamos planejado o resgate para acontecer logo após a saída da galeria, mas tecnologia, sabe como é?

Sorri preocupado apenas em recuperar a capacidade de respirar sem o peso da morte em meu peito.

— Você não tem mais idade para esse tipo de coisa. Tem que deixar entrar por uma orelha e sair por outra... Idiotas sempre existiram e existi... Não, no futuro eles serão bem difíceis de achar. A gente lá sabe que a terra é uma bola, sabe? — E sorriu cinicamente.

— Valeu... — deixei escapar junto com o ar que me fazia falta.

— Não foi nada. Mas, olha, vamos tomar algumas precauções para você sair daqui.

Coloquei uma calça jeans comum e uma camiseta azul-marinho comum e um boné que me foi entregue por uma moça sorridente que, claramente mostrava os dentes por obrigação, já que os dentes desapareceram com a mesma velocidade com que ela voltou a digitar freneticamente com os dedões no celular. Cary, que todos sabemos ser o velho agente, completou meu look com um par de óculos escuros igualmente comuns. Daquela maneira eu seria mais uma pessoa a ser ignorada no meio de muitas outras igualmente invisíveis.

— Como você sabia... — disse antes de abrir a porta.

— Ah — me interrompeu —, Esqueceu nossa conversa sobre o tempo? Tudo já aconteceu, tudo está acontecendo, tudo vai acontecer. É simples.

— Quer dizer que você sabe tudo que vai acontecer? Tudo já está escrito?

— Nada disso. Tudo pode mudar. E pra falar a verdade, quase sempre muda. Mas aí já aconteceu e vai acontecer e está acontecendo. Entendeu?

— Ah, claro — respondi sem ter a menor ideia do que é que ele estava falando.

— Gostaria de dizer que isso não vai mais acontecer, mas você tem um enorme problema de segurar a língua. E um dia teremos problemas técnicos e não conseguiremos te ajudar. Você vai apanhar, mas nada sério. Um bom samaritano vai te ajudar antes de a coisa descambar pro linchamento.

Sorri por saber que, depois desse susto, meus dias de valentia tinham passado e a chance de me meter em outra confusão como essa era nenhuma. O bunda-mole que habita em mim saúda o bunda-mole que habita em você e viveremos todos em paz na bundamolice universal.

Segui pelo corredor no caminho contrário e tomei a direita adiante para procurar uma outra saída do prédio. Na escada rolante, vi que um sujeito olhava em todas as direções, como se procurasse alguém. Pouco mais de um atrás dele, com a vista superior por vir alguns degraus acima, pude ver o número 88 estilizado em vermelho, amarelo e preto, no pescoço do sujeito. Me borrei ao lembrar a referência de o oito representar o H, oitava letra do alfabeto. O

88 é o código numérico usado pelos nazis para fazer alusão à abreviação de Heil Hitler.

Ao chegarmos no piso inferior me dirigi à saída lateral do shopping, passando pelo nazista que se plantou a poucos passos dali para ver se me encontrava. Fantasiado de mim mesmo, desinteressantemente comum, segui caminho como mais uma criatura mais ou menos no universo.

Gostaria de dizer que estava feliz, por ter driblado os idiotas, mas na verdade ainda estava com muito medo. Não fosse o homem d'A Agência eu teria me estrepado. Satisfeito por ter vivido para prometer a mim mesmo que não voltaria a me colocar em outra situação como essa, decidi que seria mais paciente, compreensível e sensato dali por diante, mas...

Dias depois, acordei todo dolorido. Com dificuldade, levantei e fui até o banheiro onde vi que estava com o rosto bem machucado, com o lábio partido e marcas na maçã do rosto e em volta dos olhos, o que anunciava um olho roxo no horizonte. No cesto de roupas sujas no banheiro, dava pra ver manchas vermelhas numa camiseta branca retorcida, provavelmente sangue. Outras manchas surgiam em variações que iam da aparência de um vermelhão, passando pelo ocasional verde inflamação e o clássico derrame arterial roxo clássico. Na canela, um curativo exagerado cobria o que parecia ser o único corte profundo em uma perna que exibia um calombo no lugar onde antes havia um tornozelo.

Liguei para o Mané.

— Porra, Mané. O que aconteceu ontem? Tô todo machucado — disse, sentindo com a língua um dente lascado.

— Não sei direito. Passei na tua casa e você estava todo fodido e fedendo a mijo. Ajudei você a fazer um curativo num corte feio na perna depois que você tomou banho. Aí você pediu pra pegar umas pílulas que estavam na gaveta da cômoda e jogar dentro do café, o que eu fiz. Depois de uns goles, você arregalou os olhos e perguntou o que eu tinha colocado na xícara e eu falei que as pílulas abóboras. Você falou suspirando que era pra ter pego as brancas na cômoda do outro lado da cama. Depois dormiu. Eu me certifiquei de que você estava respirando e fui embora.

Desliguei o telefone e parei diante do espelho avaliando o estrago. Até que não estava tão mal assim, pensei. Sorri, e o dente lascado brilhando sobre o beiço inchado e partido conferia uma expressão desoladora ao conjunto de um rosto comprometido com a tristeza.

— Nada sério, teu cu!

CAPÍTULO 11

Desde 2007, basta alguém fazer alguma menção a Hitler que o Mané não se contém. Daí, o mesmo ritual se repete e ele, normalmente, se dá em duas etapas. Levar a quem o escuta a superar a "verdade" de que o Bigode se suicidou no bunker — sem um corpo e sem testemunhas, para poder separar o joio do trigo das conspirações — e dizer que ele tem indícios suficientes para acreditar na história do seu Fernando.

Existe crédito para essa linha de raciocínio. A versão oficial do suícidio conta com o senso comum construído através dos anos e não com evidências. Não custa repetir que Trevor-Roper, responsável pela história do suicídio, estabeleceu esse "fato histórico" de maneira pra lá de suspeita.

Com relação ao depoimento de seu Fernando, podemos dizer que se difere dos demais por funcionar como uma das últimas peças que faltam em um imenso quebra-cabeças. É como se praticamente todos os testemunhos anteriores pavimentassem o caminho para chegarmos à data de 5 de fevereiro de 1971. Também existe a questão do endereço. Normalmente, testemunhas não fornecem dados tão específicos e verificáveis.

Sobre a fabricação dessas evidências, sabemos que seu Fernando não possui qualquer intimidade com a internet, dificultando fazer conexões entre um terreno baldio, um hotel alemão e uma associação germano-paraguaia — para onde ele garante que enviava cartas para o Harald e para onde ele assegura ter ido no dia 1º de janeiro de 1973.

O mesmo pode ser dito em relação a buscas do tipo "restaurante, Assunção, anos 1970, para encaixar com a minha história" para chegar a um restaurante de comida alemã chamado *Caballito Blanco*, que, recentemente, descobrimos ter de fato existido na exata localização que nos haviam indicado quando da nossa visita a Assunção.

Nos momentos finais da edição deste livro, Mané resolveu entrar em contato uma vez mais com o seu Fernando, agora com

78 anos, para bater mais uns dois dedos de prosa. Comunicá-lo sobre nossos últimos achados, confrontá-lo com algumas dúvidas pendentes e, por fim, anunciar o fim dessa história — ao menos, a nossa investigação.

— Seu Fernando, dia desses, lembramos do senhor por conta da pandemia.

— Como assim, meu jovem?

— Lembramos que, bem antes da Covid aparecer, o senhor já desinfectava as laranjas que trazia do mercado, com um papel toalha embebido de álcool. O senhor foi um visionário, seu Fernando!

— É verdade! E não se esqueça também de cortar a ponta da banana se a casca estiver aberta. Sabe Deus por onde passaram — recordou, rindo.

— Diga lá, meu jovem! Alguma novidade?

— Algumas.

— Encontramos na internet um documento da Câmara Municipal de Assunção, de 2011, que cita nominalmente a *Ayuda Social Germano Paraguaya* como proprietária do hotel!

— Rapaz! Eu te falei!

— Pois é, seu Fernando, agora é oficial. O senhor sabe que passamos anos tentando provar uma conexão entre o hotel e a associação, buscando vestígios dessa associação e nada. Parecia até que haviam sumido com ela do mapa — ao menos, da internet. Até que, numa de nossas buscas usuais, nos deparamos com esse documento, que parece já terem tirado do ar também. Sorte que fizemos uma cópia.

— Isso é ouro, rapaz!

— O problema é que, em 2019, recebemos uma informação que o hotel estava à venda. O senhor se recorda que depois da matéria no *Correio Braziliense*, em 2014, a notícia de que Hitler estava enterrado em um bunker embaixo de um hotel ganhou as manchetes no Paraguai? À época, alguns comentários nas matérias chegaram a adivinhar acertadamente sobre qual hotel estávamos falando... o que pode ter feito com que a associação queira se desfazer do hotel, tirar o corpo de lá, sei lá...

— Mas a estrutura do bunker vai sempre estar lá. Se não destruírem o hotel...

— De fato. Mas tem mais. A rede de conexões não para por aí. Lembra que o senhor contou que Hitler ficava protegido em uma colônia alemã no Paraguai? Então, o gerente proprietário do hotel vem de uma das famílias mais tradicionais da Colônia Independência, sede da fundação do Partido Nazista no Paraguai, em 1928, que fica a 80 km de Assunção. O que nos leva a perguntar se o hotel, propriedade da associação, não é, no fundo, da própria colônia!

— Meu jovem, estou sem palavras.

— Outra novidade é que encontramos informações sobre o restaurante de comida alemã *Caballito Blanco* que o senhor lembra de ter ido. Ele funcionou até 1994, quando foi demolido para dar espaço a um estacionamento. E ficava lá na mesma esquina que nos apontaram quando estivemos em Assunção, a cerca de 20 minutos a pé do hotel.

— De fato, a comida era boa!

— Também nos deparamos com um tal Hugo Müller, austríaco, que foi expulso do Brasil em 1938. Ele chefiava uma espécie de tribunal interno nazista lá no Rio Grande do Sul...

— Rapaz! Deve ser ele. Eu lembro agora que o Hugo gostava de contar vantagem de que durante a guerra ele havia sido expulso do Brasil, mas que havia conseguido voltar de maneira clandestina.

— Por fim, é possível que tenhamos encontrado um elo que ligue a família do Haroldo Erneste ao Paulo Corenchuck: a Missão Novas Tribos. Isso porque Stroessner intercedeu e permitiu que a Novas Tribos também se instalasse no Paraguai por conta da estreita relação entre os seus missionários e os menonitas de origem alemã que vivem no país.

— Mas é só notícia boa, meu jovem! Tirando a de que querem vender o hotel...

— Pois é, seu Fernando e, por falar em hotel, nós estávamos há algum tempo querendo tirar uma dúvida com o senhor. O senhor nos contou que do gramado na superfície do bunker, o senhor conseguia ver "a bandeira do Paraguai tremulando, as quatro torrezinhas...". Fato é que quando estivemos lá isso não era possível. A entrada do hotel se dá praticamente de costas com vistas ao Palácio. E a partir de onde o senhor diz que era possível enxergar hoje é o muro do hotel que fica colado a um estacionamento.

— Mas isso foi há 48 anos, meu jovem!! As ruas eram de terra. Talvez, onde hoje há esse muro uma vez foi uma rua lateral...

— Faz sentido, seu Fernando. Desculpe eu ficar insistindo...

— Meu jovem, pergunte o que você quiser!

— Então, uma última questão. Eu acabo de me deparar com um livro que já tem uns 20 anos chamado *El escape de Hitler*, do jornalista italiano Patrick Burnside (pseudônimo de Patricio Scaramucci). Um subtítulo de um dos capítulos me chamou a atenção, "O traslado do corpo de Hitler". Isso porque o fato de o senhor assegurar ter estado em uma cerimônia em que diziam "em fevereiro vão fazer dois anos que o Führer nos deixou" supõe que Hitler obrigatoriamente foi enterrado, ao menos, duas vezes, certo? Neste caso, em 1971 e em 1973. No entanto, duas testemunhas entrevistadas por Burnside, na Patagônia argentina, garantem que Hitler morreu em 1959 e que o seu corpo foi trasladado de avião para outro lugar naquela época. Será que o senhor, na realidade, não ouviu algo como "em fevereiro, vai fazer 14 anos que o Führer nos deixou?"

— Não, meu jovem... Dois anos... eu escutei dois anos! — disse sem titubear, um pouco contrariado. — Não desista, fique feliz sempre, 14 anos é o tempo que eu dei com a língua nos dentes... E Hitler viveu no Brasil, entre idas e vindas, por nove anos e um pouquinho.

— Muito bem, seu Fernando, agora que o senhor confirmou pela enésima vez que escutou "dois anos" eu posso lhe contar que também temos a informação de uma segunda fonte que diz que, de fato, Hitler morreu entre 1972-1973 e que depois os seus restos mortais foram exumados e levados para um lugar definitivo.

— Mas, rapaz, eu tô te falando...

— Seu Fernando, guenta firme aí somente mais alguns meses porque o livro, finalmente, vai sair.

— Opa! Você não está de brincadeira, não?! Fica tranquilo que, eu estando vivo, eu seguro as pontas! — respondeu com uma gargalhada.

o

São Paulo, ██ de ███ de ████████

R.: 0622 – Sec.: 041-F – Confidencial

Chegamos a um impasse com a investigação e com a produção do documentário. Achamos que escrever uma versão romanceada seria uma maneira de revelar as evidências sem comprometer nossas fontes e sem a necessidade de colocar o prédio abaixo para revelar o esconderijo subterrâneo.

Aliás, esse é um de nossos grandes dilemas: revelar ou não o local. A essa altura não nos importa sermos os primeiros no "local do crime", com pás e picaretas. Nos basta ter a verdade exposta para o maior número de pessoas possível.

Diante disso, Mané sugere que utilizemos um código para, de forma lúdica, revelarmos as coordenadas do bunker secreto. Achei a ideia bem interessante, ainda mais por despertar o Sherlock que vive em todos nós.

Uma das sugestões é destacar em vermelho (com exceção das capitulares) isoladamente as 24 letras, números, pontos, símbolos ordinais, apóstrofos e aspas duplas que compõem as coordenadas de GPS em páginas aleatórias, mas em sequência, ou seja, pula-se uma página ou outra mas as dicas seguem ordenadas. É um código bem simples, mas eficaz. Para desavisados, será como um erro gráfico editorial.

Desse modo, as coordenadas poderiam ser acessadas pelo próprio leitor por meio do Google Maps, mas ainda não chegamos a um consenso. Se formos adiante com a ideia, as coordenadas seriam dispostas pelo livro, sendo a última letra indicada em vermelho na próxima linha.

124/08-10/KXW

o

Uma das coisas mais engraçadas em nosso método consistia em, cientificamente, recolher as evidências da melhor maneira possível (originais e cópias) e guardá-las em algum lugar que nunca mais encontraríamos. Isso nos ajudou a confiar em nossa própria memória e, em certo momento, utilizar métodos alternativos de armazenamento de dados que tornaria possível acessá-los eventualmente.

Um bom exemplo é reproduzido abaixo nas anotações de Mané. Durante um bom tempo ele se dedicou a encontrar algumas respostas para as perguntas mais óbvias, encurtando a apresentação do tema para incrédulos. Como foi realizado durante o período de pesquisa experimental transcendental, esse trabalho desapareceu e só retornou quando já havia sido refeito e perdido outras quatro vezes.

1) A FUGA DO BUNKER

Desde fins de 1944, é posto em marcha o Plano V-S (*Verratschema*) — esquema de "traição forjada" para convencer os Aliados ocidentais a aceitarem um acordo de paz sem a União Soviética. Hitler sabia que, com ele no jogo, isso seria algo impossível. Então, a única saída caso o pior viesse a acontecer seria ele fisicamente sair de cena. Göring é o escolhido para "trair" Hitler e ganhar a simpatia do general Eisenhower, à época o Comandante Supremo das forças aliadas na Europa. Para que o plano funcione, Himmler também desempenha seu papel em conversas "secretas" (aparentemente pelas costas de Hitler) com representantes dos Aliados Ocidentais em territórios "neutros", a saber, Suíça e Suécia. Numa "bondade" de Himmler, na verdade, com o aval de Hitler, 12.000 judeus são enviados para a Suíça em troca de dinheiro. Em um determinado momento, até mesmo Stalin se intera das conversas de paz secretas em Berna, entre Alemanha e Estados Unidos, na figura de Allen Dulles, à época diretor na Suíça do OSS (*Office of Strategic Services*), o serviço de inteligência dos Estados Unidos durante a Segunda Guerra, precursor da CIA. O pano de fundo para convencer os Aliados era que a União Soviética e o comunismo eram uma ameaça maior à Europa do que o nazismo. Os últimos bombardeios dos Aliados ocidentais sobre Berlim datam de 20 de abril.

A revelação da existência do Plano V-S foi feita recentemente por Peter David Orr, no livro *Eyewitness to Hitler's Escape* (2018). Nele, o autor reproduz o trecho de uma carta de 1988 e depoimentos de uma fonte alemã que se estabeleceu em Buenos Aires e veio a falecer em 2016 — e que tem seu nome mantido sob sigilo até que sua esposa, ainda viva, faleça. A fonte, a quem o autor se refere apenas por "ajudante de Heinrich 'Gestapo' Müller", havia escrito a um antigo camarada de SS na Alemanha querendo saber que fim, na verdade, teria tido *Reichsleiter* Philipp Bouhler, um dos chefes da Chancelaria de Hitler para o partido Nazi — responsável pelo programa "Aktion T4" de eutanásia que matou mais de 70.000 deficientes, crianças e adultos na Alemanha, entre 1939 e 1941, considerado um ensaio para o Holocausto. Na resposta à missiva, Karl Freiherr Michel von Tüssling, ajudante pessoal de Bouhler, menciona o *Verratschema* ao amigo.

O caldo só desandou porque Bouhler foi preso, torturado e morto por tropas dos Estados Unidos, no dia 10 de maio de 1945 — mas não sem antes abrir a boca sobre o Plano V-S e "dedurar" Göring, que um dia antes, crente que tudo ia dar certo, havia partido para as linhas americanas esperando que aceitassem sua rendição e que pudesse abrir negociações com Eisenhower. Göring acabaria preso e levado a Nuremberg, onde ainda tenta provar ser "confiável", sem saber que os Estados Unidos já tinham conhecimento que tudo não passava de encenação. Acabou condenado pelo tribunal, cometendo suicídio em sua cela a 15 de outubro de 1946.

De acordo com Peter David Orr, o sinal para colocar o Plano V-S em marcha viria de Himmler a Göring, nos dias finais da guerra, quando o primeiro anunciasse que o Führer "após ter sofrido um derrame cerebral, estaria à beira da morte". Uma ideia talvez até mesmo sugerida por Hitler após ter se inteirado da causa da morte de Roosevelt no dia 12 de abril.

No dia 22 de abril, Himmler encontra-se com Folke Bernadotte, chefe da Cruz Vermelha no consulado sueco em Lübeck. Apresentando-se como o líder provisório da Alemanha, transmite a ideia de que Hitler estaria morto dentro de alguns dias. Himmler pede a Bernadotte que informe ao general Eisenhower que a Alemanha desejava render-se ao Ocidente. Bernadotte teria pedido a Himmler que colocasse por escrito a sua proposta, e Himmler agradeceu.

Às 00:56 do dia 23 de abril, Göring, seguindo o roteiro, envia o seu famoso telegrama a Hitler dizendo que se não ouvisse nada dele até às 22h00 do mesmo dia, isso seria entendido como uma prova que Hitler teria perdido sua capacidade de ação e Göring, então, assumiria o controle do *Reich*, com base no decreto de 29 de junho de 1941, que dizia que, em casos como esse, Göring era o seu legítimo sucessor. Ainda como parte do teatro, desculpem-me os profissionais do teatro, Hitler acusa Göring de tentar dar um *coup d'état*, retira todas suas funções, o expulsa do partido e ordena a sua prisão.

No dia 25 de abril, Hitler pede a Baumbach para organizar diversas rotas para a elite nazi que queira escapar de Berlim. Werner Baumbach, que viria para a Argentina em 1948 para trabalhar para Perón como piloto de testes, era o comandante da secreta KG-200 (*Kampfgeschwader-200*), uma unidade da Luftwaffe que se podia definir como uma frota em miniatura para missões especiais com aeronaves capturadas dos inimigos... infringindo o artigo 23 da Convenção de Genebra, que proíbe o uso de aviões usando a bandeira inimiga.

Na madrugada do 28 para o 29 de abril, Hanna Reitsch deixa o bunker a bordo de um Arado-96, com o general Ritter von Greim — o recém-apontado chefe da Luftwaffe após Göring ter perdido seu posto. No Arado-96, só há espaço para duas pessoas, um piloto e um observador — mas lembremos que Hanna na última edição de sua autobiografia, *Fliegen — mein Leben* (1979), deixa uma pergunta no ar: "Várias lendas se criaram em torno do meu último voo. Não poderia, talvez, eu ter escondido Hitler em algum lugar? Com isso, talvez, se revelaria o segredo que todos suspeitam?". A propósito, a confiança de Hitler em Hanna era tanta que, no início de 1945, ele tentou proibir que ela e Rudel, considerados os dois melhores pilotos da Alemanha nazista, continuassem voando, para tê-los à sua disposição para uma eventual fuga.

Na mesma hora, um tal de primeiro sargento Böhme, um piloto praticamente desconhecido que no último mês da guerra ficou à disposição de Albert Speer e que havia sido enviado por Rudel desde Rechlin, levanta voo com o mesmo Ju-52 que havia pousado poucas horas antes em Berlim. Böhme leva consigo soldados feridos e marinheiros em um agora sobrecarregado Ju-52, com capacidade máxima de 17 passageiros, tendo como pista o então Eixo-Leste-Oeste (atual Straße des 17. Juni) — única obra do arquiteto principal de Hitler que permanece em uso até hoje na Alemanha.

E um terceiro avião também parte dos arredores do bunker **na mesma madrugada do 28 para o 29 de abril.** Um piloto de nome Ernst Baumgart levanta voo em um Me-108B-1 Taifun, de quatro lugares, com Hitler, Eva e Hermann Fegelein, que levava o mapa com a rota do voo — todos em roupas de civil. Este avião era de uso pessoal de Göring. Baumgart voa, ao longo do rio Elba, escoltado por dois Me-109, em direção a Tønder, Dinamarca — com um parada forçada em Burg Bei Magdeburg (a 121 km de Berlim), **aterrizando às 00:30 do 29 de abril**, por conta de intenso tráfego aéreo Aliado na rota que pretendiam seguir. Lá, onde havia uma base importante da Luftwaffe, esperam o raiar do dia.

No dia 29 de abril, Adolf Galland, piloto nazi que viria a trabalhar por sete anos como consultor da Força Aérea Argentina (de 1948 a 1955), recebe ordens expressas do bunker para cobrir, com toda a sua esquadrilha de caças Me-262, o espaço aéreo de Berlim à Dinamarca.

O plano inicial era levar Hitler até a base aérea de Westerland, na Ilha de Sylt, a uns 12 km da costa, na mesma altura e a uns 40 km de Tønder, mas ainda território alemão, e de lá levá-lo à Espanha. Mas Hitler muda de ideia. Ele ordena que Baumgart voe para Tønder, sem ele, com um Ju-52, com capacidade para mais pessoas, levando consigo os que já estavam em Burg Bei Magdeburg, entre eles, o general Otto Ernst Remer, chefe da brigada de escolta de Hitler, que teve papel fundamental nos eventos que se seguiram após o fracassado atentado conhecido como Operação Valquíria; uma mulher que Baumgart identifica como "a irmã de Eva Braun"; e aproximadamente mais 10 pessoas. Mas, também para, em Tønder, apanhar Himmler, Speer, Schellenberg e Baumbach que já esperavam lá. De Tønder, Baumgart os levaria à Ilha de Sylt. O voo para Tønder foi escoltado por uns oito jatos. Nele, estava o "ajudante de 'Gestapo' Müller". Mais dois aviões *Junkers*, cheios de feridos da Batalha de Berlim fizeram esse mesmo trajeto. De Sylt, outro piloto parte em direção à Espanha, com o "ajudante de 'Gestapo' Müller" entre os passageiros. O holandês Willem de Graaff, que antes da guerra havia sido piloto da KLM, fazia parte da unidade KG-200, comandada por Werner Baumbach, fazendo testes com aviões capturados dos inimigos. O avião agora é um DC-3, possivelmente holandês, recém-pintado para que se assemelhasse a um avião de transporte médico americano. Sobrevoam Antuérpia, Bruxelas, Toul, Lyon e Montpellier, alternando altas e baixas altitudes, vindo a aterrissar em Girona, perto de Barcelona, às 19h do dia 29 de abril. Toul, na França, era o maior dos aviões médicos dos Estados Unidos que traziam soldados feridos no front alemão. A ideia era usar essa mesma rota como despiste.

Quanto a Hitler, **nesse mesmo 29 de abril**, o mesmo Me-108B-1 Taifun que o havia tirado de Berlim será agora pilotado por "Gestapo" Müller em direção contrária, à base de Bad Aibling, a 20 km de Nussdorf am In, cerca de 4 km da fronteira com a Áustria. Além de Müller e Hitler, estão Eva e Hermann Fegelein — cunhado de Hitler, casado com a irmã de Eva, Gretl Braun. Hitler teria mudado de planos aparentemente para atender a um desejo de Eva, de ver sua irmã que estava para dar à luz, antes que fugissem em direção à Espanha, mas tudo leva a crer que esse *U-turn* já estivesse previsto, pois Philipp Bouhler estava à sua espera em sua casa de campo em Nussdorf am Inn — aliás, uma *villa* dada de presente a ele por Hitler anos atrás. Hitler e Bouhler eram amigos desde os primórdios do desenvolvimento do Partido Nazi em Munique, tendo Bouhler recebido homenagens de Hitler como sendo um dos membros fundadores do partido. Göring e esposa também eram muito próximos de Bouhler. Aliás, Göring também mantinha uma casa em sua cidade natal, Rosenheim, a 10 km de Nussdorf am Inn. Temos de lembrar ainda que Göring saiu do bunker no dia 21 de abril, em uma caravana de carros e blindados, em direção ao Obersalzberg, popularmente conhecido como Ninho da Águia, a 90 km de Nussdorf am Inn, e se entregou, no dia 8 de maio, à 36ª Divisão de Infantaria do Exército dos EUA na cidade austríaca de Radstadt, a apenas 140 km de Nussdorf an Inn. A propósito, Hanna Reitsch, também acaba se entregando, no dia seguinte, a 60 km de Nussdorf an Inn, a tropas também dos Estados Unidos estacionadas na cidade austríaca de Kitzbühel.

Após aterrissarem na base de Bad Aibling, Eva e Hermann Fegelein se separam de Hitler. Os primeiros vão de carro até a cidade austríaca de Zell am See, distante 100 km de Bad Aibling. Lá, em um dos castelos que Göring se hospedava na região, encontram-se com a irmã de Eva, Gretl — que viria dar à luz a uma menina no dia 5 de maio —, e com os pais de Fegelein e seu irmão mais novo, Waldemar "Axel" Fegelein, que coordenava a segurança da fortaleza com um misto de tropas da SS e da Luftwaffe. Hermann e Eva passam a noite aí e na manhã do dia 30 se dirigem por terra até Innsbruck.

Hitler, por sua vez, pernoita na *villa* dos Bouhler e, às 7 da manhã do dia 30, voa de Nussdorf am Inn para Innsbruck, Áustria, para encontrar-se com Hermann e Eva. Aubrey Temples, prisioneiro de guerra americano, então com 21 anos, que fazia trabalhos na fazenda de uma família alemã a poucos metros da residência dos Bouhler, vê três Fieseler Storches na cor cinza estacionados em um amplo pasto. Os "aviões Cegonhas", sem insígnias ou números, anos antes, haviam pertencido ao marechal de campo Erwin Rommel, "a raposa do deserto". Ao lado dos aviões, jovens pilotos provenientes da região de Frankfurt, nascidos e criados lá, aguardavam Hitler. Eles haviam sido enviados por Otto Skorzeny — o mesmo oficial que ficou famoso por coordenar o resgate de Mussolini com um Fieseler Storch — da base de Bischofswiesen para Rosenheim e de lá partiram para Nussdorf am Inn, às 5h55 da manhã, assim que o Sol amanheceu neste mesmo dia 30. Os pilotos pousaram às 6h15 e esperaram por Hitler por 45 minutos. Antes de embarcar, Aubrey Temples viu Hitler, já sem bigode, com uma camisa branca, gravata de cor escura, jaqueta e calça cinzas e um chapéu *Fedora hut*, no banco traseiro de um Mercedes-Benz preto, que pertencia a Bouhler, que acabara de chegar à beira de pasto. Dois jovens da SS ajudam Hitler a passar por baixo de uma cerca de arame farpado enquanto carregavam duas mochilas azuis escuras usadas para levar documentos às costas. As mochilas foram colocadas atrás da poltrona de Hitler antes de este subir no avião, que tem lugar máximo para o piloto e mais uma ou duas pessoas dependendo do modelo. Os aviões estacionados em um pasto, se dirigiram para cima de um pequeno monte para pegar impulso e decolaram para o sul, em direção a Innsbruck, Áustria, uma viagem de 100 km, sobrevoando Kufstein.

Em Innsbruck, Hitler se encontra com Eva, Hermann Fegelein, "Gestapo" Müller e outros. E de lá partem em direção ao aeroporto de Barcelona-Reus, na Espanha, em um antigo avião que havia pertencido à KLM, agora repintado com as cores e bandeira da Suíça. O uma vez DC-3-194B, capturado pelos alemães em maio de 1940, havia sido inicialmente incluído na frota da Luftwaffe, sob o número D-ABUG, PC+EA, até ser transferido, em março de 1944, para a frota da unidade secreta KG-200. Sob a bandeira suíça, o avião foi capaz de voar incógnito de Innsbruck à Barcelona, passando pelo norte da Itália fronteira com a Suíça, por conta de um corredor recém-estabelecido como parte de um cessar-fogo acordado entre o governo dos EUA, na figura de Allen Dulles, chefe da OSS (precursora da CIA) na Suíça, e Karl Wolff, general da Waffen-SS.

Aterrissam em Barcelona **no dia 1º de maio** e embarcam em um Ju-52 espanhol da aviação civil, em direção a Málaga, onde esperam alguns dias até que o mesmo DC-3 (pintado com cores da Suíça) seja agora repintado e transformado em um avião de bandeira espanhola para uso civil. Lembremos aqui que anos antes, para vencer a Guerra Civil Espanhola, o ditador Francisco Franco contou com o auxílio de Hitler e Mussolini, que enviaram tropas e armamentos para os conservadores espanhóis. De Málaga, Hitler é levado neste DC-3 para as Ilhas Canárias (Fuerteventura), não por acaso, um arquipélago de domínio espanhol.

A reconstrução da fuga de Hitler, baseada no cruzamento de informações levada a cabo por Peter David Orr em um trabalho investigativo impressionante, termina aqui. Poderíamos ter nos baseado em outras "versões" que existem aos montes por aí. Mas essa, além de ser a mais recente (2018), nos parece a mais convincente.

Agora, façamos alguns cálculos. Levando em conta a velocidade média do U-977 que viria a se render em Mar del Plata, uma viagem de submarino, percorrendo 270 km por dia, partindo das Ilhas Canárias e tendo o mesmo destino, levaria cerca de 38 dias. Imaginemos que Hitler tenha ficado dois dias em Málaga (esperando o avião ser repintado) e mais um dia nas Ilhas Canárias; e que tenha partido de lá no dia 4 de maio, estamos falando então que **a partir do dia 11 de junho** Hitler já teria como, matematicamente, ter alcançado Mar del Plata.

O período bate perfeitamente com um dos primeiros informes do FBI produzidos a respeito da fuga de Hitler para a Argentina (arquivo do FBI caso 65-53615), datado de 14 de julho de 1945, que diz: "Chegada dos submarinos alemães ao largo da costa da Argentina. Vários rumores circulam em Buenos Aires referentes a desembarques do submarino U-530 antes de sua rendição [...]. Hitler desembarcou na Argentina **por volta do dia 20 de junho**, seu rosto está diferente e o major do Exército argentino Leon Bengoa Llamas o acompanhou até o seu esconderijo em uma área do Chaco".

O U-530 em questão é um outro submarino nazista em fuga que também viria a se entregar aos argentinos, na mesma Mar del Plata, no 10 dia de julho. Seu capitão, Otto Wermuth, não explicou algumas coisas: por que demorou mais de dois meses para chegar a Mar del Plata, por que o submarino havia se desfeito de sua arma de convés, por que a tripulação não trazia nenhuma identificação, ou o que havia acontecido com o diário de bordo do navio. À época, especulou-se que, antes de se entregar em uma base militar, o U-530 teria desembarcado algumas pessoas, Hitler e Eva entre elas, em um outro ponto da costa, em Puerto San Julián, cerca de 2.000 km ao sul de Mar del Plata. Agora, vejam que "coincidência" fantástica! Estamos falando de mais oito dias de viagem em direção ao sul — considerando a mesma velocidade média de 270 km por dia. Ou seja, oito dias somados ao 11 de junho chegamos à mesma data do que aparece no informe do FBI: "**por volta do dia 20 de junho**".

De acordo com um outro informe do FBI, no desembarque, Hitler teria sido recebido por seis oficiais argentinos de alto ranking e com o auxílio de outros três oficiais se dirigiu, em um comboio terrestre, para um rancho nas montanhas ao sul dos Andes [tudo indica à Estância San Ramón, a 15 km do centro em Bariloche]. Uma testemunha de origem polonesa, Brunislava Kitajgrodski, que trabalhava em um posto de gasolina que ficava no meio do caminho, garante ter reconhecido Hitler dentro de um dos veículos.

A possibilidade real de Hitler ter desembarcado na Argentina por volta do dia 20 de junho também se encaixa perfeitamente com a história do seu Fernando, que energicamente garante que Hitler chegou em Cambé, no Paraná, em agosto de 1945. Estamos falando de um lapso de tempo de pouco mais de um mês. Tempo mais que suficiente para percorrer os 3.200 km que separam Bariloche e Cambé, no Paraná — hoje, de carro, um trajeto feito em dois dias, a despeito de termos consciência de que estamos falando de um Hitler em fuga em 1945 e da necessidade de se tomarem trajetos não-convencionais, como estradas de terra que cruzavam colônias alemãs existentes ao longo de todo o caminho. Mas mesmo assim.

Talvez Cambé não entrasse nessa história se não fosse o *timing* da declaração de Stalin na Conferência de Potsdam, no dia 17 de julho de 1945, quando ao ser perguntado como Hitler havia morrido, disse saber que Hitler havia escapado e estava "na Espanha ou Argentina". É possível que tomando conhecimento, agora público, de que os soviéticos conheciam a sua exata localização, Hitler tenha decidido passar um tempo em *terra brasilis*, em Cambé, até que as coisas esfriassem um pouco.

2) POR QUE A ARGENTINA?

Desde os primórdios do século 20, a Alemanha desenvolveu um grande interesse na Patagônia por razões geoestratégicas. Já durante a Primeira Guerra Mundial, por exemplo, a marinha imperial alemã esteve envolvida, em 1914, na Batalha das Malvinas/Falkland, nas costas da Patagônia, contra a marinha real britânica. Reza a lenda, inclusive, que já naquela época a Alemanha tinha produzido mapas mais detalhados dessa que é uma das regiões mais inóspitas do planeta do que a própria Argentina ou Chile anos depois. A presença de 200 mil colonos de fala alemã nos seus 1 milhão de km^2, na época em que Hitler andou por aquelas bandas, também é um fator que não pode ser ignorado. Aliás, há um mapa da América do Sul publicado pelo alemão Otto Richard Tannenberg, em 1911, no livro *A Maior Alemanha*, que mostra Argentina, Uruguai, Paraguai, sul do Brasil, parte da Bolívia e Venezuela como parte do Império Alemão.

Há até mesmo um memorando interno endereçado ao diretor do FBI, datado de 4 de setembro de 1944 — ou seja, sete meses antes da queda de Berlim —, que diz literalmente que "Hitler deve buscar refúgio na Argentina após o colapso da Alemanha [na guerra]".

Somado à existência de uma rica colônia alemã no país disposta a receber seu Führer, Perón tinha o sonho de transformar a Argentina numa potência militar, com tecnologia de ponta, armas nucleares, aviões de caça... Afinal de contas, por que só os Aliados oficiais tinham o direito de disputar o espólio nazista? Militar, científico e "financeiro"? Hoje sabemos que foi criado assim, por Péron, um comitê especial para buscar os nazistas e oferecer-lhes abrigo. Com a ajuda dos refugiados nazis, Perón inicia já em 1946 um plano nuclear secreto para desenvolver um novo método de fusão nuclear. Os desembarques de "ouro nazi" na Patagônia também não são lenda.

Em 1947, em seu périplo de 3 meses pela Europa, recompilado pelo jornalista Patrick Burnside, Evita Perón se encontra, em Madrid, no dia 9 de junho, com o ditador Francisco Franco; no dia 13, com o mago financeiro de Hitler, Hjalmar Schacht. No dia 26, é recebida no Vaticano pelo papa Pio XII, carinhosamente chamado de "O Papa de Hitler" por ter colocado a estrutura da Igreja à disposição das *ratlines* — rotas de fuga para os nazistas fugindo da Europa para locais seguros na América do Sul. Em julho, passa por Portugal e encontra-se com o ditador Salazar. No dia 7 de agosto, participa de uma reunião reservada com banqueiros na Suíça, no hotel Baur au Lac, em Zurique. Um informe da CIA, de 23 de março de 1972, diz que, durante sua viagem pela Europa em 1947, Evita realizou um depósito de vários milhões de dólares em um banco suíço. A origem do dinheiro viria de pagamentos efetuados pelos hierarcas alemães do Terceiro Reich para assegurar a entrada na Argentina de cerca de 15 mil nazistas. Por falar em Suíça, sabe-se também que foi a um suíço que Hitler confiou a sua herança, ao financista François Genoud. Filiado ao Partido Nazi desde 1932, Genoud ajudou os hierarcas nazis a movimentar imensos capitais entre bancos suíços e sul-americanos.

À Argentina, chegariam ainda sete personagens que tiveram papel-chave na fuga de Hitler: Otto Skorzeny, Werner Baumbach, Heinrich "Gestapo" Müller, Hermann Fegelein, Adolf Galland, Hans-Ulrich Rudel e Albrecht Böhme.

OTTO SKORZENY

Famoso por coordenar o resgate de Mussolini com um Fieseler Storch, o mesmo modelo de avião que levou Hitler de Nussdorf am Inn para Innsbruck, Áustria, usava veículos e uniformes capturados dos inimigos para as suas operações — ideia, segundo ele, sugerida por Hitler. A contrainteligência americana e britânica o conectam com a fuga de Hitler. Após o final da guerra, em 1948, Skorzeny escapou de um campo de prisioneiros, ficando escondido em uma fazenda na Baviera por 18 meses. Passou um tempo em Paris e Salzburgo, antes de eventualmente se estabelecer na Espanha franquista. Em 1953, se tornou conselheiro militar do presidente egípcio Mohammed Naguib e recrutou uma equipe de ex-oficiais da SS e da *Wehrmacht* para treinar o Exército egípcio. Após o Egito, passou um tempo na Argentina, onde atuou como conselheiro do presidente Juan Perón e como guarda-costas de Eva Perón. Em 1962 ou 1963, Skorzeny foi supostamente recrutado pelo Mossad e conduziu operações para a agência. Skorzeny morreu de câncer de pulmão em 5 de julho de 1975, em Madri, aos 67 anos de idade. Aliás, sempre me perguntei como conseguiram resgatar o Mussolini e não iam tirar o Bigode de Berlim?

WERNER BAUMBACH

Chefe da *Kampfgeschwader-200* (KG-200), unidade secreta da Luftwaffe para missões especiais com aeronaves capturadas dos inimigos a serviço tanto da *Abwehr* (serviços de espionagem militar) quanto do *Sicherheitsdienst* (Serviço de Segurança). Era mais conhecido como o comandante da esquadrilha de hidroaviões quadrimotores prontos para a fuga. Após a guerra, Baumbach passou três anos como prisioneiro de guerra antes de se mudar para a Argentina, onde trabalhou como piloto de testes. Morreu em um acidente de avião em 20 de outubro de 1953, aos 36 anos, perto de Berazategui, enquanto avaliava um bombardeiro Lancaster britânico para a Força Aérea Argentina.

HEINRICH MÜLLER

Mais conhecido pela alcunha "Gestapo Müller", foi o líder da Gestapo, a polícia secreta da Alemanha nazista. Reza a história oficial que, nos momento finais dentro do bunker, foi encarregado por Hitler para interrogar e executar Hermann Fegelein por este estar envolvido no esquema de "traição" levado a cabo por Himmler. No entanto, o mais provável é que tudo não tenha passado de cortina de fumaça para que ambos fugissem juntos do bunker. Hoje, temos informações que Müller viveu anos na Argentina — em Córdoba e em Tandil, na província de Buenos Aires. E também no Paraguai — tendo inclusive sido filmado, em 1978, por uma câmera escondida em um restaurante de Assunção, respondendo em alemão a perguntas feitas por uma jornalista disfarçada que queria saber mais sobre o paradeiro de Mengele. Há de se levar em conta também uma parte pouco conhecida de sua biografia: a sua atuação como piloto na Primeira Guerra Mundial. Um detalhe nada desprezível, visto que em uma das versões da fuga de Hitler, é Müller que pilota o avião que leva Hitler, Eva e Hermann Fegelein em uma das escalas.

HERMANN FEGELEIN

Cunhado de Hitler, casado com a irmã de Eva, Gretl Braun. Apelidado de "menino de ouro" por Himmler, de quem era *liaison officer*, foi levado por ele a trabalhar como representante da *Waffen SS* na casa de Hitler. Himmler, que lhe tratava como um filho, concedeu-lhe os melhores trabalhos (principalmente relacionados a cavalos), a melhor equipe e generosos orçamentos. Fegelein tornou-se o comandante da fazenda de cavalos da SS no Castelo de Fischhorn perto de Zell am See, na Áustria. A história mal contada — e bota mal contada nisso — diz que após Himmler tentar negociar a rendição aos Aliados no consulado sueco em Lübeck com o Conde Bernadotte, chefe da Cruz Vermelha, no dia 22 de abril de 1945, Fegelein teria sido capturado, embriagado, em seu apartamento em Berlim, aparentemente preparando-se para fugir para a Suécia ou Suíça com dinheiro e passaporte falsificado, com roupa civil e uma amante húngara. Após um julgamento sumário, teria então sido executado a mando de Hitler, no dia 28 de abril, aos 38 anos. Fato é que ninguém viu Fegelein sendo morto e muito menos um corpo. Outra vez, o mais provável é que tenha fugido para a Argentina com o seu suposto algoz "Gestapo" Müller. Nesse sentido, na página 514 do livro *Adolf Hitler* (1965), de John Tolland, há a informação de que os pais de Fegelein asseguraram a um agente de contraespionagem dos EUA que um mensageiro havia trazido notícias de seu filho e dizia que ele e Hitler estavam "bem e a salvo na Argentina".

ADOLF GALLAND

Piloto que recebe ordens expressas do bunker, no dia 29 de abril, para cobrir com toda a sua esquadrilha de caças Me-262 o corredor aéreo de Berlim à Dinamarca, rota alternativa que poderia ter sido utilizada por Hitler em sua fuga. Galland, que faleceu no dia 9 de fevereiro de 1996, aos 83 anos, trabalhou por sete anos como consultor da Força Aérea Argentina (de 1948 a 1955). Na reta final de sua estadia no país, foi condecorado com o crachá de piloto e com o título honorário de piloto militar da Argentina.

HANS-ULRICH RUDEL

Considerado por Hitler "o maior e mais corajoso soldado que o povo alemão jamais teve", Rudel foi o único a receber a mais alta condecoração militar por bravura entregue durante o Terceiro Reich: a Cruz de Cavaleiro da Cruz de Ferro com Folhas de Carvalho Douradas, Espadas e Diamantes. No dia 8 de fevereiro de 1945, foi gravemente ferido no pé direito, por uma granada em pleno voo, e teve a perna amputada abaixo do joelho. Voltou a voar menos de dois meses após, em 25 de março. Nos momentos finais da guerra, Hitler insiste que Rudel esteja a seu lado. No dia 19, se encontra com Hitler no bunker; nas primeiras horas do dia 20, é o primeiro a felicitá-lo por seu aniversário. Hitler lhe oferece o comando aéreo da defesa de Berlim, mas Rudel responde que, diante das circunstâncias, Galland seria o mais preparado. Decide voltar para Kummer, no *front* tcheco. No dia 25, é convocado novamente ao bunker. À espera de detalhes, parte com destino a Berlim na madrugada do dia 28 de abril, mas, pela manhã, recebe ordens para não pousar e desviar em direção à base aérea de Rechlin, a 100 km da capital alemã. No dia 8 de maio, se entrega junto com Adolf Galland às tropas dos Estados Unidos. É libertado em abril de 1946; e em 1948 migra para a Argentina, via uma *ratline*, saindo da Áustria e passando pela Itália. Em Roma, é auxiliado pelo bispo austríaco Alois Hudal, compra um passaporte falso da Cruz Vermelha, com o nome de "Emilio Meier", e pega um voo de Roma para Buenos Aires, onde chega no dia 8 de junho de 1948. Na Argentina, torna-se amigo íntimo e confidente de Perón, funda o *Kameradenwerk*, uma organização de ajuda aos criminosos de guerra nazistas e presta assessoria à Força Aérea Argentina. Com a ajuda de Perón, consegue contratos lucrativos com os militares brasileiros. Retorna brevemente à Alemanha Ocidental, em 1953, e filia-se ao *Deutsche Reichspartei*, partido político de extrema-direita, mas acaba não conseguindo uma cadeira no *Bundestag*. Após Péron sofrer um golpe de Estado, em 1955, Rudel é forçado a deixar a Argentina e muda-se para o Paraguai onde atua como representante estrangeiro para várias empresas alemãs. Torna-se muito próximo de Stroessner. Em 1957, viaja com Mengele ao Chile para se encontrar com Walter Rauff, o inventor da câmara de gás móvel. Em 1959, auxilia Mengele, que se encontrava em Buenos Aires, a fugir para o Paraguai após alertá-lo que a Alemanha Ocidental pedira sua extradição ao governo argentino. Em 1960, ajuda Mengele a fugir para o Brasil, apresentando-o ao apoiador nazista Wolfgang Gerhard, austríaco que morava no bairro do Brooklin, em São Paulo. No início dos anos 1960, Rudel, Schwend e Klaus Barbie fundam uma empresa chamada *La Estrella*, que emprega vários ex-oficiais da SS que haviam fugido para a América Latina. Através de *La Estrella*, entra em contato com Otto Skorzeny, que tinha sua própria rede de ex-oficiais da SS e da *Wehrmacht*. Até o fim, Rudel, que faleceu aos 66 anos, em 18 de dezembro de 1982, foi um feroz crítico dos Aliados ocidentais por esses não terem apoiado a Alemanha nazista em sua guerra contra a União Soviética. Rudel também residiu em São Paulo por algum tempo. Tinha inclusive um telefone brasileiro, número 32-08-93, que foi encontrado em um agenda telefônica que pertencia a Albrecht Böhme. Como dissemos mais acima, no dia 28 de abril, nas horas finais de Berlim antes de sua queda, Rudel envia um piloto desconhecido de sobrenome Böhme ao bunker, desde a base aérea de Rechlin, para evacuar soldados feridos em um sobrecarregado Ju-52, que levantou voo poucas horas após ter pousado em uma Berlim sitiada pelos soviéticos. É possível que Rudel e este mesmo Böhme tenham feito ainda um um último voo juntos, em agosto de 1959. Com Hitler (ou Eva)... já na Argentina.

ALBRECHT BÖHME

A princípio, um sargento piloto praticamente desconhecido, que durante quase toda a guerra nem sequer foi condecorado. Em uma foto, aos 36 anos, quando já havia sido promovido a tenente, exibe em seu uniforme um pedaço de fita nas cores preto, branco e vermelha costurada à farda característico dos agraciados com a Cruz de Ferro de segunda classe — uma condecoração concedida por bravura e outras contribuições no campo de batalha que foi entregue a 5 milhões de combatentes. A despeito de possuir um currículo bastante modesto, sabemos hoje que Albrecht Böhme pertencia ao grupo seleto de pilotos da KG-200 da *Luftwaffe*, chefiado por Baumbach, que acabou sendo fundamental na fuga de Hitler. Em 1951, Böhme chega à Argentina, mais precisamente ao sítio de uma tia que era dona de 80 hectares no povoado de Cervantes, ao lado do município de General Roca, no Vale do Rio Negro, na Patagônia. Para um militar sem muita relevância, é curioso saber que, em abril de 1954, ele recebe uma correspondência do ex-chanceler alemão Franz von Papen (1932) e vice-chanceler de Hitler (1933-34), que havia acabado de ser absolvido pelo Tribunal de Nuremberg. E que, no dia 20 de junho de 1956, uma carta, interceptada pelo serviço secreto da Alemanha Oriental, no aeroporto de Bonn, na qual o general alemão Walther von Seydlitz escreve que o encontro entre Hitler e um outro general, Heinrich Aschenbrenner, estava confirmado para acontecer em Córdoba, Argentina. Dizia a carta: "*[...] estive com o general Aschenbrenner e ele já me confirmou a sua viagem a Buenos Aires e dali a Córdoba para essa reunião com nosso amado e recordado camarada Hitler; me inteirei das urgentes reuniões que se realizam nos diferentes lugares deste país e pelo empioramento político que estão passando. Há poucos dias, recebi uma correspondência de Bitzer e ele me disse que se acomodou muito bem em Bariloche e que está muito emocionado por ter se encontrado com antigos camaradas que passaram por Istambul (todos falam da linda que é a Patagônia do Führer)*". Aschenbrenner era membro da Luftwaffe e muito próximo de Göring e de Rudel, que justamente entre os anos de 1948 e 1956 viveu em Córdoba. Böhme ainda viria a esconder Mengele em um sótão do seu sítio, de janeiro a junho de 1960. Ou seja, parece que Albrecht Böhme, que faleceu em General Roca, a 17 de outubro de 1986, aos 77 anos, não é uma figura tão irrelevante assim. O que nos leva a praticamente não ter dúvidas de que estamos falando do mesmo piloto Böhme enviado por Rudel a Berlim, numa operação de resgate, no dia 28 de abril.

3) SEGUNDO FUNERAL?

Patrick Burnside levou 10 anos para escrever *El escape de Hitler* (2000). Três deles, viajando pela Patagônia. O conteúdo da carta interceptada publicado acima está neste livro. Assim como a história a seguir — que também envolve Böhme.

Felisa Alsina, empregada doméstica e amante de Böhme, mulher simples de origem Mapuche, com quem teve três filhas (à época, ele era casado com Elfriede Lerch), conta que, a fins de outubro ou princípios de novembro de 1957, houve uma homenagem no sítio em que viviam para homenageá-lo por "algo grande que no passado havia feito pela pátria". Quando uma dezena de alemães já estavam reunidos, chegou um carro preto de onde desceram três homens e uma mulher. Um dos homens recebia ajuda dos outros dois porque tinha dificuldades de caminhar sozinho. Dentro da casa, a princípio se fez um silêncio e em seguida foram abrindo caminho para que o grupo passasse. Felisa conta que os homens estavam emocionados, se colocaram em posição de sentido e levantaram os braços para saudá-lo silenciosamente. Todos, inclusive Böhme, ficaram com os olhos cheios de lágrimas. O homem, um pouco manco, arrastava uma perna e aparentava uns 70 anos, e a mulher, ao contrário, uma loira de rosto rechonchudo aparentava ser uns 25 anos mais jovem do que ele. Com Böhme, este homem conversou por mais tempo do que com os demais. Felisa diz que não a apresentaram ao casal, mas recorda, com gosto, que o homem aceitou uma torta de maçã que havia preparado, manifestando que havia gostado com um gesto. Também recorda que o homem não quis tomar nem vinho, nem cerveja. Preferindo um chá de ervas que ela mesma preparou. O casal ficou lá 1h30. Felisa conta que esta noite Böhme não pôde dormir. E, no dia seguinte, lhe perguntou o porquê. Ele, então, lhe mostrou um livro com fotos de Hitler. E ela lhe perguntou se o senhor que havia estado no sítio era o mesmo do livro. Ao que Böhme, ainda muito emocionado, lhe confirma que sim.

Um ano e meio depois, em julho/agosto de 1959, um alemão que sempre visitava o sítio, veio buscar Böhme, dizendo que Hitler tinha morrido e que ele tinha que pilotar um pequeno avião até Buenos Aires. Böhme voltou após duas semanas e não lhe comentou nada, mas Felisa crê que foi para trasladar o corpo.

Eugenia Schaffer, amiga de Böhme por décadas, corrobora a história de Felisa, assegurando que, no final dos anos 1950, Böhme se encarregou do traslado aéreo dos restos mortais de Hitler. "Böhme teve que ir buscá-lo porque Hitler estava muito doente. Teve que voar com urgência em direção ao Sul e, enquanto se montava essa operação de ajuda, Hitler morreu em um lugar onde não posso precisar". Eugenia diz que Böhme cumpriu esta missão junto a Rudel. "Hitler morreu no traslado mesmo, seu estado de saúde era muito ruim. Böhme me contou que Mengele esteve presente nos últimos momentos do Führer e que sua última residência foi uma remota estância ao sul da Patagônia, da qual o cadáver de Hitler foi evacuado para um destino desconhecido".

Estaríamos aqui mais uma vez diante de uma cortina de fumaça? Deu certo uma vez, por que não daria uma segunda? Uma segunda morte forjada de Hitler como contrainformação para confundir os serviços de inteligência que neste momento fechavam o cerco na Argentina? Como no caso de Mengele que quase foi pego por uma agente judia do Mossad em Bariloche? Nurit Eldoc, que havia sido esterilizada pelo próprio Mengele em Auschwitz, em 1944? E que, no fim, acabou empurrada por ele do *cerro* López em 1960? Ou como Eichmann, que, apenas três meses depois da morte de Nurit, foi sequestrado pelo Mossad levando-o para Israel para ser julgado?

Se, de fato, houve uma morte, talvez, faça mais sentido imaginar, levando em conta a informação dada por Nym de que Eva morreu em 1959, de que Böhme e Rudel tenham voado com os restos dela — e não com os de Hitler. Ainda que outros sustentem que Eva se separou de Hitler também por essa época e foi viver com seus filhos no bairro Recoleta, um dos mais caros de Buenos Aires.

Dúvidas não parecem restar, ao menos, de que estamos falando do mesmo Böhme. Daquele que, no dia 28 de abril, enviado por Rudel, foi capaz de realizar a façanha de pousar em uma Berlim sitiada pelos soviéticos e poucas horas depois levantar voo, com o seu Ju-52, cheio de soldados feridos. E o homem que recebeu a homenagem de Hitler, em seu sítio, por seus "serviços prestados a *Vaterland*". Além do fato de que, para a história do seu Fernando ser verdadeira, estaríamos falando, ao menos, em dois funerais.

4) HERMANN "DA FEIRA"

A versão oficial dá conta que uma das tarefas finais dadas por Hitler a "Gestapo" Müller antes da queda de Berlim foi a de interrogar Hermann Fegelein no bunker antiaéreo da então Igreja da Santíssima Trindade — onde muitos membros da Gestapo e da SS, entre eles o próprio Müller, viveram os últimos dias da guerra. A "história" conta que Fegelein foi executado depois de um julgamento sumário, ninguém sabe muito bem por quem, nem onde. Fato é que os corpos de ambos, Müller e Fegelein, nunca foram encontrados.

Lembro-me que, em 2007, quando cheguei de nossa visita à feira da Cidade Dutra, fui pesquisar na internet todos os oficiais nazistas que tivessem Hermann no nome. Muitos vão dizer: "Ah, tá! E você acha mesmo que ele ia te dizer o próprio nome (verdadeiro)". Veremos. Lembro também de imediatamente memorizar alguma fisionomia parecida entre pessoas que eu conhecesse para que eu não esquecesse do seu rosto. Aliás, até hoje, tenho guardada uma foto do pai de um amigo italiano que se parecia um pouco com ele dentro de uma pasta com documentos de nossa pesquisa.

À época, minha primeira reação quando me deparei com a foto de Hermann Fegelein na internet foi a de "Bingo! Não acredito. É ele!". Com o seu rosto ainda fresco na minha cabeça, sem pestanejar um segundo, tive a certeza de que se tratava dele. Passaram-se poucos minutos até que o calafrio que percorria todo o meu corpo, começasse, a contragosto, a se dissipar — afinal, a Wikipedia me dizia que ele não só havia "morrido no bunker" como também havia nascido em 1906. Ou seja, aquele homem, de 1,80 metro de altura, com quem eu havia conversado na feira, teria que ter exatos 100 anos. E ele aparentava ter uns 10 anos a menos.

Mas "o diabo mora nos detalhes", diz o ditado — de origem alemã por sinal. Hoje, passados 14 anos daquele encontro e com o aporte de novas informações que se entrecruzam, o improvável torna-se mais possível do que nunca. Lembremos 1) que a versão de que Fegelein fugiu do bunker junto com Hitler e Eva, em um avião de quatro lugares, e que depois pegou outro voo, no qual "Gestapo" Müller junta-se a eles, parece muita redonda para ignorarmos; 2) que Himmler, ao tecer comentários quanto à aparência de Fegelein, dizia que este, mesmo aos 38 anos, possuía "um rosto juvenil" — o que torna um pouco mais plausível que um homem de 100 aparente ter 90 anos, ainda mais considerando as plásticas as quais deve ter se submetido; 3) que os pais de Hermann Fegelein receberam a notícia de que ele e Hitler estavam "bem e a salvo na Argentina" em meados dos anos de 1960; 4) e, por fim, que seu irmão seis anos mais novo, Waldemar, tinha muito orgulho em continuar a usar o sobrenome verdadeiro no pós-guerra e até a sua morte, aos 88 anos, perto da cidade de Ulm, na Alemanha. Isso mesmo, você leu Ulm. A mesma região de onde vem o Hermann "da feira", que também pronunciava com um certo orgulho o seu nome. Ulm, a mesma região de onde vem Hermann Fegelein, um senhor de 1,80 metro que nasceu em Ansbach, a 100 km de Ulm.

Bom, se esses "detalhes" terminassem aí, este livro já teria cumprido o seu papel de deixar os leitores se perguntando se o Hermann "da feira" era, na realidade, o próprio Hermann Fegelein. Porém, a história continua. Quando este livro já estava em processo de edição, me deparei no Facebook com um post publicado pelo investigador argentino Jorge Pedro Bordón, da Província de Mendoza, que dizia:

"Precisamos saber mais sobre a propriedade de Otto Plantz e sua esposa Bertha. É possível que Otto, que também é Hermann Fegelein, tenha também usado outros sobrenomes [...]. Otto trabalhou como gerente do Banco Alemão Transatlântico, o banco do sempre presente Ludwig Freude. Parece que entre suas muitas atividades, ele também estava encarregado da distribuição da pensão *Kameraden* (aposentadoria para os membros fugitivos da antiga SS). Em sua casa na Rua Sarmiento, 1875, em Olivos, Buenos Aires, Mengele permaneceu por dois meses, enquanto trabalhava na Roche. Especificamente precisamos saber se ele é o proprietário da casa, se ele a vendeu (talvez, em 2003), se há algum herdeiro e se alguém se lembra dele em sua velhice. Ele deixou a Argentina em 2003, com 97 anos de idade, com destino ao Brasil. Se alguém quiser descobrir, peça-me fotos de Otto em sua velhice..."

Sim, eu pedi as fotos. E, sim, as fotos batem. Para entender como Jorge Pedro Bordón havia conseguido a foto, entrei em contato com ele mais algumas vezes.

[PERGUNTA] Como o senhor conseguiu essas fotos?
O seu sobrinho-neto me enviou. A princípio, o rapaz, Juan Pablo Ruppel, aparentava querer descobrir quem era na realidade o seu tio-avô. Durante oito meses, mantive contato com ele e ele me enviou várias fotos de sua família. Até o dia em que eu lhe disse: "você sabe que o seu tio-avô é o Hermann Fegelein, né?". Daí, ele nunca mais me escreveu e desfez nossa amizade no Facebook.

Mas, para ele, então, quem era o seu tio-avô?
Ele o conhecia pelo nome de Hans Ruppel — um dos outros nomes que Hermann Fegelein usava, além de Otto Plantz ou Otto Pantz. O seu tio-avô, antes de se mudar para o Brasil, em 2003, enviava anualmente dinheiro para ele e para o seu "tutor", um ex-sargento da divisão *Totenkopf* de nome Horst Schmidt, falecido em 2014. Schmidt, que havia combatido ao lado dos irmãos Fegelein, havia virado uma espécie de pai adotivo do menino quando o seu pai biológico, o filho de Waldemar Fegelein, o abandonou.

E por que ele entrou em contato com o senhor?
Ele conserta ventiladores em uma pequena cidade chamada Azul, a uns 300 km de Buenos Aires, e está em dificuldade financeira. No fundo, ele queria saber quem era o tio-avô dele para poder requerer alguma herança, porque já havia um tempo que ele havia parado de receber dinheiro dele. Tanto é que Juan Pablo começou a vender lentamente peças únicas do nazismo que o seu tio-avô deixou com ele, como armas da coleção pessoal de Hitler. Aliás, uma delas, a de maior valor, uma pistola Parabellum calibre 45 número de série 05, legalmente registrada na Argentina por Ruppel, acabou sumindo após uma batida policial em sua casa.

E como o senhor associou Hans Ruppel a Otto Plantz?
Quando o sobrinho-neto herdou as armas, com elas vieram as fichas detalhadas de cada uma. Então, ele me disse o nome do dono de uma delas, Otto Pantz. Na hora, lembrei-me que eu já havia visto esse nome antes em uma nota de alguns anos atrás em que dizia que esse homem havia emprestado uma casa, em Buenos Aires, a Mengele, quando este último trabalhou por alguns meses no laboratório Roche. Perguntei aos investigadores Héctor Amueto e Marcela Farelo Lamela, que haviam escrito a nota, e eles me deram o mesmo nome. Há poucos dias, outro investigador, Diego Rodriguez Monrreale, conversou com os vizinhos da casa e confirmou que ela era de uma família alemã. Mas, algo mais importante, é que eles sempre se locomoviam em um Mercedes-Benz. E Juan Pablo me disse que toda vez que o seu tio-avô o visitava ele vinha com um motorista e em uma Mercedes-Benz. Héctor Amueto, por sua vez, me confirmou que

Otto trabalhava como gerente para o Banco Alemão Transatlântico, que tinha como principal acionista e presidente Ludwig Freude, pai de Rudolf "Rudi" Freude, chefe da "Gestapo" argentina durante os 9 anos do governo Perón. Para mim, após a morte de Martin Bormann no Paraguai, Hermann, que já na época do bunker era muito próximo de Bormann, também se transforma no administrador dos fundos de Hitler, das ações de ouro da Hermann Göring Werke, fábricas H.G.W., conglomerado de armamento durante a guerra composto por 180 empresas, que curiosamente seguiu funcionando com o mesmo nome até os anos de 1970. Hitler e Bormann "compravam" parte do armamento para eles próprios e Fegelein participava em muitos negócios envolvendo tanques.

E como o senhor descobre que Otto Pantz também é Hermann Fegelein?
Uma das fotos que o sobrinho-neto me enviou era do irmão de Hermann, Waldemar Fegelein, um pouco mais velho. Quando lhe perguntei quem ele era, ele disse que não sabia, mas que pensava ser parente de sua avó. Naquela época, eu sabia que havia uma geração sobrando em sua árvore genealógica e eu descobri o porquê. Ele me mostrou um livro de Certidões de Nascimento, com carimbos numéricos usados pela "cobertura VIP" — um programa do governo argentino que permitia hospedar e incluir um refugiado alemão a qualquer família alemã que vivesse na Argentina como se ele fosse um filho dessa família. Segui o número do carimbo e cheguei a uma mulher nascida em 1931. Desse modo, os dois irmãos, Hermann e Waldemar, começam a fazer parte da família Ruppel. Mas a confirmação final veio quando passei uma das fotos que havia recebido em um programa de reconhecimento facial, que me foi indicado pelo investigador Pablo Thomasset Trakalo. Os rostos de dois dos sete homens que aparecem na foto bateram com os rostos de Hermann e Waldemar. Ao lado deles, também aparece o tutor Horst Schmidt. Nesse processo, o estudo de traços em forma comparativa feito por Nalu Kai Makani foi determinante.

E o que o Schmidt falava para Juan Pablo?
Que eles haviam vindo de submarino com Hitler e mais 50 pessoas.

Ele, Hermann, Eva, entre outros, haviam desembarcado na Patagônia em 1945. E que a coleção de armas havia vindo depois, em 1948.

E o sobrinho-neto nunca mais viu o tio-avô?
Ele me confirmou que o tio-avô vendeu tudo em 2003 e foi para o Brasil. Que ele ligou várias vezes e a pessoa que atende o telefone não passa o telefone para o tio-avô. Apenas lhe diz que vão abrir uma conta em seu nome para que ele possa viver melhor. Desde então, ele nunca mais o viu ou conseguiu falar com ele.

Em 2003, Hermann teria 97 anos...
Sim, mas sempre aparentou menos. Havia feito algumas cirurgias plásticas. Olha, eu também encontrei um agente do BND, o serviço secreto da Alemanha Ocidental, que garante que os restos mortais de Hitler foram trasladados da Patagônia para o Paraguai.

Como assim?
Sim, um lituano que veio para a Argentina após a guerra e fazia parte da Organização Gehlen [agência de inteligência precursora do Serviço Federal de Inteligência da Alemanha Ocidental (BND) chefiada por Reinhard Gehlen, chefe da inteligência militar nazista alemã na Frente Oriental durante a Segunda Guerra. Criada em 1946 pelas autoridades dos Estados Unidos que ocupavam a Alemanha, a organização Gehlen era constituída por ex-membros do 12º Departamento do Estado-Maior Geral do Exército Alemão, conhecido como Exércitos Estrangeiros do Leste].

O senhor está dizendo que a Alemanha Ocidental pediu que os restos mortais de Hitler fossem levados da Argentina para o Paraguai? Por que não para a Alemanha?
O BND levantou essa hipótese, mas a ala ultra-direita do Paraguai era mais estável. Eu tenho documentos de 1961 que mostram que o Paraguai passava todas as informações sobre Bormann e Mengele para o serviço secreto da Alemanha Ocidental. Eles sempre souberam onde estavam os criminosos de guerra, até mesmo o cônsul alemão no Paraguai pagava a pensão de Bormann (em mãos).

Temos a informação que Böhme e Rudel voaram com os restos de Hitler...

Bom, o Böhme também era um agente do BND... Fato é que Hitler morreu entre 1972-1973, mas seus restos mortais são trasladados um tempo depois.

Nós temos o testemunho de um sargento reformado do Exército brasileiro que garante que Hitler morreu em 1971 e que foi sepultado uma segunda vez em 1º de janeiro de 1973.

Quanto à data, pode ser um ano antes ou depois, nunca pudemos confirmar exatamente. Nem sabemos quanto tempo passou desde sua morte até o traslado. Mas as tuas datas batem com as minhas.

Enfim, ao longo dos anos, vamos percebendo que toda esta história é um enorme quebra-cabeça, que envolve muita pesquisa e uma boa dose de sorte. Foi por acaso que me deparei com o post que citava Hermann no Facebook enquanto mexia no celular durante o café da manhã. Aliás, já ia passando despercebido quando meu dedo parou exatamente onde aparecia o nome Hermann Fegelein. Comecei a ler o post e lá no último parágrafo fiquei paralisado, em choque. Porque sempre tive a certeza que o Hermann que vi na feira em 2007 era Hermann Fegelein, mas o fato de que teria que ter 100 anos de idade, me fez abandonar meu instinto. Quando li no post que, sim, ele estava vivo em 2003, à época com 97 anos de idade, e mais que ele teve como destino o Brasil, tudo fez sentido novamente. Depois, quando tive acesso à foto dele mais velho, o seu olhar penetrante voltou à minha mente como um raio. Mas isto só foi possível, outra vez, por uma mistura de vaidade de Hermann, que, assim como o seu irmão Waldemar, nunca se privou de portar o seu nome verdadeiro, mesmo que fossem partes dele nos diversos nomes falsos que teve. Sem esse detalhe, eu nunca suspeitaria quem era esse homem... por tabela, nunca chegaria ao post de Jorge Pedro... e nunca chegaria à foto dele mais velho. Vejamos, **Hans** Georg **Otto Hermann** Fegelein é o seu nome inteiro. **Hans** Ruppel é Fegelein; **Otto** Plantz é Fegelein. O **Hermann** "da feira" é Fegelein? Veremos...

Uma coisa é certa. Que graça tem enganar alguém por tanto tempo, nesse caso o mundo todo, se um dia a verdade não for descoberta? É tipo aqueles filmes em que o criminoso vai deixando de propósito pistas pelo caminho — porque, no fundo, inconscientemente, ele quer que as pessoas descubram a façanha que ele foi capaz. E quanto mais velha a pessoa vai ficando, mais ela tem a perder. Imagine morrer sem ninguém ter descoberto o quão "safa" essa pessoa foi? Não nos esqueçamos que Mengele, após obter uma cópia de sua certidão de nascimento através da embaixada da Alemanha Ocidental, em 1956, recebeu uma autorização de residência estrangeira na Argentina utilizando o seu nome verdadeiro. Aliás, o mesmo se dá com o nome do hotel em que Hitler estaria enterrado. Parece ser uma clara homenagem a um dos lugares por que Hitler passou em sua rota de fuga.

Tudo é questão de tempo. Dentro de uns 10 anos, o mundo vai saber que não só Hitler escapou. Mas também Eva, Hermann, Müller, Bormann... para não nomear outros, como Goebbels, sua esposa Magda e ao menos duas de suas crianças (há um diálogo entre Magda e a cozinheira do bunker publicado pela imprensa da época em que ela diz: "Que dilema para uma mãe ter de escolher apenas dois de seus filhos, pois não há lugar para todos"). Aliás, há a suspeita de que Fegelein tenha trazido crianças e uma mulher que se assemelhasse à Eva Braun para servirem de sósias no teatro, desculpem-me uma vez mais os profissionais do teatro, montado no bunker de Berlim, quando de sua última visita ao campo de concentração de Ravensbrück — onde os uniformes da SS, assinados por Hugo Boss, eram confeccionados —, que reunia majoritariamente mulheres e crianças, na sua maioria polonesas.

Fato é que já há alguns anos estão "amaciando a carne"... Não é à toa que estamos cada vez mais expostos a séries que tratam do assunto, como *Hunting Hitler* e a mais recente superprodução *Hunters*. Mas essa história ainda precisa muitas vezes ser tratada de forma alegórica, como em *Hunters*, numa mistura de Tarantino e *Os Vingadores*, para que, pouco a pouco, as pessoas comecem a conceber a ideia, a aventar a possibilidade real de Hitler não ter se suicidado — e, pior, de terem sido enganadas por 75 anos. A última cena da primeira temporada de *Hunters* é prova disso: Hitler aparece na Argentina na década de 1970.

A série também cumpre seu papel ao introduzir para um público mais amplo não só a *Operação Paperclip*, criada pelos Estados

Unidos para acolher cientistas nazis nos dias finais da guerra, quanto também o envolvimento da Nasa e o papel da Cruz Vermelha na emissão de passaportes falsos usados pelos oficiais nazistas que fugiram. As cenas em que mostram nazistas fugitivos comprando melões na feira — como também vimos na Cidade Dutra — não são apenas ficção... Dentro de uns 10 anos, nenhum hierarca nazi, a exemplo de Hermann Fegelein, vai estar mais vivo. E é somente aí que os documentos secretos dos serviços de inteligência, que confirmam essa história, vão ser finalmente desclassificados. Como dissemos, até mesmo a Alemanha deve fechar o seu escritório de "caça-nazistas" em 2025. Até lá, talvez, ainda encontremos algum jovem, à época da guerra com 19 anos, que tenha sido guarda de campo de concentração — como Friedrich Karl Berger, atualmente com 95 anos, que em fevereiro de 2021 foi extraditado dos Estados Unidos para a Alemanha. Mas hierarcas e oficiais do círculo íntimo de Hitler, não. Enquanto isso, nos resta apenas esperar que seus descendentes, por fama, vergonha, ingenuidade ou dinheiro, comecem a contar seus segredos de família ou a vender sua memorabilia.

Quanto a Fegelein, a confirmação de que forjou sua morte em 1945 e que, ao menos até 2007, estava vivo no Brasil, torna ainda mais factível a fuga de Hitler, já que no "teco-teco" de quatro lugares que decolou de Berlim na noite do dia 28 para o 29 de abril de 1945, estavam, além do piloto Ernst Baumgart, o próprio Hermann, Hitler e Eva. Corrobora também a suspeita de Hermann ter fugido com o seu alegado algoz "Gestapo" Müller, que, aliás, em outra perna da fuga, substituiu a Baumgart como piloto do mesmo Me-108B-1 Taifun, que levava Hermann, Hitler e Eva agora em direção à fronteira com a Áustria — e que também acabaria na Argentina. Afinal, quem teria acesso à coleção pessoal de pistolas de Hitler se Hans Ruppel ou Otto Plantz não fossem o próprio Fegelein, o uma vez cunhado de Hitler?

Não é fácil aceitarmos a possibilidade de a realidade superar a ficção. O mesmo sucede com todos que pela primeira vez tomam contato com essa história: um misto de espanto e negação. A dificuldade para assimilarmos que tudo isso seja verdade é que, no fundo, queremos acreditar que o "monstro" morreu no bunker... Que foi covarde... Que, com o seu suicídio, a humanidade foi vingada. De fato, não nos será fácil aceitar que Hitler escapou de Berlim. Ainda mais em um "teco-teco" junto com Hermann Fegelein, que parece ter terminado os seus dias, já centenário, em uma feira de rua da Cidade Dutra. De fato, não nos será fácil aceitar que Hitler veio a falecer nos Trópicos, aos 81 anos, no dia 5 de fevereiro de 1971. Ainda mais que se encontra enterrado embaixo de um hotel alemão no Paraguai.

o

São Paulo, ██ de ███ de ██████

R.: 0433 – Sec.: 088-F – Confidencial

Anne Spoerry foi por muitos anos uma médica suíça famosa que cuidava de pobres no Quênia, Lá, onde muitos a veem como uma santa, as pessoas a conhecem como "Mama Daktari" ("Doutora Mamãe"). Dizem que cuidava de 20 mil pacientes por ano e que poucos salvaram tantas vidas na África como ela, diz uma matéria do site swissinfo.ch.

Em sua autobiografia, publicada cinco anos antes de morrer, Anne escreve, bem en passant, que durante os anos da guerra foi internada no campo de concentração de Ravensbrück, onde ficou por mais de um ano – por seu envolvimento com a Resistência Francesa quando do seu período de estudante de medicina em Paris. Em 1948, teria começado uma nova vida, na África Oriental, devido às lembranças que tinha de Ravensbrück.

Porém, em 1999, um ano após a sua morte, seu sobrinho, Bernard Spoerry, encontrou uma pilha de papéis no cofre da tia. Um dos documentos era uma lista de nomes compilada pelos Aliados ocidentais. Nele, estavam fugitivos suspeitos de terem cometido crimes de guerra até 1945. Oito suíços e uma suíça foram incluídos na lista. A suíça era Anne Spoerry: "procurada por tortura".

Em Ravensbrück, como médica prisioneira, Anne havia se tornado responsável pelo atendimento no seu pavilhão assim que chegou. Mas, de acordo com a acusação de um processo aberto contra ela na Suíça em 1947, Anne, em vários casos, fez o contrário do que se espera de um médico: ela maltratou outras mulheres, enviou-as para a morte e as assassinou.

021/31-12/KXP

CAPÍTULO 12

No final das contas, a verdade não vem à tona mais rápido porque ninguém leva a sério a história das "pessoas comuns" — quando deveria ser justamente o contrário. Diante delas, todo o cuidado é deixado de lado pelos nazistas que conseguiram fugir, por presumirem que os "serviçais" nem os conhecem ou por terem a certeza de que, além de ridicularizadas caso abram a boca, eles não têm poder para fazer nada. Afinal, quem vai lhes dar ouvidos.

As testemunhas têm o mesmo padrão. É a atendente do posto de gasolina, a empregada, o carpinteiro, Nym ou ainda Aubrey Temples, o jovem prisioneiro de guerra dos EUA que escreveu sua história, em 2013, no livro *Seeing Hitler: WWII Eyewitness Account of Aubrey M. Temples*. Assim que foi libertado, no dia 2 maio de 1945, Temples chegou a entregar a um major dos EUA um relato escrito detalhando como havia visto Hitler fugir num teco-teco. A princípio, o major disse que estava interessado em sua história e chegou a lhe prometer que faria com que seu testemunho chegasse às mãos do general Eisenhower. Foram necessários 73 anos até que alguém, no caso o autor Peter David Orr, se interessasse de fato pelo seu relato e fosse atrás de sua confirmação. Na mesma lógica, chega também a ser curioso que o seu Fernando tenha a "simples" patente de sargento — a mesma do piloto Böhme.

Ao analisar os testemunhos em uma linha do tempo cronológica, fica evidente que Hitler passou a maior parte dos primeiros dez anos na Argentina. Talvez, tenha vindo a Cambé logo após desembarcar na Patagônia, para se sentir mais seguro, após Stalin anunciar ao mundo que sabia onde o Bigode se encontrava. E é bem provável que tenha retornado a Cambé, entre agosto de 1954 e setembro de 1955 — quando Juscelino se inteirou de sua presença no Brasil. Agosto de 1954 refere-se à última vez que Hitler foi visto com o nazista croata Ante Pavelic, em Mar del Plata, Argentina, de acordo com testemunho coletado pelo jornalista argentino Abel Basti. E setembro de 1955, ao mês e ano que o historiador paraguaio Mariano Llano garante que Hitler entrou no Paraguai. Há também a coincidência de que 1954 foi o ano em que, em 23 de novembro, a provável residência de Hitler em Inalco, à beira do lago Nahuel Huapi, na Patagônia, foi transferida para uma sociedade anônima.

De acordo com Llano, Hitler foi para o Paraguai logo após Stroessner ter recebido Perón — que acabara de sofrer um golpe de Estado. Ainda segundo ele, o Führer teria entrado pela cidade de *Encarnación*, a 150 km da fronteira com o Brasil, e vivido no país até a sua morte, por volta de 1974. As conclusões de Llano se baseiam em documentos e entrevistas com civis e militares paraguaios que integravam uma loja maçônica simpatizante do nazismo na década de 50 e ocupavam postos-chave nos círculos do poder, assim como no testemunho da enfermeira de um hospital de imigrantes alemães situado na região do Chaco, oeste do país.

Mas por que os Aliados ocidentais decidiram mantê-lo vivo mesmo tendo conhecimento de que escapara e sabendo vagamente do seu paradeiro? Como comenta Patrick Burnside, Hitler funcionava como uma carta na manga numa futura guerra contra os soviéticos. Bastaria um chamado seu pelo rádio para reagrupar milhões de alemães do ex-Terceiro Reich, que ficaram atrás da Cortina de Ferro, e que prontamente estariam dispostos a lutar ao lado dos Aliados para libertar a Alemanha de uma eventual ocupação comunista. Com o seu comando, seria possível não só deter uma invasão, mas derrubar a DDR (a Alemanha Comunista) ou até mesmo desarticular o Pacto de Varsóvia.

o

Para facilitar meu trabalho com A Agência, sugeri ao Mané que ele me preparasse uma lista no estilo daquele jogo do foguete do Sílvio Santos, que as crianças tinham que gritar "Sim!" ou "Não", sem escutar o que estava sendo oferecido.

— Mané, e se a gente, quero dizer você, fizesse uma lista, uma espécie de "Bingo!" da entrevista do seu Fernando, separando as informações que ele nos passou entre 1) comprovada, 2) não comprovada, mas faz sentido e 3) não comprovada?

— Tipo isso?

Comprovada:

1. O endereço é hoje de um hotel alemão, de propriedade da *Ayuda Social Germano Paraguaya*.
2. A existência do restaurante de comida alemã *Caballito Blanco* em Assunção.
4. Gregório Bezerra esteve em Londrina em 1955.
5. Juscelino esteve em Cambé em junho de 1955.
6. Seu Fernando frequentou o ginásio estadual de Londrina em 1955.
7. Paulo Corenchuck trabalhava para a Missão Novas Tribos em Manaus.

Não comprovada, mas faz sentido:

1. A probabilidade de o seu Fernando não ter estado em Assunção, em 1973, é bem remota. Sem acesso à internet, ele não teria como inventar os detalhes que nos forneceu. Ainda mais quando ele desconhecia que a "rua" onde esteve, passados 34 anos, havia virado uma "avenida" e o local um hotel alemão.
2. A data da morte de Hitler, aos 81 anos, no dia 5 de fevereiro de 1971, bate com a queda brusca no número dos informes do FBI em 1972. Com o ano estimado por Llano, por volta de 1974; e com os depoimentos de Nym, que garante tê-lo visto em um jantar em Assunção em 1967, e de Perciavalle, que o teria visto em Bariloche em 1969.
3. A solenidade, sendo na prática um segundo funeral para Hitler, faz sentido, diante de diversas informações que falam do traslado do corpo e corroboram o testemunho de Fernando que ouviu "em fevereiro [de 1973], vão fazer dois anos que o Führer nos deixou!". Ou seja, o lapso de tempo entre a morte de Hitler e o traslado dos seus restos mortais parece, de fato, ser de dois anos: ainda mais quando rumores dão conta que um primeiro enterro de Hitler se deu na cidade de Los Antiguos, na província de Santa Cruz, na Patagônia argentina na fronteira com o Chile, de onde

o seu corpo teria sido desenterrado e trasladado após um curto período de tempo.

4. O gerente proprietário do hotel pertence a uma das famílias mais tradicionais da Colônia Independência, sede da fundação do Partido Nazista no Paraguai, em 1928. É capaz que, na prática, o hotel seja propriedade da colônia, por meio da associação *Ayuda Social Germano Paraguay*.
5. É possível que Hitler tenha vivido um tempo na colônia alemã de Cambé em dois períodos. Em um primeiro momento, de agosto de 1945 até fevereiro de 1948. E, depois, de novembro de 1954 até setembro de 1955.
6. A ida de Lott a Cambé é factível.
7. Faz sentido que Hitler tenha saído do Brasil em direção ao Paraguai em fins de 1955. Mariano Llano fala especificamente "em setembro de 1955". De acordo com o historiador, Stroessner deu refúgio a Perón depois de este ser derrubado em setembro de 1955 e Hitler teria vindo logo atrás dele. Stroessner, filho de um imigrante alemão da Baviera, havia chegado ao poder no Paraguai em agosto de 1954, mesmo mês e ano que Vargas se suicidou.
8. Apesar de não haver provas, faz sentido que famílias da colônia tenham se deslocado para o Paraguai e para o bairro Cidade Dutra, onde nos deparamos com o Hermann "da feira".
9. O exame de DNA do crânio de 2009 é mais um indício que Hitler não se suicidou no bunker.
10. Faz sentido que Hitler tenha escapado na noite do dia 28 de abril de 1945 como sustenta Fernando (a data bate com diversas versões para a fuga).
11. Faz sentido também que Hitler tenha feito a travessia do Atlântico dentro de um submarino e desembarcado na Patagônia argentina por volta do dia 20 de junho, como diz o informe do FBI. O tempo de viagem saindo das Ilhas Canárias até lá bate perfeitamente com essa data. Seu Fernando fala de um comboio de 8 submarinos. O historiador argentino Carlos De Nápoli fala em 10 (contando os dois que se entregaram). Wilfred von Oven, biógrafo de Goebbels e amigo de Hanna Reitsch, interpelado pelo autor Patrick Burnside em Buenos Aires, disse que foi um comboio de três submarinos.

12. É possível que a relação entre Paulo Corenchuck e Harald Ernst tenha se dado por meio da Missão Novas Tribos.
13. É provável que Hugo Müller, o austríaco que Fernando conheceu no Brooklin, seja o mesmo Hugo Müller, chefe da *Uschla* do círculo do Rio Grande do Sul, expulso do Brasil em 1938. Lembremos que, de acordo com um informe do FBI, Hitler foi visto na Praia do Cassino, município de Rio Grande, área que uma vez esteve sob a alçada de Müller.

Não comprovada:

1. A existência de Harald Ernst. Não encontramos o seu dossiê no ginásio estadual de Londrina — apesar de termos sido informados que sua pasta pode ter sido extraviada quando a escola mudou de endereço. À pergunta mais cara de nossa pesquisa: "Por que Harald, um garoto de 12 anos quando conheceu e se despediu de Fernando, iria chamá-lo para uma cerimônia tão restrita cerca de 18 anos depois?", só podemos dizer que, se verdade for, é uma daquelas coisas, segredos, dívidas que temos, que quando crianças, compartimos com nosso "grupo de iguais". Ou que o pai de Harald Ernst seja, na realidade, Bruno Gesche, o penúltimo comandante dos guarda-costas pessoais de Hitler — o que explicaria o acesso de Fernando a uma cerimônia tão restrita, já que o convite só poderia ter partido de alguém do círculo íntimo do Bigode.
   Corrobora tal possibilidade não só a aparência de Bruno Gesche, que é a cara do ator Max von Sydow — o ator do filme do Bergman citado por seu Fernando —, como também o fato de este ter sido o guarda-costas preferido de Hitler, que o tinha em grande estima por ser considerado um *"Alte Kämpfer"*, um amigo de longa data, que havia se filiado ao Partido Nazista nos seus primórdios, em 1922.

GUARDA-COSTAS

Hitler sempre encontrava uma maneira de proteger o seu velho camarada Bruno Gesche, punido várias vezes por Himmler por conta de seu alcoolismo. Em uma dessas vezes, em 1942, Bruno acaba por perder o seu posto e é enviado à frente de batalha, vindo a ser ferido em combate (outro detalhe que Fernando também recorda quanto ao pai de Harald). Em dezembro do mesmo ano, Bruno volta a comandar os guarda-costas pessoais de Hitler, mas a poucos meses do fim da guerra, perde o seu posto mais uma vez. Chega a ser curioso que quem o protege agora seja justamente Hermann Fegelein. Teriam os dois se encontrado por essas bandas após a guerra? O que sabemos é que, diferentemente de Hermann, Bruno acabou se rendendo às tropas dos EUA estacionadas na Itália no final da guerra, tendo ficado preso até 22 de março de 1947. Após essa data, ninguém sabe para onde foi e o que fez, sendo a última informação conhecida a de que morreu em 1980, com a idade de 75 anos. Em 1974, na que parece ser a única entrevista que deu em sua vida, Bruno disse ao historiador John Toland que ele e Hitler sempre conversavam sobre uma paixão em comum: carros e motores (o que também bate com o lembrança de Fernando de que o pai de Harald tinha "um carro daqueles" para a época).

Contra a possibilidade de Bruno ser o pai de Harald pesa o fato de a história oficial registrá-lo como sendo pai de apenas duas meninas, Frigga (nascida em 1938) e Uta (de 1939), sem que haja a menção a um menino nascido entre 1942-1943 — que seria o caso de Harald. A despeito disso... seu Fernando diz reconhecer Bruno Gesche como sendo o pai de Harald, após termos lhe mostrado diversas fotos de Bruno ao lado de Hitler.

Há também a possibilidade de que Harald seja filho de Franz Schädle, último comandante dos guarda-costas pessoais de Hitler, o substituto de Bruno Gesche nos meses finais da guerra. Ele também, em menor escala, lembra o ator do *Sétimo Selo*. Ele também foi ferido; no seu caso, na defesa do bunker, no dia 28 de abril de 1945 — ou ao menos essa é a incrível história contada, já que, mesmo de muletas, dois dias depois, teria ajudado a carregar o corpo de Hitler pelas escadas do bunker até o seu jardim, estando presente no momento da incineração. Dele também falam que, assim como Hitler, se suicidou com um tiro na cabeça. No seu caso, por não querer ser um estorvo que pudesse atrasar a fuga de seus colegas diante do cerco do Exército Vermelho. Mas que também, assim como no caso de Hitler, acabaria sendo visto na Argentina após a guerra.

Só para adicionar mais um tempero nesta salada russa, nos falta falar apenas por curiosidade de Johann Rattenhuber, o chefe dos guarda-costas de Hitler que acabaria capturado pelos soviéticos quando liderava um grupo que tentava escapar de Berlim no dia 1º de maio. É de sua boca que sai a história que Hitler havia dito "que preferia se suicidar a ser capturado pelos soviéticos". É justamente a ele e a "Gestapo" Müller que, como que por coincidência, Hitler havia dado a incumbência de "justiçar" Hermann Fegelein. Ou seja, os que falam que Hitler se suicidou e viram o seu corpo queimar são em sua maioria guarda-costas que, na realidade, fugiram nos dias seguintes, apesar de a história contar que se suicidaram ou foram mortos. Nunca vamos saber ao certo o que Rattenhuber, de fato, contou aos soviéticos. Fato é que, em 1952, foi sentenciado por um tribunal de Moscou a cumprir 25 anos de pena, embora tenha sido solto três anos depois por meio de um decreto. As autoridades da Alemanha Oriental, para onde foi repatriado, lhe deram permissão de se estabelecer na Alemanha Ocidental, vindo a morrer dois anos depois, em 1957, em Munique, aos 60 anos.

CAPÍTULO 13

São Paulo, ██ de ███ de ███████

R.: 0438 – Sec.: 085-F – Confidencial

Trump perdeu a chance de ser reeleito, mas se agarrou ao cargo o quanto pôde, criando uma crise (ou explicitando uma crise) que consome o interior da chamada democracia representativa.

Místicos de botequim apontam que os Maias estavam certos e o mundo, de fato, acabou em 2012. De lá pra cá, estamos vivendo ora no purgatório ora no inferno.

Saúde mental é o desejo da maioria das pessoas capazes de compreender uma porcentagem mínima do que acontece no mundo.

024/31-08/KXP

ooo

Lá se vão 14 anos desde o início de nossa pequena aventura. A vida que a maioria das pessoas considera real ganhou contornos surreais. Trump, Bolsonaro, Fox News, neopentecostais etc. A pandemia, diríamos, foi a cereja do bolo.

Muitos livros sobre Hitler foram escritos, muitas teorias sobre sua vinda à América do Sul após a guerra foram criadas. O nazismo continua seduzindo mentes tortas pela estética e pelo discurso. Filmes sobre o Holocausto são repetidos à exaustão e, no entanto, transformou-se nisso para muitos: uma peça de ficção.

Documentários buscam apresentar os "fatos", alguns até escavando terrenos em busca do suposto local do descanso eterno do Bigode. Nenhum conseguiu, embora reconheça que, ano após ano, o raio se estreita.

O sumiço da garotinha inglesa Madeleine McCann quando passava férias com os pais em uma praia de Portugal, citado no primeiro parágrafo deste livro, começou a ser investigado no mesmo mês que iniciávamos a nossa investigação. E, passados 14 anos, assim como no nosso caso, ainda não foi solucionado. A história é um bom paralelo de como investigações podem se arrastar por anos, ainda mais quando não existe um corpo e nem testemunhas. No caso de Hitler, já se vão 76 anos. No caso de Madeleine, quando boa parte do mundo já havia esquecido da garotinha, surgem novas informações, pasmem, que envolvem um alemão e um bunker. No jardim de uma casa alugada pelo suspeito, perto de Hanover, no momento em que escrevíamos estas linhas, a polícia fazia buscas para encontrar o abrigo subterrâneo. A proprietária do terreno disse que, meses atrás, o suspeito inclusive havia expressado o desejo de instalar um teto de vidro no "bunker a la Josef Fritzl" — em referência a um (outro) austríaco que manteve a filha em cativeiro por 24 anos — no qual ele colocaria crianças raptadas.

Quanto a nós... Nós não conseguimos provar a nossa história. Em parte. Não conseguimos nem mesmo produzir nosso filme. Mas de tempos em tempos, trocamos mensagens e pensamos em maneiras de fazer com que nossa informação seja verificada. Mané chegou mesmo a dividir as informações com pessoas que poderiam dar esse passo final, mas ainda assim nada aconteceu.

A abordagem talvez seja a chave para resolver esse mistério. No final, precisamos provar que Hitler veio para a América do Sul tanto quanto os historiadores “sérios” precisam provar sua morte no bunker em 1945. Fato é que não existe nenhuma prova concreta além de depoimentos desencontrados e revisões históricas. Mas, ainda assim, mesmo passados 76 anos, somos lembrados, ao menos uma vez por mês, de que Hitler se suicidou no bunker — seja por meio de programas de televisão, revistas nas bancas ou matérias de jornais.

O bombardeio de Danzig (para os alemães, ou Gdansk, para os poloneses) e a invasão da Polônia, em 1º de setembro de 1939, marcam o início da Segunda Guerra Mundial. Com a derrota do nazismo, a cidade, que já havia sido um território livre, passa a fazer parte da Polônia. Com o fim da guerra, o caminho sinuoso de Danzig, por um capricho da história, parece ter ganhado novos contornos por essas bandas de cá. De onde tudo começou à Nova Dantzig, uma das primeiras das últimas moradas do líder derrotado na América do Sul.

E ele continua por aqui. Mumificado, em ossos ou em pó. E, por vezes, me pego pensando em tudo que fizemos durante esses anos. Nossas viagens, nossos encontros. Nunca tive coragem de contar pro Mané sobre minhas atividades paralelas com A Agência. Para ele, minhas notas entram para o boletim informativo de algum site obscuro. E não deixa de ser isso mesmo no final.

O agente ainda aparece, mas agora com uma frequência muito menor. Da última vez que nos encontramos ele deixou no ar de que nossa aposentadoria estaria se aproximando. Isso me animou porque, pelo INPS, eu acabaria morrendo de fome e desabrigado.

O tempo parece andar apressado ultimamente. Estou sempre com as branquinhas ao alcance, vez ou outra uma roxinha para espantar o tédio. Nunca mais recebi uma pretinha. Todo dia seguro uma pílula abóbora nas mãos, mas acabo desistindo. Acho.

Tem feito muito sol e um calor insuportável.

FIM

ANEXOS

LINHA DO TEMPO

FOTOS

MAPAS

LINHA DO TEMPO

1889

[20 DE ABRIL] Nasce Hitler em uma pequena cidade do Império Austro-Húngaro

1923

[9 DE NOVEMBRO] Fracassa o "Putsch da Cervejaria" e Hitler é preso por nove meses — período em que escreve *Mein Kampf*

1932

[JANEIRO] 10 famílias fundam a colônia Nova Dantzig, no Paraná

1933

[30 DE JANEIRO] Hitler é escolhido chanceler e no ano seguinte se auto-intitula "Führer"

1939

[1 DE SETEMBRO] A Alemanha invade a Polônia e ocupa a Cidade Livre de Danzig dando início à Segunda Guerra Mundial

1943

[19 DE MAIO] Nascimento do seu Fernando

1944

[JANEIRO] Nova Dantzig muda de nome e passa a se chamar Cambé

[4 DE SETEMBRO] informe do FBI diz
que Hitler pode buscar refúgio na Argentina

1945

[26 DE ABRIL] Pilota Hanna Reitsch
fura o cerco dos soviéticos e aterrissa em Berlim

[MADRUGADA DE 28 PARA 29 DE ABRIL]
Hitler foge do bunker

[30 DE ABRIL] Suicídio armado de Hitler

[1 DE MAIO] Karl Dönitz anuncia
"*der Führer ist gefallen*"
("caiu" — ele não diz "morreu")

[2 DE MAIO] Tropas da 1ª Frente
Bielorrussa chegam ao bunker

[4 DE MAIO] A Smersh
(departamento de contraespionagem
da União Soviética
que atuava na área de desinformação)
acha o "corpo" de Hitler

[8 DE MAIO] rendição da Alemanha

[14 DE MAIO] Submarino nazista U-234
que havia saído da Noruega e se dirigia
ao Japão levando óxido de urânio
e tecnologia avançada se rende aos
Estados Unidos. Dois oficiais japoneses
que estavam a bordo cometeram harakiri após
se darem conta de que o submarino iria se render.
No dia seguinte, a carga de 550 kg
de óxido de urânio foi levada para o estaleiro
naval de Portsmouth, New Hampshire

[9 DE JUNHO] Marechal Zhukov
diz que o cadáver de Hitler não
foi identificado e é possível que ele tenha
fugido de avião em direção à Espanha

[A PARTIR DE 11 DE JUNHO]
Matematicamente já é possível
que Hitler tenha chegado à Argentina,
de submarino

[POR VOLTA DO 20 DE JUNHO]
Hitler desembarca na Patagônia argentina,
segundo informe do FBI

[4 DE JULHO]
Cruzador Bahia é afundado

[10 DE JULHO] Submarino alemão
U-530 se rende aos argentinos em Mar del Plata

[17 DE JULHO] Quando perguntado
na Conferência de Potsdam como
Hitler havia morrido, Stalin disse que Hitler
havia escapado e estava vivendo
"na Espanha ou Argentina"

[20 DE JULHO]
Operação *Overcast*, que viria
a ser renomeada Operação *Paperclip*
é posta em marcha pelo serviço
de inteligência militar dos Estados Unidos
para "ajudar a encurtar a guerra
que ainda era travada no Pacífico
e cooptar e levar aos Estados Unidos
cientistas nazistas especializados
em foguetes (V-1, V-2), eletro-gravitação,
armas químicas e medicina

[AGOSTO] Hitler chega em Cambé, no Paraná

[6 DE AGOSTO] Bomba atômica (nazista)
é lançada sobre Hiroshima

[9 DE AGOSTO] Bomba atômica (nazista)
é lançada sobre Nagasaki

[17 DE AGOSTO] Submarino alemão
U-977 se rende aos argentinos
em Mar del Plata

[2 DE SETEMBRO]
Final da Segunda Guerra
Mundial com a rendição do Japão

[DEZEMBRO] Stalin lança a Operação Mito

1946

A Smersh enterra os "corpos"
de Hitler e Eva na base militar
de Magdeburg, Alemanha Oriental

1947

[5 DE JUNHO] documento do FBI
diz que Hitler foi visto na Praia do Cassino,
localizada no município
de Rio Grande, no estado do Rio Grande do Sul
(mesma área que uma vez
esteve sob a alçada de Hugo Müller)

1948

[FEVEREIRO]
Hitler é visto no Parque Nacional
Los Alerces, na Patagônia argentina,
a 300 km de Bariloche em
Cholila, a 80 km do mesmo parque,

de acordo com testemunhos
coletados por Patrick Burnside

1949

Hitler é recebido em La Falda,
Córdoba, Argentina, pela família Eichhorn,
velha amiga e financiadora de
sua trajetória política e do Partido Nazi,
de acordo com testemunho
coletado por Abel Basti

1951

O piloto nazi Albrecht Böhme
passa a viver no povoado de Cervantes,
ao lado do município de General Roca,
no Vale do Rio Negro, na Patagônia argentina

Hermann Fegelein é visto em Bariloche

1952

[6 DE JULHO] Morre Eva Perón

[fim do ano] De acordo com testemunho
coletado por Abel Basti, Hitler é visto pela enfermeira
María Mafalda Falcón Batinic visitando
a um doente em um hospital
em Comodoro Rivadavia, Argentina

1953

[5 DE MARÇO] Stalin morre assegurando
que Hitler escapou

De acordo com testemunho
coletado por Abel Basti, Hitler se encontra, em Bariloche,
com o tenente coronel argentino Julio Heil,
enviado por Perón com uma pasta
para ser entregue nas mãos do Führer

[FIM DO ANO] Hitler se encontra com o nazista croata Ante Pavelic em Mar del Plata, Argentina, de acordo com relato de Hernán Ancín, coletado por Abel Basti

1954

Pai de Harald Ernst chega a Londrina para preparar a vinda de Hitler para Cambé

[AGOSTO] Última vez que Hernán Ancín viu Hitler e Pavelic em Mar del Plata

[15 DE AGOSTO] Stroessner assume a presidência do Paraguai

[24 DE AGOSTO] Vargas se suicida (para valer)

[23 DE NOVEMBRO] Provável residência de Hitler em Inalco, perto de Bariloche, é transferida para uma sociedade anônima

1955

Fernando, com 12 anos, muda-se para Londrina

[10 DE MARÇO] Documento da CIA com esta data que fala sobre Hitler teria que ser liberado lá pelos anos 2000, mas foi novamente deixado sob sigilo em dezembro de 2004

[15 DE JUNHO]
Bilhete de Juscelino
agradecendo agradecendo a acolhida
que recebeu em Cambé

[19 DE SETEMBRO] Perón renuncia
à presidência da Argentina após um
golpe de Estado

[SETEMBRO] Hitler vai para o Paraguai,
de acordo com o historiador Mariano Llano

[3 DE OUTUBRO] Juscelino é eleito presidente
do Brasil Hitler deixa Cambé;

400 pessoas seguem para o Paraguai
e 200 para o bairro Cidade Dutra

1956

[31 DE JANEIRO] Posse de Juscelino

[20 DE JUNHO] Carta interceptada pelo serviço
secreto da DDR, Alemanha Oriental,
(no aeroporto de Bonn) de um general alemão
chamado Seydlitz para o piloto nazi Böhme,
confirmado que um outro general chamado
Heinrich Aschenbrenner ia se encontrar
com Hitler em Córdoba, Argentina

[10 DE OUTUBRO] Tribunal alemão
de Berchtesgaden considera Hitler
oficialmente morto, na falta
de um cadáver

1957

[OUTUBRO/NOVEMBRO] Hitler visita
o piloto nazi Böhme, na Patagônia

argentina. Felisa Alsina, empregada doméstica e
amante de Böhme, diz que Hitler veio visitá-lo
em seu sítio em Cervantes, com uma loira,
para agradecê-lo por feitos heróicos que
havia feito pela *Vaterland* anos antes

1959

[EM AGOSTO] Felisa Alsina
diz que foi pedido a Böhme que fosse
para Buenos Aires para fazer o último
voo com o corpo de Hitler;
desenterrá-lo e levá-lo para outro lugar.
Eugenia Schaffer, uma amiga de Böhme
de longa data, diz a mesma coisa,
acrescentando que o também piloto
Rudel o acompanhou

Eva Braun morre, de acordo com
depoimento de Nym

1960

[DE JANEIRO A JUNHO] Böhme esconde
Mengele em um sótão de seu sítio, de acordo com relato
coletado por Patrick Burnside

Hitler teria ido a Porto Alegre ver uma
pianista tcheca que ele apreciava ouvir tocar

1963

Fernando entra no Exército

1964

Fernando conhece o austríaco
Hugo (Müller?) no Brooklin

1966

Fernando vira sargento e serve
com Lamarca em
Quitaúna, Osasco

1967

Nym diz ter conversado com
Hitler em um restrito jantar
de gala em Assunção

[20 DE ABRIL] Hugo (Müller?) leva
seu Fernando a um sítio em Itatiaia,
para a comemoração do aniversário
de Hitler, da 1 às 04h00 da manhã
de 1967 a 1969, Mengele se encontra
com Gustav Wagner
na Av. Portugal, no Brooklin

1968

Soviéticos mudam o discurso,
dizem que Hitler morreu
no bunker em 1945

1969

Ator uruguaio Carlos Perciavalle
assegura ter visto Hitler e Eva em
um jantar em um hotel de Bariloche

1970

[ABRIL] Soviéticos desenterram
os "corpos" de Hitler e Eva,
de Magdeburg, Alemanha Oriental,
os cremam e jogam as cinzas no rio Elba

1971

[5 DE FEVEREIRO] Hitler morre (pra valer)
aos 81 anos e é enterrado pela primeira vez

1972

Número de documentos do FBI
referentes a Hitler diminui drasticamente

[DEZEMBRO] Convite do Paulo Corenchuc,
em Manaus, para Fernando
ir para solenidade em Assunção

1973

[1 DE JANEIRO] Fernando, aos 29 anos,
participa do segundo enterro de Hitler,
em um bunker em Assunção

1974

De acordo com Mariano Llano,
Hitler morreu por volta de 1974

1986

[17 DE OUTUBRO] Piloto Böhme morre
em General Roca, aos 77 anos

1993

Russos dizem ao mundo que tem o crânio,
dentadura e pedaço do sofá em Moscou

1998

[JUNHO] Alguns documentos referentes
a Hitler são desclassificados pelo FBI

2003

Um hotel é construído em cima do local
onde Fernando participou da cerimônia

2007

[23 DE MAIO] Seu Fernando procura o jornal

[JUNHO] Visita à feira da feira

da Cidade Dutra, com Fernando, onde
encontramos Hermann.

Isabela confirma
que Fernando é ex-aluno do ginásio
estadual de Londrina

[5 DE NOVEMBRO] Primeira troca
de mensagens com Walter Salles

2009

Após teste de DNA, cientistas
da Universidade de Connecticut
chegam à conclusão que
o "crânio de Hitler" guardado
por Moscou é de uma mulher

2010

Conversa infrutífera com Frei Betto

2011

[OUTUBRO] Bilhete que confirma visita
de Kubitschek a Cambé é encontrado

[DEZEMBRO] Tweet sobre Hitler
ter fugido para a região de Rolândia
cita TCC de Evaristo Costa

2014

Matéria no *Correio Braziliense*

2015

[NOVEMBRO] É descoberto um
túnel secreto por onde Hitler teria
conseguido chegar ao aeroporto
de Tempelhof a partir do seu bunker
para escapar de Berlim

2017

Entrevista para um canal
do Departamento de Defesa
da Rússia

2018

[AGOSTO] Troca de emails
com o então chefe dos caça nazistas
na Alemanha, responsável
pelo Escritório Central
de Investigação de Crimes
do *Nacional Socialismo*

2019

O hotel parece estar à venda

2021

[MARÇO] O investigador argentino
Jorge Pedro Bordón garante
que Hermann Fegelein deixou
a Argentina em 2003, com 97 anos de idade,
com destino ao Brasil

FOTOS

HITLER COM APROXIMADAMENTE
UM ANO DE IDADE (CIRCA 1889-90).

SEU FERNANDO.

HILTER COM OS PRIMEIROS MEMBROS DE SUA UNIDADE PESSOAL DE GUARDA-COSTAS, A SS-BEGLEITKOMMANDO, EM FOTO TIRADA NOS ANOS DE 1940 NO WOLF'S LAIR (TOCA DO LOBO), QUARTEL-GENERAL DA FRENTE ORIENTAL, NA ATUAL POLÔNIA. BRUNO GESCHE (POSSÍVEL PAI DE HARALD ERNST) À ESQUERDA IMEDIATA DE HITLER, FRANZ SCHÄDLE (AO LADO DE GESCHE), ERICH KEMPKA À DIREITA IMEDIATA DE HITLER, ADOLF DIRR (AO LADO DE KEMPKA) E AUGUST KOERBER.

DECLASSIFIED
AUTHORITY NND 32386

ALL INFORMATION CONTAINED HEREIN IS UNCLASSIFIED DATE 11-26-91 BY 1565 SPQ/RE #86-0710 11/12/99 SP1CLK/SS

ROUGH DRAFT.

Mr. Tolson
Mr. E. A. Tamm
Mr. Clegg
Mr. Coffey
Mr. Glavin
Mr. Ladd
Mr. Nichols
Mr. Rosen
Mr. Tracy
Mr. Carson
Mr. Egan
Mr. Gurnea
Mr. Hendon
Mr. Pennington
Mr. Quinn Tamm
Mr. Nease
Miss Gandy

FROM BUENOS AIRES 7-14-45 NR 103 11:12 AM EWT

GERMAN SUBMARINE LANDINGS ON ARGENTINA COAST. VARIOUS RUMORS CURRENT BUENOS AIRES REGARDING LANDINGS FROM GERMAN U530 PRIOR TO SURRENDER. ONE REPORT FROM SOURCE OF UNKNOWN RELIABILITY TO EFFECT THAT ABOUT JUNE 28 A SUBMARINE SURFACED OFF TERRITORY OF SANTA CRUZ ZAOWN OF SAN JULIAN AND LANDED TWO UNIDENTIFIED PERSONS, ONE A VERY HIGH RANKING GERMAN ARMY OFFICER AND THE OTHER AN EVEN MORE IMPORTANT CIVILIAN. SUBMARINE REPORTEDLY REFUELED BY SAILING VESSEL NEAR THAT POINT. ANOTHER REPORT RECEIVED FROM SOURCE OF UNKNOWN RELIABILITY THAT HITLER WAS LANDED IN ARGENTINA APPROXIMATELY JUNE 20, THAT HIS FACE WAS DISFIGURED AND THAT ARGENTINE ARMY MAJOR LEON BENGOA LLAMAS OF ARMY WILL ESCORT HITLER TO SECRET HIDING PLACE IN CHACO TERRITORY. ALL RUMORS BEING INVESTIGATED.

FIRST UNDERLINED WORD ACTUAL DECODE
SECOND UNDERLINED WORD OBTAINED FROM GARBLE.

RECORDED & INDEXED 65-53615-6

RECEIVED: 7-14-45 11:44 AM EWT RBH
CORRECTED: 7-14-45 4:10 PM EWT

30 JUL 21 1945

Adolfo Hitler

every effort should be made to run this rumor down by FBI.

7/19/45
memo to Ladd
Wire to Joice, Arg.

RECORDED

COPIES DESTROYED
R 406 NOV 4 1960

RECORDED COPY FILED IN 64-

If the intelligence contained in the above message is to be disseminated outside the Bureau, it is suggested that it be suitably paraphrased in order to protect the Bureau's cryptographic systems.

76 AUG 6 1945

INFORME DO FBI, CASO 65-53615 — 14 DE JULHO DE 1945.

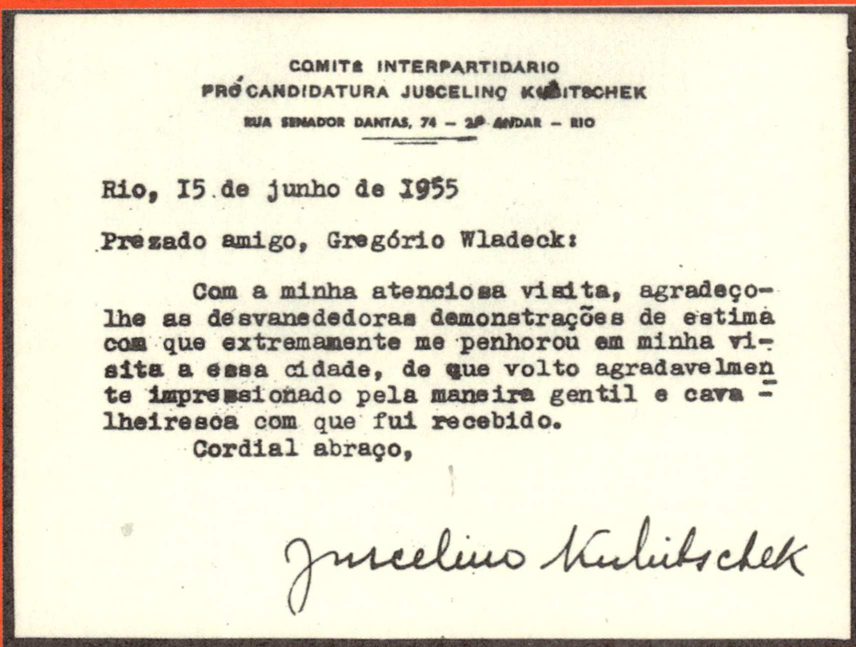

COMITÊ INTERPARTIDÁRIO
PRÓ CANDIDATURA JUSCELINO KUBITSCHEK
RUA SENADOR DANTAS, 74 – 2º ANDAR – RIO

Rio, 15 de junho de 1955

Prezado amigo, Gregório Wladeck:

Com a minha atenciosa visita, agradeço-lhe as desvanededoras demonstrações de estima com que extremamente me penhorou em minha visita a essa cidade, de que volto agradavelmente impressionado pela maneira gentil e cavalheiresca com que fui recebido.

Cordial abraço,

Juscelino Kubitschek

BILHETE DE JUSCELINO KUBITSCHEK DE JUNHO DE 1955 AGRADECENDO A ACOLHIDA RECEBEBIDA EM CAMBÉ, QUANDO DE SUA VISITA À CIDADE ENQUANTO CANDIDATO A PRESIDENTE.

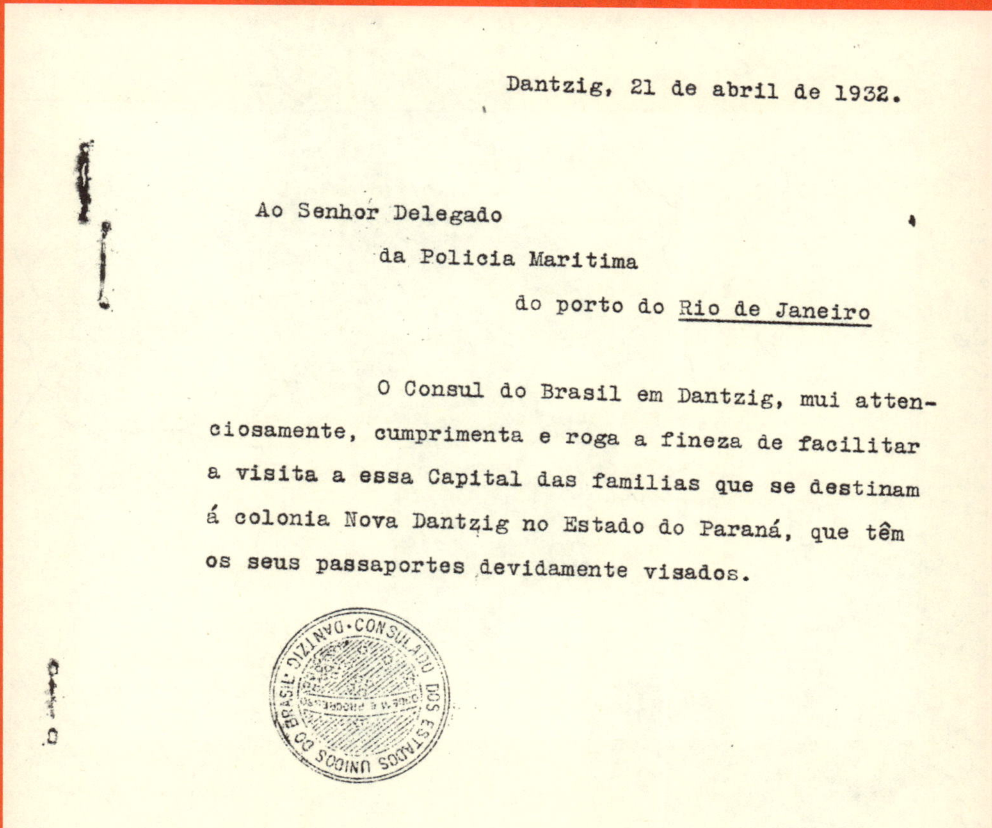

Dantzig, 21 de abril de 1932.

Ao Senhor Delegado

da Policia Maritima

do porto do <u>Rio de Janeiro</u>

O Consul do Brasil em Dantzig, mui attenciosamente, cumprimenta e roga a fineza de facilitar a visita a essa Capital das familias que se destinam á colonia Nova Dantzig no Estado do Paraná, que têm os seus passaportes devidamente visados.

CONSULADO DOS ESTADOS UNIDOS DO BRASIL · DANTZIG ·

BILHETE DO CÔNSUL DO BRASIL EM DANZIG FALANDO SOBRE AS FAMÍLIAS QUE VIRIAM A SE INSTALAR NA COLÔNIA QUE SERIA RENOMEADA CAMBÉ, EM 1943

MAPAS

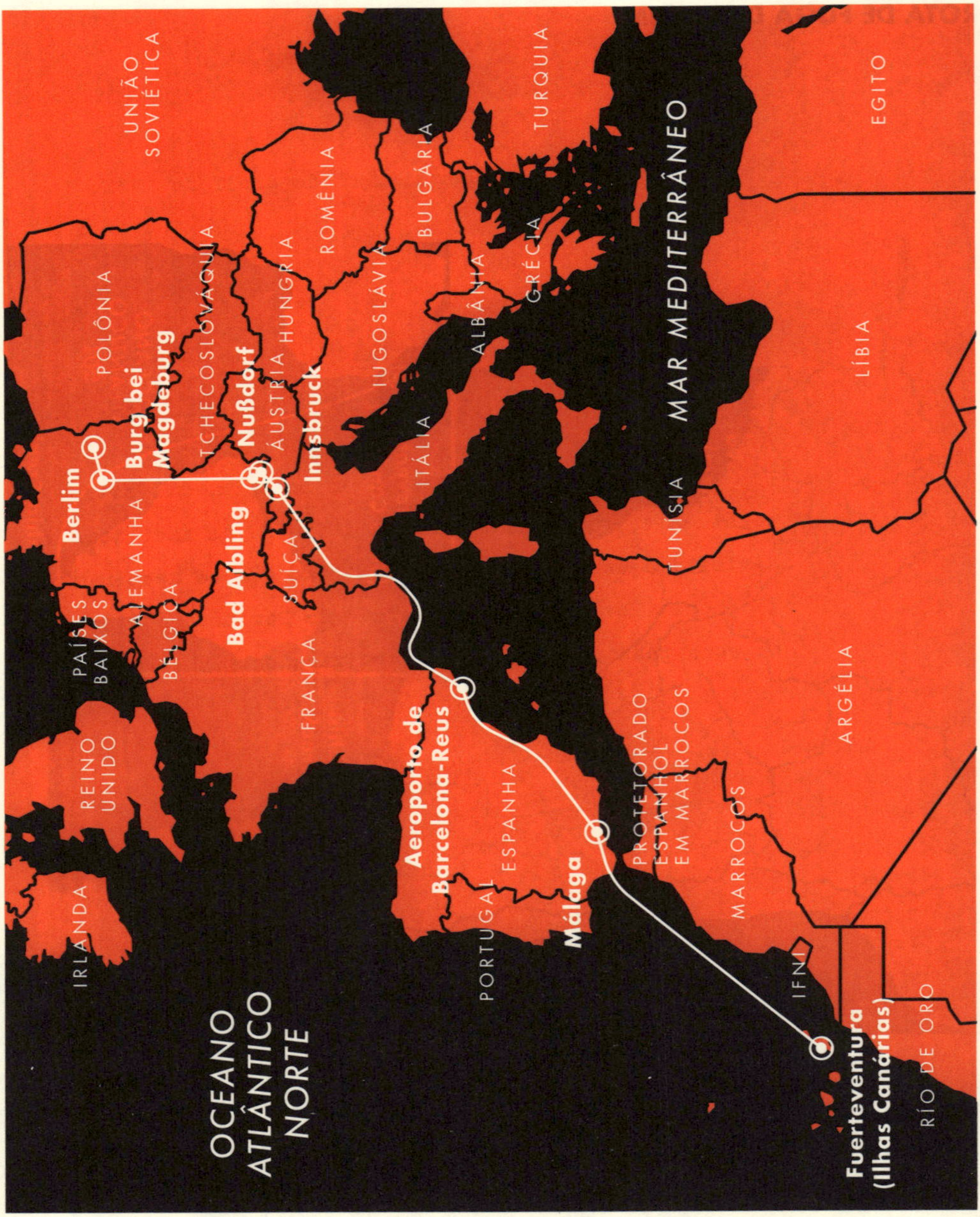
UNIÃO SOVIÉTICA
TURQUIA
EGITO
MAR MEDITERRÂNEO
ROMÊNIA
BULGÁRIA
POLÔNIA
TCHECOSLOVÁQUIA
HUNGRIA
IUGOSLÁVIA
ALBÂNIA
GRÉCIA
LÍBIA
Burg bei Magdeburg
Nußdorf
ÁUSTRIA
Innsbruck
Berlim
ALEMANHA
Bad Aibling
ITÁLIA
TUNÍSIA
SUÍÇA
PAÍSES BAIXOS
BÉLGICA
FRANÇA
ARGÉLIA
REINO UNIDO
Aeroporto de Barcelona-Reus
ESPANHA
PROTETORADO ESPANHOL EM MARROCOS
MARROCOS
IRLANDA
Málaga
PORTUGAL
IFNI
OCEANO ATLÂNTICO NORTE
Fuerteventura (Ilhas Canárias)
RÍO DE ORO

ROTA DE FUGA DE BERLIM

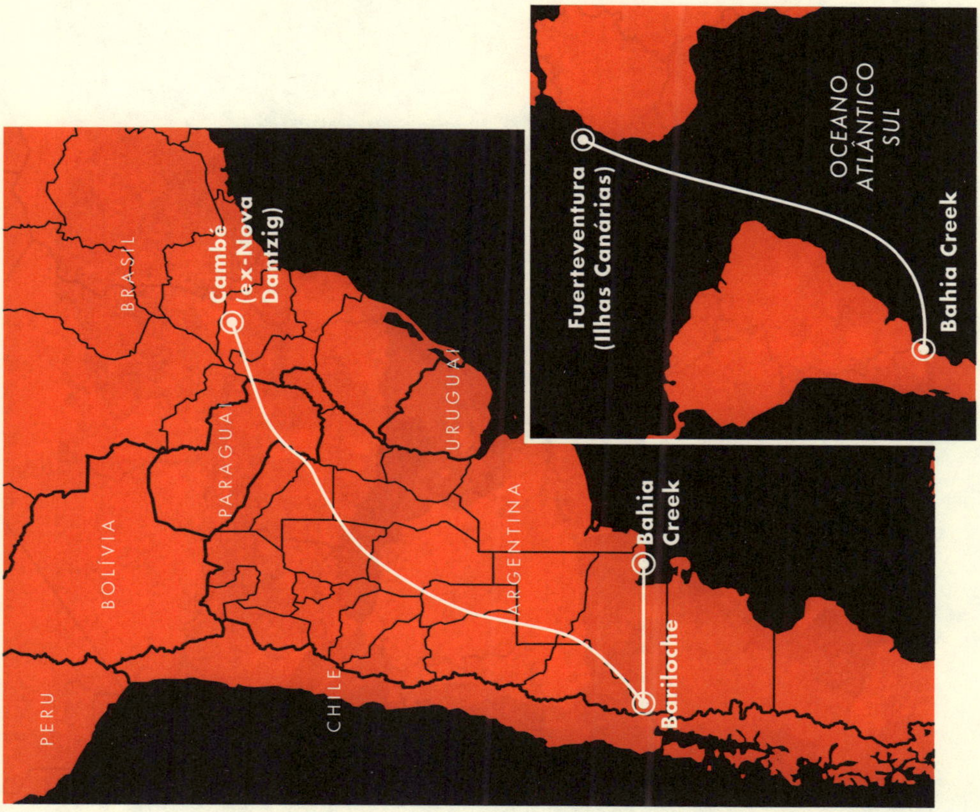

ROTA QUE HITLER DESISTIU DE TOMAR

Usada por outros fugitivos

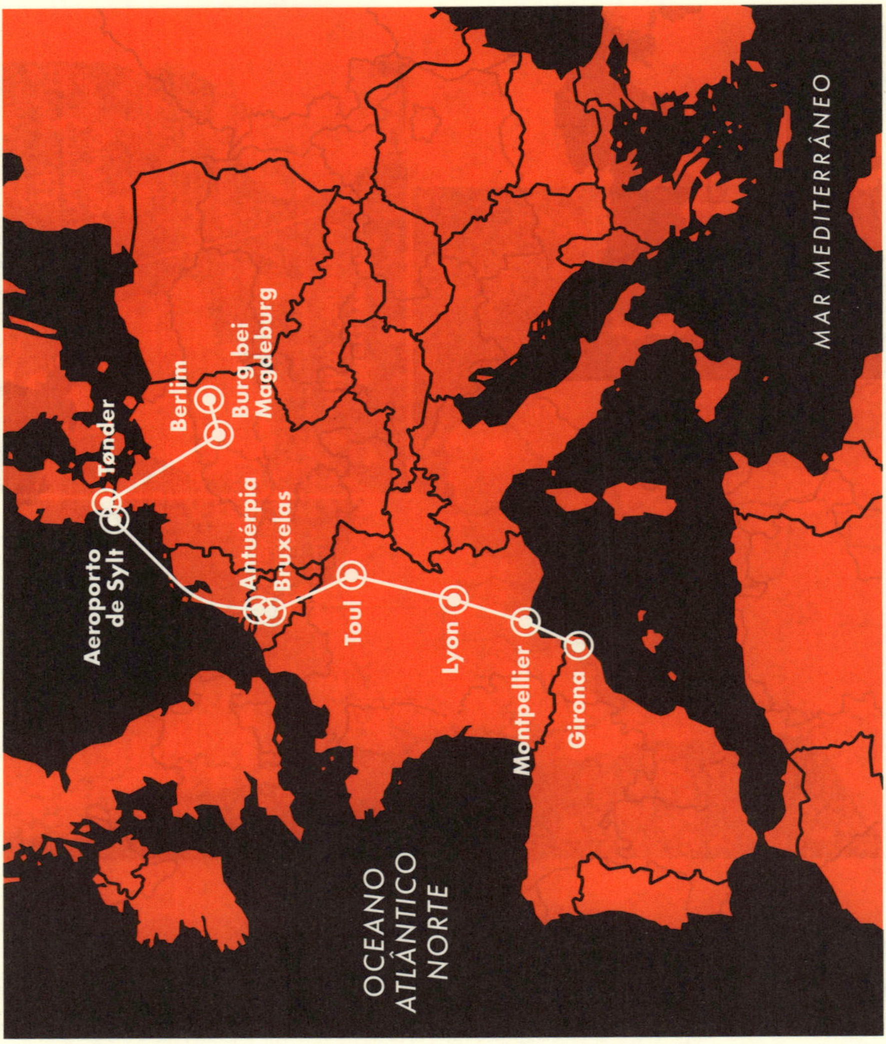

FRONTEIRA ALEMANHA – ÁUSTRIA

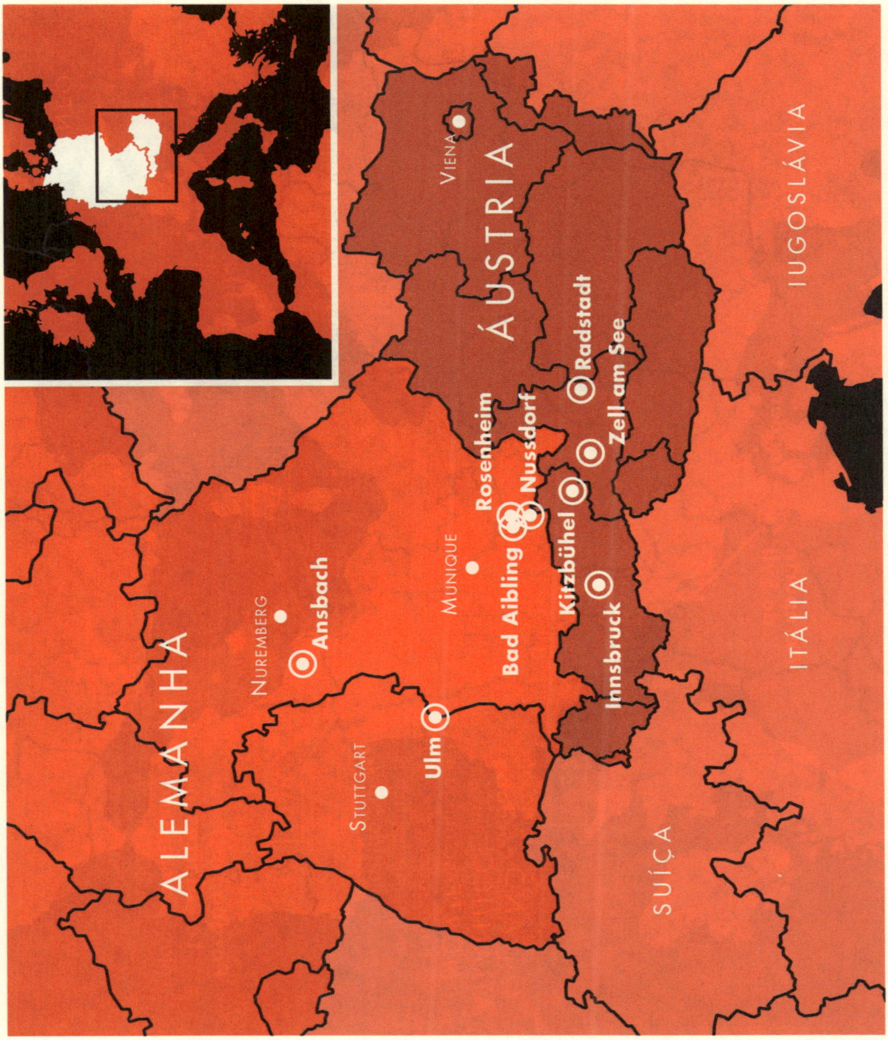

AS ANDANÇAS DE HITLER

(1945—1950)

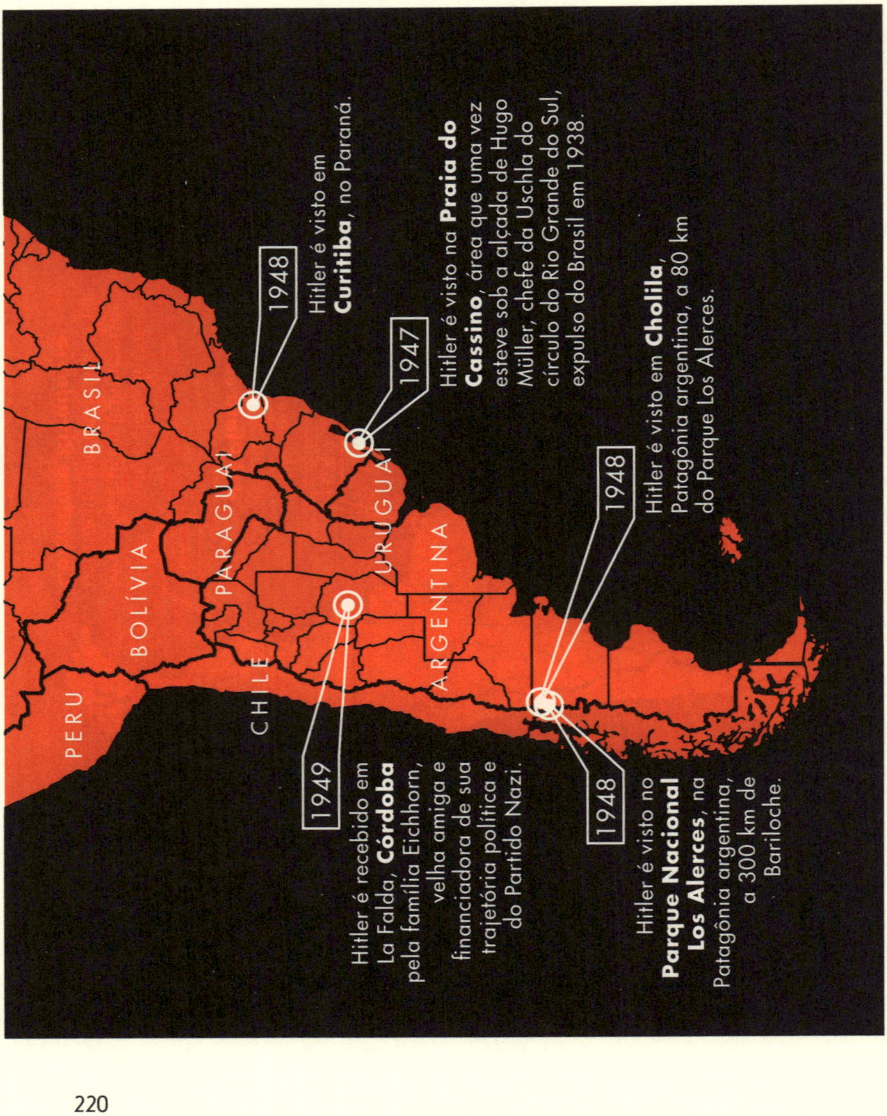

AS ANDANÇAS DE HITLER

(1950—1960)

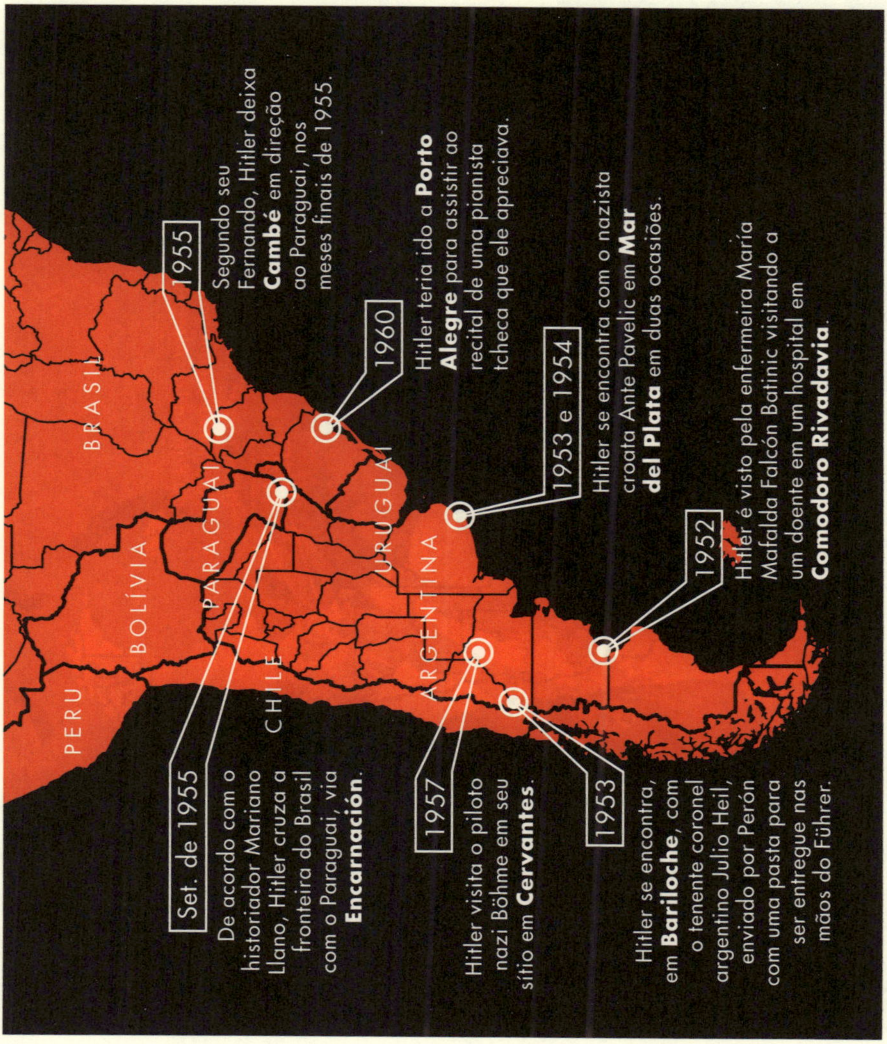

BARILOCHE E ARREDORES

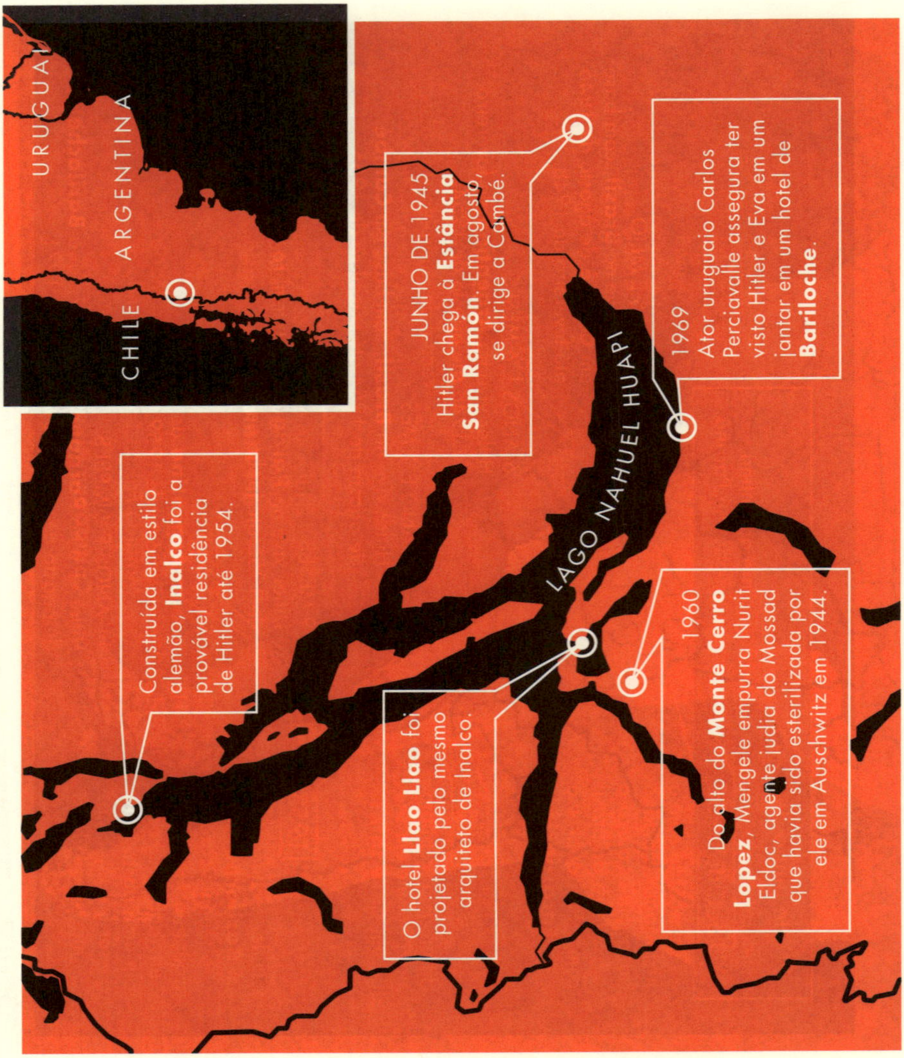

25 ANOS (NÃO SÓ) EM TRÊS PAÍSES PRINCIPAIS

Também esteve no Chile, Colômbia e Peru

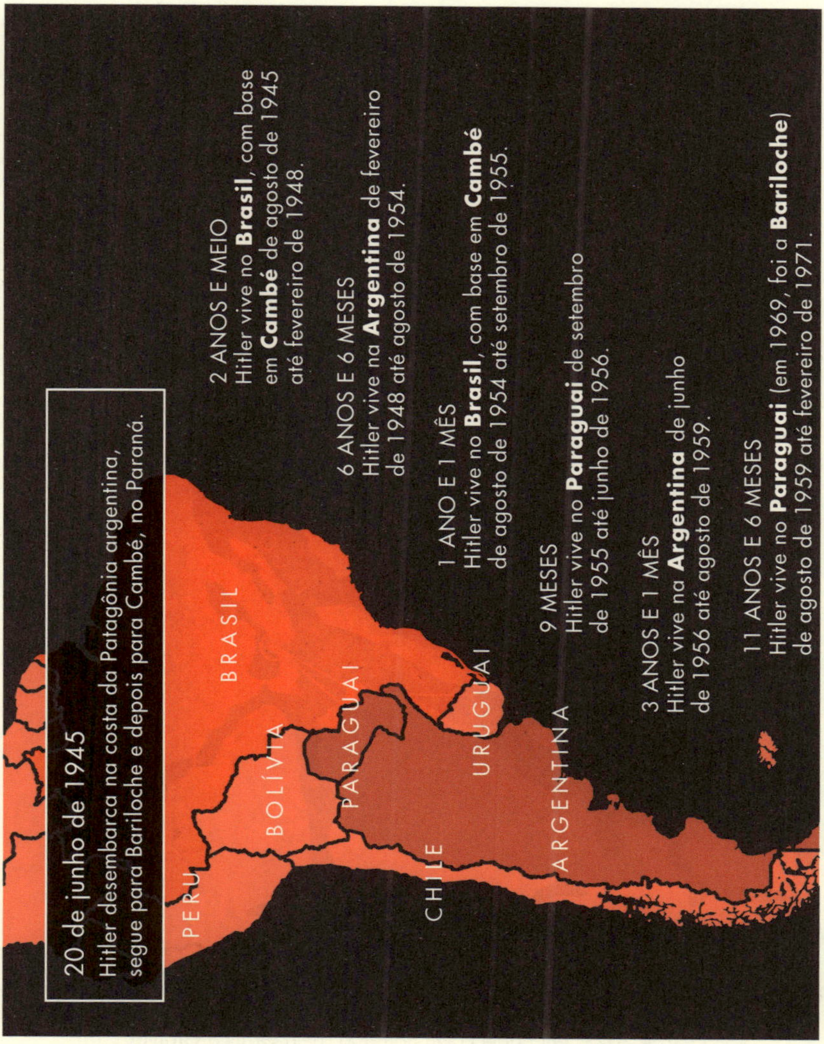

A Editora Contracorrente se preocupa com todos os detalhes de suas obras!
Aos curiosos, informamos que este livro foi impresso no mês de novembro de 2021, em papel Pólen Soft 80g, pela Gráfica Grafilar.